Bernhard Hatterscheidt
Ludwig Kroner

Feuer
in Rondorf

Kriminalistenroman

Impressum

Math. Lempertz GmbH
Hauptstraße 354
53639 Königswinter
Tel.: 02223 / 90 00 36
Fax: 02223 / 90 00 38
info@edition-lempertz.de
www.edition-lempertz.de

1. Auflage – September 2012

Text: Bernhard Hatterscheidt und Ludwig Kroner
www.kriminalistenroman.de
info@kriminalistenroman.de

Titelbild: fotolia
Umschlaggestaltung: Ralph Handmann
Lektorat: Laura Liebeskind, Philipp Gierenstein

Printed in Germany
ISBN: 978-3-939284-55-0

Prolog

Sonja Wellermann war an diesem Abend noch spät mit ihrer Labradorhündin Chakira auf dem Feldweg. Sie hatte die Dienstreise ihres Mannes, der für seine Firma in dieser Woche in Ungarn unterwegs war, dazu genutzt, mit ihrer Freundin einen richtigen Mädelsabend zu verbringen. Jetzt forderte jedoch die Hündin noch ihr Recht auf Bewegung, auch wenn es schon fast 01:00 Uhr war.
Sonja Wellermann hatte Chakira abgeleint. In einiger Entfernung lief sie konzentriert schnüffelnd über den Acker, nahm hier eine Hasenspur auf, um nach einigen Metern eine Fuchsfährte weitaus interessanter zu finden. Eigentlich war die dunkelbraune Hündin nicht zu erkennen, aber das gelbe, blinkende Reflexhalsband zeigte genau ihren Standort.
Plötzlich schlug Chakira an. Auf Rufen reagierte die Hündin nicht mehr. Sonja Wellermann lief quer über den Acker zu ihr hinüber. Chakira bellte in Richtung der nahe liegenden Gärten. Jetzt erkannte auch die junge Frau den roten Lichtschein und nahm den Brandgeruch wahr, der von einem Bungalow ausging. Sie leinte Chakira an und eilte auf den Lichtschein zu. Der Brandgeruch wurde stärker. Plötzlich schallte der durchdringende Signalton einer Rauchmeldeanlage aus dem Bungalow herüber. Sie konnte jetzt durch die Buchsbaumhecke die Flammen hinter den Fensterscheiben sehen. Eine Verpuffung schleuderte die berstenden Scheiben in den Garten. Das Feuer fraß sich immer schneller vom Keller aus ins Erdgeschoss. Die Weichholzpaneele an der Decke und den Wänden des Kellers brannten lichterloh. Nichts erinnerte mehr an die zahlreichen Fotos an der Wand, die ebenso vom Feuer verschlungen worden waren wie die aufgeklebten Puzzlebilder mit den Motiven des Kölner Doms und eines weißen Sandstrandes in der Karibik. Von außen waren nur die Flammen zu erkennen, die aus den Fensterhöhlen schlugen.
Sonja Wellermann zog die noch immer aufgeregt bellende Hündin

zurück zum Feldweg, holte ihr Mobiltelefon aus der Innentasche ihrer Jeansweste und wählte die 112. Sie erklärte der Leitstelle der Feuerwehr, dass auf der Kapellenstraße in Rondorf ein Bungalow brannte. Wenige Minuten später herrschte dort Hochbetrieb. Löschzüge der Freiwilligen Feuerwehr Rodenkirchen und der Berufsfeuerwehr Köln hatten ihre Einsatzfahrzeuge auf der L92 (Kapellenstraße) abgestellt. Unter den Augen zahlreicher Nachbarn, die mittlerweile aufgewacht waren und, teils nur mit Bademantel bekleidet, vor ihren Häusern standen, hatten die Feuerwehrmänner drei Standrohre an die Hydranten angeschlossen, Schläuche verlegt und mehrere C-Mehrzweckstrahlrohre angeschlossen. Laut ertönte das Kommando des Truppführers: „Wasser marsch!" Die Wasserfontänen der C-Rohre trafen auf das Feuer, das mittlerweile eine massive Hitze entwickelt hatte. Dampf und Sprühnebel versperrten die Sicht auf das Haus. Nur der Feuerschein drang durch die Rauch- und Nebelschwaden. Nach rund 25 Minuten meldete der Löschtrupp 1: „Feuer unter Kontrolle". Es vergingen jedoch weitere zweieinhalb Stunden, bis der Trupp 2 mit schwerem Atemgerät in das Objekt eindringen konnte, um das Haus auf noch vorhandene Brandnester zu untersuchen und die CO- und Schadgaskonzentration festzustellen. Danach konnte der Einsatzleiter der Leitstelle der Kölner Berufsfeuerwehr melden: „Das Feuer ist aus." Der zweite Teil der Meldung lautete jedoch: „Wir haben im Objekt im Keller neben dem leeren Schwimmbad eine stark verkohlte Leiche gefunden. Benachrichtigt die Kripo!"
Der junge Polizeikommissar, der draußen mit seiner Kollegin dafür sorgte, dass niemand die Absperrung vor dem Bungalow überquerte, zuckte zusammen, als er die Meldung hörte, und rief sofort seine Dienststelle an.

KAPITEL 1

Paul Westhoven, Leiter der Mordkommission (MK) 6 im Kriminalkommissariat (KK) 11 des Polizeipräsidiums Köln, war die letzten Wochen krankgeschrieben gewesen und hatte schon ein Dutzend Physiotherapieanwendungen wegen seiner Knieverletzung[1] über sich ergehen lassen müssen. Waren die ersten Anwendungen noch schmerzhaft gewesen, hatten ihm die letzten richtig Spaß gemacht. Die Beweglichkeit seines Knies hatte sich nahezu komplett wieder eingestellt. Er hatte sogar schon wieder mit dem Joggen begonnen, und auf der Aschenbahn des SV Adler Dellbrück 1922 schaffte er die 5000 Meter in gut 30 Minuten. Westhoven versuchte, gesund und bewusst zu leben, aber auf seine geliebten Schokoriegel konnte er noch immer nicht verzichten, er war regelrecht schokoladensüchtig.

Am gestrigen späten Sonntagnachmittag war er mit seiner Frau Anne im Dünnwalder Wildpark um die vielen Fußgänger, die mit ihren Kindern dort die Wildschweine und Rehe fütterten, herumgejoggt. Nachdem sie auf dem Rückweg auch noch den Höhenhauser Baggersee umrundet hatten, waren sie erschöpft wieder in Dellbrück angekommen.

Während Paul sich auf der Couch breitgemacht und nach der Zeitung gegriffen hatte, war Anne direkt in die Küche gegangen und hatte begonnen, das Abendessen zuzubereiten. Auf ihre mahnende Aufforderung hatte Paul die Zeitung wieder weggelegt, sich erhoben und aus dem Schrank eine Flasche Wein geholt. Es war ein Riesling 2010 des Weingutes Armand Gilg, den sie aus ihrem letzten Elsassurlaub mitgebracht hatten. Anne hatte es fast in der

---

1 s. „Eiskalt in Nippes“

gleichen Zeit geschafft, einen knackigen Eisbergsalat mit frischen, roten, saftigen Erdbeeren, Crème fraîche und frisch gebratenem, deftig gewürztem Hähnchenbrustfilet zuzubereiten. Hierzu passte der Riesling ganz hervorragend. Gemütlich hatten sie den Abend im Schlafzimmer bei Kerzenschein ausklingen lassen.

Die drückende Hitze machte Paul Westhoven seit Tagen zu schaffen. Immer wieder wälzte er sich im Bett hin und her. Auf satte 35 Grad war das Thermometer im Schlafzimmer geklettert, das T-Shirt klebte ihm schweißnass am Rücken. Als gegen 04:45 Uhr das Telefon klingelte, hatte er noch nicht viel geschlafen.

Willi Schuster von der Kriminalwache (K-Wache) berichtete ihm von dem Brand eines Bungalows in Rondorf und dem Fund einer verkohlten Leiche im Keller des Hauses. Er erklärte, dass bereits ein Team der K-Wache vor Ort sei und den Tatort sichere. „Willi, meinst du nicht, das wäre eher ein Fall für die Brandermittler?"
„Denke ich nicht, Paul. Nachdem, was mir bisher berichtet wurde, sagt mir mein Bauchgefühl, dass irgendetwas nicht stimmt. Hier hat jemand kräftig nachgeholfen."
Diese Aussage reichte Westhoven. Er kannte den erfahrenen Willi Schuster und vertraute dessen Einschätzung. Nach einer kurzen, aber erfrischenden Dusche zog er sich an, verabschiedete sich von der mittlerweile wach gewordenen Anne und fuhr nach Kalk zum Polizeipräsidium am Walter-Pauli-Ring 6. Dort würde er sich mit seinen Kommissionsmitgliedern Heinz Dember und Antoinette „Toni" Krogmann treffen, die ebenfalls von Willi Schuster alarmiert worden waren.

Heinz Dember hatte vor ein paar Wochen die Rechtsmedizinerin Dr. Doris Dember, geborene Weber, geheiratet. Dass sie schwanger war, wussten nur wenige, aber wer genau hingeschaut hatte, dem war bei der Hochzeit unter dem weißen Brautkleid die kleine Wölbung nicht verborgen geblieben. Die Flitterwochen waren ausgefallen, sie wollten sie aber nachholen, sobald alles wieder seinen gewohnten Gang ging. Lediglich ein exklusives Wochenende mit ausgiebigem Wellnessprogramm im Schlosshotel Lerbach hatten sie sich gegönnt und stundenlang die Zimmernachbarn durch ihre Liebeleien vom Schlaf abgehalten.

Für Toni Krogmann war dies – neben den vielen normalen Todesermittlungs- und Ärzteverfahren – nun der zweite Mordfall im Team der MK 6, die von Paul Westhoven geleitet wurde. Sie war seinerzeit der Liebe wegen von der Elbe an den Rhein gezogen. Die langjährige Wochenendehe mit ihrer Frau Anja sollte nun auch im Alltag bestehen.
Im ersten Verfahren mit der Tiefkühlleiche[2] hatte sie sich mit ihrem Spürsinn gut in die Mordkommission eingeführt, und dies, obwohl sie in Hamburg nicht für Leichen, sondern für Delikte rund um Betrug und Computerkriminalität zuständig gewesen war.

Gegen 05:30 Uhr waren alle Mitglieder der MK 6 im Präsidium eingetroffen. Dember ging als erstes in die Küche, um einen starken Kaffee aufzusetzen, denn eine erste Lagebesprechung ohne Kaffee war für ihn und Paul Westhoven einfach undenkbar. Erst dann ging er schlurfenden Schrittes in sein Büro.
Toni Krogmann traf Paul Westhoven am Aufzug und erfuhr, dass es sich diesmal um eine Brandleiche handelte. Sofort brach ihr schwarzer Humor durch: „Na, gegensätzlicher kann es ja wohl nicht sein. Erst tiefgekühlt, nun durchgegart."
„Tja, Toni. Kein Toter ist wie der andere, es wird nie langweilig", war Westhovens trockener Kommentar. Im nächsten Augenblick

---

2 s. „Eiskalt in Nippes"

sah er im Display die Rufnummer der Pressestelle aufblinken, nahm das Gespräch aber nicht an, denn was hätte er zu diesem Zeitpunkt schon sagen sollen?

KAPITEL 2

Nachdem sich die drei Ermittler bewaffnet und mit Spurensicherungsanzügen ausgerüstet hatten, fuhren sie mit dem Aufzug in die Tiefgarage. Mit zwei Zivilfahrzeugen machten sie sich auf den Weg nach Rondorf, in den Süden von Köln.
Über die A59, dann weiter auf der A4 überquerten sie die Rodenkirchener Brücke. Am so genannten Bonner Verteiler ging es dann weiter über das Wasserwerkswäldchen, wo um diese Uhrzeit die letzten Bordsteinschwalben schon wieder eingepackt hatten und nach Hause gegangen waren. Sie erreichten kurze Zeit später die Kapellenstraße in Rondorf.
Ein mit blitzenden Blaulichtern quer gestellter Streifenwagen der Polizeiinspektion (PI) 2 versperrte die Zufahrt. Vorsichtig lenkten Krogmann und Westhoven ihre Dienstwagen über den Gehweg daran vorbei und stellten sie hinter der Absperrung ab. Ein Feuerwehrmann, der das Fahrmanöver offensichtlich alles andere als gut fand, kam eilig auf sie zu. Bevor er etwas sagen konnte, hatte Westhoven seine Kriminalmarke aus der Hosentasche gezogen und ihn mit einem knappen „Guten Morgen! Westhoven, Mordkommission“ begrüßt.
„Moin, Müller, freiwillige Feuerwehr Rodenkirchen. Dann kommen Sie mal mit, ihre Kollegen sind da hinten!“
Die uniformierten Kollegen der PI 2 und das Team der K-Wache

standen unmittelbar vor dem noch immer qualmenden und nach Brand stinkenden Haus und unterhielten sich. Den Vorgarten und den Eingangsbereich hatten sie großzügig mit rot-weißem Flatterband abgesperrt.
„Guten Morgen, Kollegen“, sagte Westhoven. „Wer von euch kann uns mal einen Überblick geben?“
Während zuerst die Kollegin der PI 2 erzählte, machte sich Toni Krogmann Notizen. Danach berichtete der Kollege der K-Wache, dass er im Grunde auch noch nicht mehr wisse, ihm das Ganze aber irgendwie komisch vorkomme. Er sei kurz im Haus gewesen, um sich die Leiche anzuschauen. „Die Leiche liegt im ausgebrannten Keller, direkt neben dem Schwimmbad.“
„Männlich oder weiblich?“, wollte Westhoven wissen.
Der kräftige Kollege zuckte mit den Schultern: „Das kann ich beim besten Willen nicht sagen. Der Körper ist völlig verkohlt. Der Körperbau lässt keine objektiven Schlüsse zu, selbst die Grösse ist nicht mehr erkennbar. Ich will mich da nicht festlegen.“
„Habt ihr schon überprüft, wer hier eigentlich wohnt?“, fragte Westhoven weiter.
Der Kollege blätterte in seinem Notizbuch: „Laut Einwohnermeldeamt war hier eine Familie Spielmeier gemeldet.“
„Was heißt denn hier war?“
„Sie sind vor etwa drei Monaten nach England verzogen, irgendwie ausgewandert oder was weiß ich.“
„Geht's auch ein bisschen genauer?“
„Ja, die angebliche Adresse ist Break Egg Hill in Essex. Jetzt frag' mich aber bitte nicht, wo das genau ist.“
„Gibt es irgendeinen Anhaltspunkt, wer da unten verbrannt im Keller liegt?“ Er erntete nur ein Schulterzucken.
„Heinz“, rief er zu seinem Kollegen Dember, „holst du mir bitte einen Spurensicherungsanzug und Schuhüberzieher? Ich will mir

gleich nicht die Klamotten versauen. Sobald der Kollege vom KK 13[3] hier ist, werde ich mit ihm und Michael Drees vom Erkennungsdienst zumindest mal einen ersten Blick auf die Leiche werfen. Ich muss mir unbedingt einen Überblick über das Ganze hier verschaffen. Befragt ihr bitte die Feuerwehrmänner, die das Haus betreten haben? Ich muss wissen, was die verändert haben. Und zwar ganz genau. Vor allem die Schließzustände der Türen." Sein Ton ließ keinerlei Rückfrage oder Kommentar zu.

Dember verstand auch ohne weitere Worte, was Westhoven ihm sagen wollte. Nur zu ungern erinnerte er sich an die lautstarke Standpauke beim letzten Fall, weil er einen Hinweis der Taxifahrerin und „Informantin" Katrin Oehmchen nicht ernst genommen hatte. Westhoven hatte ihm damals deutlich gesagt, dass er höchstpersönlich dafür sorgen würde, dass seine Tage bei der Mordkommission beim nächsten Patzer gezählt seien.[4] Die Ansprache hatte Wirkung gezeigt, denn seitdem konzentrierte sich Dember wesentlich mehr auf seine Arbeit.

„Eins noch, kannst du bitte Doris anrufen? Sie sollte herkommen und sich die Leiche am Fundort ansehen."

Nur allzu gern kam Dember diesem Auftrag nach. Er fühlte sich noch immer im siebten Himmel, wenn er an seine Doris dachte. Es überraschte ihn überhaupt nicht, dass sie schon nach dem ersten Klingeln am Apparat war: „Hallo, Schatz. Kannst du mal wieder nicht schlafen?"

Dr. Doris Dember hatte schon vor dem Anruf ihres Mannes wieder mal unter Übelkeit gelitten und nicht mehr schlafen können. Sie gehörte somit zu den statistisch acht von zehn Frauen, die mit Übelkeit in der Frühschwangerschaft Bekanntschaft geschlossen hatten. Statt aufzublühen und sich auf das Baby zu freuen, war ihr seit Wochen einfach nur elend zumute.

---

3 Kommissariat für u. a. Brandermittlungen
4 s. „Eiskalt in Nippes"

Zum Glück musste sie sich nicht mehrmals am Tag übergeben. Doris hatte schnell herausgefunden, welche Speisen sie vertrug und welche nicht, damit sich ihre Übelkeit in Grenzen hielt. Ihre sportliche Figur gehörte mittlerweile der Vergangenheit an.
„Ach, im Grunde bin ich froh, dass du anrufst. Ich wälze mich nur hin und her, außerdem kann ich mich nicht an dich kuscheln. Du fehlst mir einfach. Aber sag schon, wo muss ich denn diesmal hinkommen? Ich kann sowieso nicht mehr schlafen."
„Nach Rondorf, in die Kapellenstraße. Du kannst uns gar nicht übersehen."
„In Ordnung, ich mache mich noch kurz fertig und dann fahre ich los."
„Ach, eins fällt mir noch ein. Zieh' dich nicht so hübsch an wie sonst, das bringt hier nichts. Hier hat es gebrannt und du würdest dir nur die Klamotten versauen. Nimm also besser deinen alten dunkelblauen Overall."
„Okay, Schatz. Bis gleich."

***

Zur gleichen Zeit fuhr Edmund Immel mit dem weißen Kastenwagen der Brandermittler um die Absperrung herum und parkte neben den anderen Polizeifahrzeugen. Ede, wie er von den meisten genannt wurde, hatte seinen Einsatzanzug und die Sicherheitsstiefel schon an. Seinen Schutzhelm hatte er unter den Arm geklemmt.
„Morgen Ede, ist dir nicht ein bisschen heiß in den Sachen?", frotzelte Westhoven.
„Ich habe mich in den letzten 20 Jahren dran gewöhnt. Besser, als wenn meine Privatklamotten ständig nach Rauch stinken. Wieso ist eigentlich das KK 11 hier, liegt hier Fremdverschulden vor?"
„Ach, nichts ist klar. Aber Schuster hatte hier ein ungutes Bauch-

gefühl und das war für mich Grund genug, mit meinem Team her zu kommen. Du kennst mich ja."
„Na, dann lasst uns mal gucken." Ede Immel setzte seinen weißen Helm mit dem blauen Reflektorstreifen auf und schloss den Kinnriemen. Alle Brandermittler hatten diesen Streifen auf ihrem Helm, damit sie optisch von den Feuerwehrmännern unterschieden werden konnten. Trotzdem war Ede Immel schon oft von seinen „Feuerwehrkollegen" zum Löschen eingeteilt worden und musste stets erklären, warum er dem Auftrag nicht nachkommen konnte.
Zu dritt gingen sie gebückt unter dem rot-weißen Flatterband mit der Aufschrift „Polizeiabsperrung" hindurch ins Haus direkt in den Keller und musterten die bis zur Unkenntlichkeit verkohlte Leiche. Aufgrund der hohen Hitzeeinwirkung waren die Muskeln geschrumpft und hatten sich so zusammengezogen, dass Arme und Beine in der so genannten Fechterstellung erstarrt waren.
„Und? Mann oder Frau?", fragte Michael Drees.
„Ich tippe mal ein Mann", sagte Ede. „Guckt mal die großen Schuhe."
„Das heißt doch gar nichts, es gibt auch Frauen mit großen Füßen. Naja, Michael, da hast du wohl noch einiges zu tun, um die arme Socke hier zu identifizieren", sagte Westhoven.
„Halb so wild, hab schon Schlimmeres gesehen. Und meist reichen schon ein paar körperliche Merkmale, wie fehlende Zähne oder Operationsnarben. Wenn alle Stricke reißen, können wir immer noch einen DNA-Abgleich versuchen. Ich mach' das schon", versicherte Drees und schaute sich weiter um. Plötzlich rief er: „Kommt mal her!" Er zeigte auf das Schloss der schweren Kellertür, die neben dem Kellereingang im Raum lag.
„Zugesperrt, aber der Schlüssel steckt nicht", stellte Ede fest. „Das erklärt auch, warum die Feuerwehr sie regelrecht kaputt geschlagen hat, um hier hereinzukommen."

„Klasse, Michael, weiter so. Könntet ihr beiden mich trotzdem gleich mal für eine Minute allein lassen? Ihr wisst ja, dass…“ Er brauchte den Satz nicht zu Ende zu sprechen.
Drees nickte, denn er wusste schon aus anderen Fällen, dass sich Westhoven immer neben die Leiche stellte und den Tatort mit geschlossenen Augen auf sich wirken ließ. „Kein Problem, wir gehen mal kurz raus. Bis gleich.“

Die Ermittler schwitzten in ihren nicht besonders atmungsaktiven Schutzanzügen. Ständig fielen ihnen schwarze Wassertropfen von der Decke herab auf die Schultern. Ede und Drees waren froh, für die nächsten Minuten an die frische Luft zu kommen. Westhoven stellte sich derweil neben die noch immer dampfende Leiche. Er versuchte, jedes noch so kleine Detail zu erfassen, und schloss die Augen. Westhoven hörte, wie die Wassertropfen des Löschwassers auf den Fliesenboden fielen und zerplatzten. Er horchte nach dem Knistern des nassen, langsam abkühlenden Holzes. Bei dem beißenden Geruch, den er jetzt noch intensiver wahrnahm, war sein erster spontaner Gedanke, wie gut es doch die Brandermittler hätten, die sich wenigstens in der Umkleide der Brandermittler duschen und die verqualmten Klamotten direkt dort in die Waschmaschine stecken könnten. Er dagegen musste die stinkenden und verrußten Kleidungstücke mit nach Hause nehmen. Außerdem würde er in den nächsten Wochen sicher einen großen Bogen um angebranntes Fleisch machen, da war er sich sicher. Innerlich graute es ihm schon vor dem nächsten Grillabend. Irgendwie war er, was das anging, in letzter Zeit ziemlich empfindlich geworden. Nach dem Tiefkühlmord in Nippes hatte er wochenlang kein Fleisch aus dem Gefrierschrank essen können. Er versuchte, sich nun aber auf den Grund zu konzentrieren, aus dem er allein in dem heißen ausgebrannten Kellerraum stand. In Westhovens Kopf spielten sich die verschiedensten Szenarien ab. Vor allem fragte er sich, warum das Opfer hier unten im Keller war. War es am Ende ein spektakulärer Suizid? Warum war die Kellertür abgeschlossen? Diesem Umstand musste er unbedingt nachgehen und feststellen, von welcher Seite der Schlüssel gesteckt hatte. Vielleicht war er beim Aufbrechen der Türe rausgefallen? Es war noch alles offen. Vielleicht würde Dr. Doris Dember ja eine Erklärung für ihn haben. Er ging nach draußen und suchte Dember.

„Heinz, wo bleibt denn deine holde Gattin?"

„Eigentlich müsste sie schon längst hier sein. Bestimmt biegt sie gleich um die Ecke."

Westhoven wollte, dass Dember und Toni Krogmann sich schon jetzt die Leiche und insbesondere den Keller anschauten. Immerhin würden die beiden sowieso den Tatort zusammen mit Ede und Drees aufnehmen. Um keine Trugspuren zu legen, zogen sich Krogmann und Dember ebenfalls Schutzanzüge und Schuhüberzieher an. Zu dritt gingen sie in den Keller hinunter.

„Boah, das riecht ja wie verbranntes Hähnchen", rutschte es Toni Krogmann angewidert heraus. Sie war ein wenig blass geworden.

„Ja, stimmt, der hier ist nur viel größer als so ein Flattermann", sagte Dember und zwinkerte ihr zu.

Westhoven stieß ihn an die Schulter. „Heinz, reiß dich gefälligst zusammen. Wenn du das hier nicht ernst nehmen kannst, ist für dich bald wirklich Matthäus am letzten. Immerhin hat hier ein Mensch ein ziemlich schlimmes Ende gefunden, also ein bisschen mehr Respekt, bitte!"

Gerade als Dember etwas erwidern wollte, kam seine Frau die Treppe herunter. Dember hoffte, dass sie die letzten Sätze nicht mitbekommen hatte.

„Hallo, Schatz. Schön, dass du da bist". Er machte einen Schritt auf sie zu und gab ihr einen Begrüßungskuss. In dem Moment hätte er Westhovens Gedanken nicht lesen wollen.

„Hallo, Toni, hallo, Paul. Da habt ihr ja mal wieder so richtig ins Klo gegriffen, wenn ich mir das hier so ansehe“, kommentierte sie trocken.
„Deswegen bist du ja hier“, entgegnete Westhoven.
Er blickte seine Teamkollegen an: „Okay, ihr beiden geht bitte wieder nach oben und macht mit der Befragung weiter“.
Dr. Doris Dember, die mittlerweile die Gummihandschuhe angezogen hatte, hockte sich neben die Leiche und suchte vergeblich nach Anzeichen gewaltsamer Fremdeinwirkung.
Westhoven entging nicht, dass Doris anfing zu würgen. Er sagte aber nichts, denn offiziell durfte er ja noch nicht wissen, dass sie in anderen Umständen war. Diese Tatsache war Heinz Dember beim Bier herausgerutscht. Er hatte seine Kollegen jedoch zur Verschwiegenheit verdonnert.
„Was guckst du denn so?“, fragte sie gereizt.
„Ach nichts, nur so. Wie sieht es denn aus, kannst du schon was zu Todesursache und Todeszeitpunkt sagen?“ Ihm fiel nichts Besseres ein.
„Also, Paul, es wäre am besten, wenn die Staatsanwaltschaft eine Obduktion anordnen würde. Ich kann überhaupt nichts dazu sagen, ob der Mensch hier noch gelebt hat, als das Feuer ausgebrochen ist. Wer ist das eigentlich?“
Sie beendete ihre Erklärung, denn ansonsten hätte sie den Würgereiz nicht mehr kontrollieren können.
Westhoven tat auch diesmal so, als ob er nichts davon merken würde.
„Doris, jetzt mal im Ernst: Würdest *du* das da etwa anhand eines Ausweises identifizieren wollen? Da müssen wir uns was anderes einfallen lassen, und eine Obduktion wird Asmus ganz sicher anordnen.“
„Ja, hast recht. Auch ein Staatsanwalt wird wissen wollen, mit wem er es hier zu tun hat. Wieso seid ihr eigentlich hier? Ihr seid

doch gar nicht zuständig. Das ist doch an sich ein Fall für das KK 13. Es kommt doch nicht jedes Mal die Mordkommission, wenn jemand verbrannt ist, oder?"

„Wir wollen ganz sicher gehen. Im Moment sagen mir nur mein Bauchgefühl und das des Kollegen Drees, dass hier was krumm ist. Und mein Bauch hat mich noch nie getäuscht." Er zwinkerte ihr zu. „Kann der Erkennungsdienst hier loslegen und ist es okay, wenn ich schon das Bestattungsunternehmen für den Leichentransport bestelle?"

„Kein Problem, Paul. Hier kann ich sowieso nicht viel machen."

Westhoven verließ erleichtert den Keller. Er brauchte ein paar kräftige Atemzüge an der frischen Morgenluft, um die Benommenheit aus seinem Kopf zu vertreiben. Er musste husten. Das Taschentuch färbte sich schwarz, als er sich schnäuzte.

Durch den Vorgarten kam Toni Krogmann auf ihn zu.

„Die freiwillige Feuerwehr war zuerst hier. Sie hat die Haustür aufgebrochen und mit allem, was da war, das Feuer bekämpft. Wie du ja selbst gesehen hast, hat es nicht viel genutzt. Der Einsatzleiter sprach noch davon, man wäre gerne vor der Flash-Over-Phase da gewesen, aber sie seien zu spät gekommen."

Westhoven sah ihren fragenden Blick.

„Flash-Over-Phase, das ist der Moment, wo quasi die Luft brennt. Es hat sich ein entzündliches Gemisch gebildet und es kommt zu einer Verpuffung. Mach' dir nichts daraus, den Begriff kannte ich vorher auch nicht. Was ist mit der Kellertür, welchen Zustand hatte die? Das ist total wichtig. Und was hat die Melderin eigentlich gesagt? Hat sie jemanden gesehen, ist vielleicht einer weggerannt oder so was?"

„Da musst du gleich Heinz fragen, der spricht grad mit ihr."

Westhoven ging sofort in dessen Richtung, als sein Mobiltelefon vibrierte.

„Paul, ich bin es, Walter Schmitz, ich muss eine Pressemitteilung vorbereiten, was soll bzw. darf ich schreiben?"
„Ich kann dir noch nicht viel sagen, nur so viel: wir haben eine verkohlte Leiche im Haus gefunden. Da wir aber überhaupt nicht wissen, ob wir es mit einem Unfall, einem Suizid oder einem Kapitalverbrechen zu tun haben, sollten wir nur sehr zurückhaltend die Information an die Presse weitergeben."
„Ist mir schon klar. Wer ist denn der zuständige Staatsanwalt?"
„Ich gehe mal davon aus, dass es Asmus ist, aber der ist nicht hier. Ich werde ihn nachher anrufen und informieren. Er wird aber sicher eine Obduktion anordnen. Ansonsten kommen wir nämlich hier nicht weiter."
„Gut Paul, melde dich, wenn es etwas Neues gibt", beendete der Kollege von der Pressestelle das Gespräch.

Paul Westhoven steckte sein Mobiltelefon wieder in seine Hosentasche und ging zu Dember, der noch immer Sonja Wellermann befragte. Chakira lag neben ihr auf dem Boden. Sie hatte ihre Leine über dem Rücken liegen, was für sie als Jagdhund bedeutete, dass sie erst wieder aufstehen würde, wenn ihr Frauchen die Leine aufnahm. Ohne dass Westhoven fragen musste, erzählte sie Dember, dass sie jeden Abend hier vorbeikomme. Es sei ihre normale abendliche Runde, die sie immer mit der Hündin gehe, nur diesmal sei sie etwas später dran gewesen. Etwas Ungewöhnliches habe sie aber in den letzten Tagen nicht bemerkt.
„Das war wie immer", ergänzte Frau Wellermann, nach ihrer Hündin schauend.
„Wie meinen Sie das?" fragte Westhoven.
„In den letzten Wochen brannte noch immer sehr spät Licht im Haus und dauernd parkten die Holländer hier halb auf dem Bürgersteig. Eine absolute Frechheit und Verkehrsbehinderung."
„Was für Holländer?"

„Naja, Autos mit holländischen Kennzeichen. Die fielen mir halt auf, weil hier sonst keine fremden Kennzeichen stehen."
„Haben Sie denn auch jemanden gesehen?"
„Nee, ich hab' da nicht drauf geachtet. Ständig rasen hier die Fahrzeuge durch, vor allem die Taxen, sie fahren wie die Irren. Kann da die Polizei nicht etwas machen?"
„Vielen Dank, Frau Wellermann. Mein Kollege wird alles notieren."
Westhoven gab ihr die Hand und spürte gleichzeitig das bekannte Vibrieren in seiner Hosentasche. Er zog das Mobiltelefon heraus und schaute auf das Display. Die eingetroffene SMS traf ihn wie ein Donnerschlag: „Papa hatte einen Herzinfarkt, Notarzt ist da. Ruf an, wenn du kannst. Anne." Westhoven zögerte keine Sekunde und rief sofort zurück.
„Anne, was ist los? Wie schlimm ist es?"
Hatte Anne bis eben noch durchgehalten, brach sie nun in Tränen aus, als sie seine vertraute Stimme hörte.
„Ich weiß es nicht, sie untersuchen noch und das EKG sah schrecklich aus, wie sie mir sagten. Sie meinten, es sei auf jeden Fall ein Infarkt."
„Hör' zu, Anne, ich komme, so schnell ich kann. Bitte gib mir Bescheid, sobald du weißt, in welches Krankenhaus sie ihn bringen werden."
„Danke, aber du musst doch ..."
Paul Westhoven unterbrach seine Frau: „Das lass' mal meine Sorge sein. Vergiss du bitte nicht, mir zu schreiben, in welches Krankenhaus sie ihn bringen und Kopf hoch, Schatz, das wird schon. Dein Vater ist zäh und robust wie eine alte Eiche."
Paul Westhoven rief seinen Chef Arndt Siebert an, der mittlerweile auch im Präsidium eingetroffen war, und erklärte ihm die häusliche Situation. Er war sofort einverstanden, dass Dember Westhoven solange vor Ort vertrat. Westhoven instruierte Dember:
„Und triff bitte keine weiteren Entscheidungen, ohne sie mit mir

abgesprochen zu haben. Mach' bitte nur das, was wir eben besprochen haben. Ich sehe zu, dass ich bald zurück bin."

Westhoven hatte noch nicht seinen Wagen erreicht, als eine neue SMS eintraf: „Herzzentrum Uni-Klinik, Anne."

In dieser Situation waren dem sonst so korrekten Paul Westhoven die Geschwindigkeitsbeschränkungen auf dem Militärring ziemlich gleichgültig. Wenn er geblitzt würde, dann wäre es eben Schicksal. Mit quietschenden Reifen bog er vom Militärring auf die Berrenrather Straße ab, raste weiter über den Sülzgürtel, bis er schließlich die gut 10 km entfernte Uni-Klinik in einer sensationellen Zeit von knapp 14 Minuten erreichte. Da um diese Uhrzeit an der Uni-Klinik kein Parkplatz zu finden war, stellte er das Fahrzeug halb auf den Gehweg vor die Kerpener Straße 62, in der sich seit Oktober 2007 das moderne Herzzentrum der Uni Köln befand. Als „Parkentschuldigung" legte er die Polizeianhaltekelle auf das Armaturenbrett. Noch in der Eingangshalle traf er Anne und seine Schwiegermutter. Der Blick aus ihren geröteten Augen sprach Bände. Beide sahen ihn verzweifelt an, als ob er helfen könnte. Auf seine Frage, ob sie schon etwas wüssten, schüttelten beide nur den Kopf. Er nahm Anne in den Arm. Gleichzeitig legte er seiner Schwiegermutter eine Hand auf die Schulter und versuchte, sie zu trösten.

„Macht euch keine Sorgen. Die wissen hier, was sie tun. Das ist das neue Herzzentrum. Ich habe zuletzt noch in einem Artikel gelesen, dass hier pro Jahr mehr als 1.100 Koronaroperationen und mehr als 2.500 Herzoperationen durchgeführt werden. Die haben hier Erfahrung. Und Alfons ist kein Risikopatient. Er raucht nicht und die paar Gläschen Wein zum Abendessen sind ja wohl eher gesund. Bestimmt verpassen sie ihm einen von diesen Stents und alles wird gut. Dann ein schöner Aufenthalt in einer Rehaklinik und im nächsten Jahr ist er beim Kölner Brückenlauf dabei."

So richtig glaubte Westhoven allerdings selbst nicht an das, was er eben gesagt hatte.
Einer der Ärzte könnte auf sie zukommen und allein schon mit seinem hoffnungslosen Gesichtsausdruck die Botschaft überbringen, die keiner von ihnen hören wollte. Im Geiste drückte er deswegen ganz fest die Daumen, denn er mochte seinen Schwiegervater. Und auf Beerdigungen ging er sowieso nicht gern. Anne und ihre Mutter hatten sich auf die Stühle im Wartebereich gesetzt und warteten schweigend auf die erlösende Nachricht. Nach einer gefühlten Ewigkeit öffnete sich die Tür zum Herzkatheterbereich und einen Moment später stand ein Arzt vor ihnen. Auf seinem Namensschild stand der Name Dr. Redrüs. „Sind Sie die Angehörigen von Herrn Stern?“
Die Anspannung der drei war spürbar. Wie gebannt schauten sie den Arzt an und nickten gleichzeitig zustimmend.
„Also, ihr Mann“, er blickte Frau Stern an, „hatte einen Herzinfarkt. Als er zu Hause synkopiert ist, hatte er wahrscheinlich einen AV-Block III. Grades entwickelt mit Bradykardien um 30. Er ist dann zum Glück sofort nach der Stabilisierung direkt in unser Katheterlabor gebracht worden, wo wir einen thrombotischen RKA Verschluss diagnostiziert haben. Wir konnten dann nach Thrombusaspiration ...“
Paul Westhoven unterbrach den Arzt: „Also auf deutsch gesagt, mein Schwiegervater hatte einen Infarkt auf Grund eines Koronargefäßverschlusses. Konnten Sie diesen beseitigen? Geht‘s ihm gut?“
Der Arzt blickte ihn an.
„Das hätte ich Ihnen jetzt gleich gesagt“, meinte er ein wenig indigniert. Paul Westhoven unterbrach ihn wieder: „Ja, aber meine Schwiegermutter hätte das vermutlich nicht verstanden.“
Der Arzt räusperte sich und begann von Neuem: „Also, einfach gesagt, er hatte einen Infarkt, wir konnten den Verschluss besei-

tigen und haben ihm einen Stent gesetzt, ein weiterer Stent war noch notwendig, da sich ein weiteres Koronargefäß zu verschließen drohte. Dem Patienten geht es gut und Sie können ihn in 1-2 Stunden auch schon besuchen. Am liebsten würde er schon jetzt nach Hause gehen, das geht aber nicht. Wie lange wir ihn hier noch zur Beobachtung behalten müssen, kann ich Ihnen im Augenblick nicht sagen. Voraussichtlich wird es noch 3 bis 4 Tage dauern und dann sollte sich umgehend eine Rehabilitation anschließen. Sport unter ärztlicher Aufsicht und ähnliches. Das kann entweder ambulant oder stationär erfolgen. Ich muss jetzt aber wieder, Sie haben ja noch ein paar Tage Zeit, alles zu klären."
Er verabschiedete sich und verließ den Raum. Anne hatte ihre Mutter fest in den Arm genommen, beide weinten vor Erleichterung. Westhoven war schon fast wieder mit seinen Gedanken bei dem Fall. Er schaute auf das Display seines Mobiltelefons und sah „3 Anrufe in Abwesenheit", allesamt von Dember.
„Ruf' schon an", sagte Anne, „kümmere dich um deinen neuen Fall. Ich bleibe bei Mama und nehme mir heute frei."
„Bist du sicher, Schatz?"
„Ja, ganz sicher und danke, dass du gekommen bist." Sie umarmte Paul und wandte sich dann wieder ihrer Mutter zu. Westhoven drückte seine Schwiegermutter ebenfalls und sprach ihr noch einmal Mut zu. Auf dem Weg zum Auto rief er Dember zurück:
„Heinz, ich bin es. Was gibt es, dass du ständig versucht hast, mich zu erreichen?"
„Erstmal das Wichtigste: Wie geht es deinem Schwiegervater?" erkundigte sich Dember.
„Es geht ihm den Umständen entsprechend. Jetzt sag' schon, was los ist!"
„Dieser Holm vom Express schleicht hier rum und stellt jede Menge Fragen. Was ist mit der Leiche? Kann sie abtransportiert werden?", wollte Dember wissen.

„Um den Abtransport der Leiche wollte sich doch Drees kümmern. Sprich ihn mal an. Wir haben jetzt 08:30 Uhr und ich gehe mal davon aus, dass ich gleich von hier aus rüber zur Rechtsmedizin fahren kann. Dann könnt ihr weiter den Tatort aufnehmen. Und bestell' den Bestattern einen schönen Gruß von mir. Sag' denen, die sollen nicht wieder erst noch genüsslich durch die Waschanlage fahren. Beim letzten Mal haben wir geschlagene zwei Stunden auf die gewartet. Der Gipfel war dann, dass die außerdem noch zwei Aufträge zwischendurch angenommen hatten, um woanders Leichen abzuholen", erinnerte sich Westhoven.
„Fehlte eigentlich nur noch, dass die zwischendurch ins Kino gegangen wären. Das wir in der Rechtsmedizin alle deswegen unnötig warten mussten, war denen total egal. Noch heute klingen mir die Worte von Asmus in den Ohren, die er denen verpasst hat."
„Mach' ich. Und was ist mit diesem blöden Presseheini? Nicht, dass er mich auch noch falsch zitiert oder sonst wieder irgendeinen Müll schreibt, der nicht stimmt!"
„Verweis' ihn an die Pressestelle, soll sich Walter mit ihm rumschlagen. Ignorier' ihn oder sag' ihm einfach, dass es gebrannt hat, falls er es noch nicht bemerkt habe."
Westhoven konnte sich ein Lachen nicht verkneifen. „Sag' ihm aber nichts über den Zustand der Leiche, kein Wort, ist das klar?"
„Und wenn er nicht locker lässt?"
„Dann sagst du einfach, dass die augenscheinlichen Brandverletzungen – über die du natürlich nichts sagen kannst – mit einem Weiterleben nicht vereinbar waren. Kümmere dich jetzt aber vordringlich um die Leiche oder willst du deine Frau unnötig warten lassen? In fünf Minuten ruf' ich wieder an."

KAPITEL 3

Westhoven rief bei Staatsanwalt Asmus an und trug ihm den bisherigen Sachstand vor. „Wunderbar, Herr Westhoven. Ich sage gleich unserer neuen Kollegin Bescheid. Die wird sich freuen, sie ist seit gestern hier in der Abteilung IX. Wirkt etwas pingelig, scheint aber ganz nett zu sein. Ich kenne ihren Vater aus der Studienzeit."
Er gab Westhoven noch die Telefondurchwahl von Staatsanwältin Sarah Steinmann.
„Steinmann, Staatsanwaltschaft Köln", meldete sie sich schon nach dem ersten Klingeln.
„Guten Morgen, Frau Steinmann. Mein Name ist Westhoven. Ich bin vom KK 11, Kripo Köln", stellte er sich vor.
„Ach hallo, Herr Westhoven. Hab schon viel von Ihnen gehört. Wie kann ich Ihnen helfen?"
„Na, Sie können mir ja nachher erzählen, was Sie von mir gehört haben. Bin sehr gespannt. Aber der Grund meines Anrufes ist ..."
„...das Feuer mit dem Toten in Rondorf", beendete sie den Satz. „Das kam schon im Radio. Ist die Leiche schon in der Rechtsmedizin?"
„Zumindest auf dem Weg dorthin."
„Dann sollten wir so schnell es geht obduzieren. Ich schwing' mich gleich in die Bahn und fahre zum Melatengürtel in die Rechtsmedizin."
„Wenn Sie wollen, hole ich Sie ab. Ich bin ganz in der Nähe und der Schlenker an der Luxemburger vorbei wäre kein großer Umweg", schlug er ihr vor.
„Das ist aber nett, aber nur, wenn es keine großen Umstände macht."
So entging sie der stickigen Luft in der vollen Bahn und dem Geruchscocktail aus Schweiß, Rasierwasser, Parfüm und Knoblauch.

„Gut, dann in fünf bis zehn Minuten am Haupteingang des Amtsgerichts, Luxemburger Straße 101. Das ist für mich am einfachsten. Ach ja, noch etwas. Ich fahre einen dunkelblauen Seat Leon mit Gummersbacher Kennzeichen."

Auf dem Weg von der Uni-Klinik zum Treffpunkt fragte Westhoven bei Dember nach und erfuhr, dass die Leiche schon längst unterwegs sei. Außerdem sei ein Autoschlüssel aus den Kleidungsresten gefallen, als die Bestatter den Leichnam in den Zinksarg hoben. Die dem Boden zugewandten Teile und Kleidungsstücke waren noch nicht vollständig verbrannt.
„Guck gleich mal in der unmittelbaren Umgebung, ob du das passende Auto dazu finden kannst. Vielleicht haben wir Glück", wies Westhoven ihn an.

Vor der Zufahrt zum Amtsgericht stand eine hochgewachsene Frau Anfang Dreißig in sommerlicher, aber geschäftsmäßiger Kleidung. Der dunkelgraue Bleistiftrock bedeckte ihre Knie und die schwarzen Lackpumps der Edelmarke Prada spiegelten sich in der Sonne. Um den Hals hatte die junge Staatsanwältin, passend zur weißen Bluse von Strenesse, eine Kette aus rosa Perlen gelegt. Am rechten Handgelenk baumelte ein noch nicht vervollständigtes Armband von Pandora. Ihre dunkelbraunen Haare waren zu einem Pagenschnitt frisiert. Sie passte so gut in einen Obduktionssaal oder an einen Brandtatort wie eine bayerische Lederhose auf den Wiener Opernball.
Unter ihren linken Arm hatte sie eine Akte geklemmt, auf der Westhoven deutlich das Wort „Staatsanwaltschaft" lesen konnte. Er hielt neben ihr, ließ das Beifahrerfenster herunter und sprach sie an: „Ich nehme an, Sie sind Frau Steinmann?"
Sie nickte, öffnete die Beifahrertür und stieg ein. „Und Sie sind also Paul Westhoven?»

„Steht zumindest in meinem Ausweis", konterte er und warf ihr einen verstohlenen Blick zu. Er fand die junge Frau mit dem perfekt geschminkten Gesicht eigentlich ganz nett. Sie wirkte auf ihn jedoch wie die verwöhnte Tochter reicher Eltern, die vor dem Einstieg in die Familienkanzlei erst einmal Erfahrungen bei der Staatsanwaltschaft sammeln sollte.
„Was hat Ihnen Asmus denn über mich erzählt?"
Er hatte die Absicht, sie ein wenig auszufragen.
„Ach, eigentlich nicht viel. Nur, dass Sie sich in Ihre Fälle verbeißen und keine Ruhe geben, bevor der Fall gelöst ist."
Sie hielt inne. „Und da sind wir uns wohl ähnlich, denn so bin ich auch. Ich habe nämlich überhaupt keine Lust, mich an der Nase herumführen zu lassen und will meine Ermittlungssachen gerichtsfest machen, damit eine akzeptable Verurteilung dabei herauskommt."
In wenigen Minuten würden sie den Parkplatz der Rechtsmedizin am Melatengürtel erreichen.
Paul Westhoven dachte über die Worte der Staatsanwältin nach. Ihn interessierte ein Strafmaß relativ wenig. Seine oberste Maxime als Kriminalist war, die Wahrheit herauszufinden und zu beweisen. Als Kriminologe interessierte es ihn, warum eine Tat begangen wurde und wie man sie hätte verhindern können.

***

Heinz Dember und Toni Krogmann standen im ausgebrannten Schwimmbad und diktierten ihre Feststellungen ins Diktiergerät. Ede Immel hatte einstweilen seine Brandhacke aus dem Brandauto geholt, um mit ihr im Keller systematisch den Schutt zu durchsuchen. Er kletterte gerade über die Trittleiter in das 1,20 m tiefe Schwimmbad. Mühsam zog er eine verschmorte und von der Hitze in Mitleidenschaft gezogene Plastikplane beiseite.

Darunter kamen mehrere 50 kg-Säcke Blähton zum Vorschein. Instinktiv schaute er nach oben zur Decke, wo ihm etliche verschmorte Elektrokabelenden auffielen.
„Michael“, rief Ede, „das musst du dir mal ansehen, komm mal.“
„Was machst du denn im Schwimmbecken?“, fragte Drees, als er Ede dort stehen sah.
„Quatsch' nicht rum, guck' mal hier.“ Ede zeigte auf die Blähtonsäcke. Drees zuckte mit den Schultern.
„Und? Vielleicht ein Hobbygärtner.“
„Nee, ist klar, Sherlock Holmes.“ Ede zeigte mit dem rechten Zeigefinger in Richtung Decke. „Und nun, immer noch Hobbygärtner?“
Bei Drees fiel augenblicklich der Groschen:„Alter Schwede, hier wollte wohl jemand eine Indoor-Plantage anlegen!“
„Ja, aber bestimmt nicht für Orchideen oder Erdbeeren!“
„Nein, ich tippe auch eher auf Hanf.“
„Sag' Toni und Heinz, dass sie auf alles achten sollen, was mit einer Hanfplantage zu tun haben könnte. Du weißt schon, Leuchtstoffröhren, Belüftung und so ein Kram. Und ruf' Westhoven an, das sollte er unbedingt wissen.“
Drees wählte die Rufnummer von Westhoven.
„Hallo Paul, wir haben eine Überraschung.“
Westhoven war ganz Ohr. Drees rief selten vom Tatort aus an, und wenn doch, dann war es immer dringend. „Schieß' los, was gibt es bei euch?“
„Wir haben hier eine Menge Equipment für eine Indoor-Hanfplantage gefunden. Blähton und die Verkabelung, den Rest suchen wir noch. Den werden wir aber auch finden, wenn er schon da ist.“
„Gute Arbeit, Michael. Haltet mich auf dem Laufenden. Wenn ihr mich mobil nicht kriegt, dann ruft in der Rechtsmedizin an. Wir sind gleich bei der Obduktion.“

***

Gegen 09:15 Uhr erreichten Westhoven und Staatsanwältin Steinmann den Parkplatz des Instituts für Rechtsmedizin der Universitätsklinik Köln. Westhoven ging Richtung Haupteingang. Er wollte nicht, wie sonst üblich, den Hintereingang am Parkplatz benutzen, sondern die Staatsanwältin zunächst mit einigen Mitarbeitern des Instituts bekannt machen. Nach zahlreichen Begrüßungen drängte Westhoven dann aber nach unten in den Sektionsbereich.

„Hallo Pahl, alles frisch?", grüßte er freundlich den Präparator, der wieder einmal aussah, als wenn er soeben dem Tod persönlich begegnet wäre. Paul wusste nie genau, ob der Alkoholgeruch, der Pahl stets umgab, von den Desinfektionsmitteln kam oder durch die Wodkaflasche, die Pahl im Fach 4 der Leichenkühlkammer griffbereit aufbewahrte.

„Moin, Paul. Bei mir ja, bei dem da nicht." Er zeigte auf die verkohlte Leiche, die auf dem stählernen, kalten Obduktionstisch lag. „Ist wohl zu lange in der Sonne gewesen." Pahl war berüchtigt für seine grotesken Kommentare.

„Darf ich vorstellen, das ist unsere neue Staatsanwältin in der Abteilung IX, Frau Steinmann", sagte Westhoven. Sarah Steinmann machte einen Schritt zurück und versuchte, freundlich zu grüßen. Keinesfalls wollte sie jedoch Pahl die Hand geben, denn dieser hatte Gummihandschuhe an. Und die waren jetzt schwarz. Sarah Steinmann konnte Eins und Eins zusammenzählen.

Westhoven schaute in den leeren Sektionssaal. „Wo ist denn Doris?"

„Die zieht sich grad um. Hat sich eben ihr Frühstück noch mal durch den Kopf gehen lassen, als wir die Leiche auf den Tisch verfrachtet haben. Ich hab ihr schon gesagt, die soll mal lieber nach Hause fahren und sich auskurieren", erzählte Pahl und grinste in sich hinein.

„Ach, das wird schon wieder. Die ist hart im Nehmen“.
Westhoven behielt für sich, dass er genau wusste, warum ihr schlecht geworden sein musste.
Doris Dember betrat den Sektionssaal. Es war nicht zu übersehen, dass sie blass um die Nase war. Durch sicheres Auftreten versuchte sie, ihren Zustand zu überspielen.
„Na, dann kann es ja losgehen.“ Sie schritt auf die drei zu.
„Paul, du hast mir ja gar nicht gesagt, dass ihr schon wieder eine neue Kollegin habt“, begrüßte sie die Staatsanwältin und reichte ihr die Hand: „Hallo, ich bin Doris Dember.“
„Guten Morgen, ich bin Sarah Steinmann, Staatsanwaltschaft Köln. Ich bin seit heute in der Abteilung IX.“
„Au weia. Und dann direkt eine Brandleiche!“
„Besser als eine von Maden und Käfern zerfressene, verfaulte Leiche, finde ich. Das war meine erste, die ich gesehen und gerochen habe. Das war damals, als ich als Referendarin in einem Streifenwagen mitgefahren bin. Ich glaube, ich habe danach dreimal geduscht und hatte trotzdem noch immer den Geruch in der Nase“, erzählte sie.
„Und dann trotzdem in die Kap-Abteilung?“, fragte Doris.
„Ja, klar. Ist doch super spannend und anspruchsvoll.“
Sie betrachtete die Leiche mit leuchtenden Augen und ihr Gesicht bekam etwas richtig Freudiges, wie bei einem Kind, das unterm Tannenbaum genau das Geschenk fand, das es sich schon lange gewünscht hatte.
Doris Dember kommentierte dies nicht weiter, sondern schaltete das Mikrofon ein und fing mit der äußeren Leichenbeschreibung an. Die Kleidung wurde dann nach und nach abgetrennt und von Westhoven in Spezialtüten gepackt. Diese waren alubeschichtet und mussten mit Aluminiumklebeband gasdicht verschlossen werden. Nur so konnten die Kleidungsstücke in Fällen, in denen gasförmige Substanzen, wie zum Beispiel Brandbeschleuni-

ger, eine Rolle gespielt haben könnten, beweissicher aufbewahrt werden.
Während der Präparator die ersten Daten, wie Körperlänge und Körpermasse, auf die Tafel schrieb, formulierte Doris Dember ihre ersten Erkenntnisse:
„Beim männlichen Leichnam sind weit fortgeschrittene, ausgeprägte Brandschäden festzustellen, das heißt, es handelt sich hier um einen so genannten Brandtorso. Typisch ist die freiliegende Muskulatur, insbesondere in ausgedehnten Bereichen. Die Körperoberfläche ist gänzlich bis zur Verkohlung verbrannt, die Gesichtshaut ist ebenso nur noch unzusammenhängend vorhanden. Das Schädeldach liegt frei, der Blick auf den schwammförmigen Knochen ist möglich. Weiterhin ist die Hirnhaut extrem geschrumpft.
Die Ellbogengelenke sind ebenfalls eröffnet, der linke Unterarm wird nur noch durch einen kleinen Muskelstreifen gehalten. Auf dem durchfeuchteten Rücken hängt, wie am Gesäß, verbrannte Haut. Sämtliche Hautweichteile sind, wenn überhaupt noch vorhanden, starkgradig hitzeverändert. In der Geschlechtsregion erkennbar sind ein geschrumpfter Penis und Hodensack. Bei der äußeren Leichenschau sind derzeit keine Verletzungen abgrenzbar, die nicht brandursächlich sein dürften."

***

„Und, noch was gefunden?", fragte Michael Drees den Brandermittler.
„Kommt drauf an, was du meinst."
„Na, irgendwelches Zeug für den Bau einer Hanfplantage. Was denn wohl sonst?", ergänzte Drees.
Ede Immel schüttelte den Kopf: „Bis jetzt nicht. Aber wir sollten einen Versuch unternehmen, mit PID eine Messung vorzu-

nehmen. Bei dem Zeug, was wir hier gefunden haben, glaube ich persönlich nicht mehr an einen gewöhnlichen Brandverlauf. Und dann noch die zugesperrte Tür."

Drees schaute Immel etwas ratlos an. „Sag' mir grad noch mal, wer oder was PID ist", bat er Immel.

„Mensch, Michael. Das Teil hast du doch schon tausendmal gesehen. PID ist unser Photo-Ionisations-Detektor. Mit dem Sensor des Apparats können wir Kohlen-Wasserstoff-Verbindungen aufspüren, zum Beispiel Brandbeschleuniger wie Diesel, Benzin, Spiritus oder sonst was", sprudelte es aus Immel heraus, als wenn er von der Gebrauchsanleitung ablesen würde. „Mit PID dauert das allerdings ziemlich lange, bis wir in dem Chaos so etwas richtig lokalisieren können. Besser, schneller und präziser wäre der Einsatz von Brandmittelspürhunden."

„Jetzt, wo du es sagst", sagte Drees mit verstellter Stimme, die der eines bekannten Comedian glich. Dann wurde er wieder ernst. „Aber das können mal schön Toni oder Dember anleiern."

Er dachte an den bürokratischen Aufwand: Erst musste ein schriftlicher Antrag mit ausführlicher Sachverhaltsdarstellung bei der Führungsstelle der Direktion Kriminalität eingereicht werden, die diesen wiederum an die Führungsstelle der Direktion Gefahrenabwehr/Einsatz steuerten. Dort würden dann über die Landesleitstelle Brandmittelspürhunde angefordert, die zentral in Stukenbrock untergebracht sind und von dort dann zu den jeweiligen Brandorten anreisen.

„Gute Idee", stimmte Dember sofort zu. „Ich muss das aber mit Paul abstimmen." Er rief Westhoven über die allen Todesermittlern bekannte direkte Durchwahl im Sektionsraum an.

KAPITEL 4

Zur gleichen Zeit telefonierte Mostafa Jabri, ein 25-jähriger Deutsch-Marokkaner mit unauffälligem Gesicht und einer Figur, der man die vielen Trainingsstunden im Sportstudio und im Dojo des Kampfsportvereins ansah, mit seinen Boss Kahlid Filali in Derdara, Marokko. Dessen Firmensitz war im Rifgebirge und somit im wildesten Teil Marokkos. Jabri war einer der „Vollstrecker", der seine Aufträge kaltblütig und kompromisslos erledigte. Bereitwillig machte er gewissen „Leuten" deutlich, dass Konkurrenz sehr schmerzhaft und manchmal auch tödlich sein konnte. Von seinem äußeren Erscheinungsbild her glich der Mann mit dem verträumten Blick und dem gepflegten Dreitagebart jedoch eher einem Versicherungsvertreter oder Banker. Er trug stets schlichte Anzüge, denen man ansah, dass sie für ihren Träger maßgeschneidert worden waren. Seine ständige Begleiterin war seine geliebte schallgedämpfte Makarow Pistole PB, Kaliber 9,2 x 18 mm, die er in einem Schulterholster trug, was das Maßjackett jedoch perfekt kaschierte. Vor ein paar Wochen wurde Jabri in einer Zeremonie das so genannte Triforce, ein rotes Dreieck, umgekehrt in einem schwarzen Dreieck, im Nacken kurz unterhalb des Haaransatzes tätowiert. Voller Ehrgefühl trug er dieses Symbol, das nur verdienten „Vollstreckern" zuteil wurde.

Kahlid Filali herrschte mit seinem Bruder Hamid über das Drogenimperium in Derdara, welches ihr Vater Jamal mit aller Härte und Brutalität aufgebaut hatte, bevor er von Mitgliedern einer rivalisierenden Bande erschossen worden war. Auch wenn Cannabisanbau in Marokko verboten war, wollten die Filali-Brüder von dem „Milliarden-Kuchen" ihren Teil abhaben. Mit großzügigen monatlichen Spenden an die Gendarmerie Royal führten sie in Ruhe ihre Geschäfte.

Jabri erzählte seinem Boss in allen grausamen Einzelheiten, welche Qualen er dem Holländer zugefügt hatte. Minutiös schilderte er, wie van Haag um sein Leben gewinselt habe. Khalid Filali war zufrieden, dass ihm van Haag nicht mehr in die Quere kommen würde. Er konnte nicht zulassen, dass jemand in sein Gebiet eindrang. Maastrichts Coffeeshops gehörten ihm allein.

***

Westhoven, der im Sektionsraum dem Telefon am nächsten stand, hob nach einigem Klingeln den Hörer ab.
„Westhoven, hier in der Rechtsmedizin."
'Schade', dachte sich Dember, der gehofft hatte, seine Doris würde abheben.
„Hallo, Paul, Heinz hier. Hör mal, ist es okay, wenn ich einen Brandhund hierher bestelle? Ede meinte nämlich, das sei das Sinnvollste."
„Ja, sicher. Kein Problem. Mach das, aber halte bitte den Dienstweg ein", ermahnte Westhoven Dember.
„Ist sonst alles in Ordnung? Hat die Obduktion noch etwas gebracht?" „Nee, bis jetzt noch nicht, Doris ist noch bei der Beschreibung des äußeren Zustands der Leiche, geschnitten wurde noch nicht. Sonst noch was?"
„Zurzeit nicht."

***

Umgehend wählte Dember die Rufnummer von Arndt Siebert, dem Leiter des KK 11. Dieser sicherte zu, sich sofort um die Anforderung zu kümmern. Keine Viertelstunde später erhielt er auch schon die Rückmeldung, dass die Hundeführer sich sofort auf den Weg machen würden. Siebert rief Dember an und teilte

ihm mit, dass die Hundeführer gegen Mittag in Rondorf eintreffen würden.
Dember gab die Information an Ede, Drees und Toni weiter.
„Ich sehe mal, ob ich den Wagen finde, der zu unserem Autoschlüssel passt", ergänzte er die Mitteilung an die Kollegen. Der Funkschlüssel war zwar verschmort, aber der eingelassene Notschlüssel war noch intakt. Das eingepresste Emblem erleichterte Dembers Suche. Das BMW-Logo war noch immer zu erkennen. Auf der Straße probierte Dember den Schlüssel an einem dunklen 3er BMW aus und hatte gleich doppelt Glück. Im Handschuhfach lag ein beiges Lederportemonnaie, in dem neben einem Bündel 100 € -Scheinen der Personalausweis eines gewissen Tristan van Haag steckte. Daneben lag ein Stapel Visitenkarten: „Tristan van Haag – Immobilienmakler und Vermögensberater". Bei der weiteren Suche fand Dember in einem Aktenkoffer im Kofferraum einen Verkaufsauftrag für das Objekt, welches nun aufgrund des Brandes unbewohnbar geworden war. Auftraggeber war ein Alfred Spielmeier, der als Kaufpreis 585.000,- € für den Bungalow forderte. Ordnungsgemäß packte der Kriminalist die Schriftstücke in Umschläge, notierte sich aber vorher die Namen in seinem Notizbuch. Eine Überprüfung über die Leitstelle im Melderegister ergab, dass ein Tristan van Haag am Hohenzollernring gemeldet und mit einer Valerie van Haag, geborene de Boen, verheiratet war. Dember überprüfte auch routinemäßig das Kölner Kennzeichen des BMW. Halter war Tristan van Haag, geboren am 19.12.1971 in Utrecht. Ansonsten fanden sich keine weiteren Informationen in den Auskunftssystemen. Alfred Spielmeier war zusammen mit seiner Familie nach London verzogen. Falls die eingetragene Anschrift stimmte, wohnte die Familie jetzt an der Straße Break Egg Hill. Die Häuser dort standen dicht am Waldrand des Norsey Wood in Billericay, einer in Essex gelegenen Stadt.

In dem Seitenfach der Fahrertür entdeckte Dember eine Garagen-Fernbedienung. Als er mit der groben Durchsuchung des Fahrzeugs fertig war und auch sonst keine weiteren Hinweise gefunden hatte, ging er mit der Fernbedienung zur Doppelgarage. Er öffnete das Garagentor, das bei dem Brand kaum gelitten zu haben schien. *'Was ist das denn jetzt hier?'*, sagte er leise zu sich selbst.

Dember blickte auf mindestens einhundert Lampen und weitere Teile, die er nicht zuordnen konnte, da er den Fund von Immel und Drees noch nicht kannte. Er rief nach Toni Krogmann. Als sie herauskam, rümpfte sie über sich selbst die Nase.

„Bäh, ich stinke wie ein alter Grill. Das kriege ich doch nie wieder aus den Klamotten raus." Sie schaute in die Garage.

„Alter Schwede, bisher kannte ich so was nur aus den Jahresberichten des Landeskriminalamtes. Denkst du, was ich denke?" Sie schaute ihn fragend an.

Dember wusste immer noch nicht, was er hier eigentlich gefunden hatte.

Toni wirkte euphorisch. „Lass uns mal die Lampen zählen. Und auch gucken, was das für welche sind. Ich hab da so eine Idee."

Dember wurde langsam sauer: „Jetzt sag mir erstmal, worum es hier geht!"

„Du solltest ab und zu mal die Berichte lesen, die Arndt uns ständig weiterleitet. So wie es aussieht, haben wir hier das gesamte Equipment für eine Hanfplantage gefunden."

Ein paar Minuten später nahmen alle vier Ermittler die Lampen und die anderen Gerätschaften in Augenschein. Als sie mit der Auflistung fertig waren, hatten sie 40 Natriumdampflampen, 40 Metallhalogen-Hochdrucklampen, 40 Leuchtstoffröhren und mehrere Cooltubes gefunden.

Dember fragte Ede, wozu man das ganze Zeug hier brauchen

würde. Was nun folgte, wäre für das Internet die ideale Bauanleitung einer Indoor-Hanfplantage für jedermann gewesen.
Ede Immel erklärte ihm, dass der Cannabisanbau in Innenräumen unter Kunstlicht passieren würde. Und da eben ein paar einfache Baumarktstrahler nicht das gewünschte Wachstum erzielten, bräuchte man neben ausreichend dimensionierten und vor allen Dingen leistungsstarken Rohr- und Schneckenhauslüftern, passenden Aktivkohlefiltern, Schwarz-Weiß-Folien mit Reflektionsgrad von ca. 90% und Blähton, verschiedene Arten von Lampen. Und dazu gehörten nun mal Leuchtstoffröhren mit einer Farbtemperatur von mindestens 6.000 Kelvin, Natriumdampflampen mit mindestens 50.000 Lumen/m² und Metallhalogen-Hochdrucklampen mit 30.000 Lux. Ede Immel wollte noch weiter ins Detail gehen, als Dember ihm ins Wort fiel:
„Okay, okay. Ich hab' es verstanden. Also war unser Toter oder unsere Tote dabei, unten im Schwimmbecken eine Hanfplantage zu installieren. Vielleicht gab es einen Kurzschluss und deswegen hat alles gebrannt. Wäre ja nicht das erste Mal, dass so eine Plantage abfackelt. Dann wäre der Fall hier ja wohl geklärt."
„Ganz so einfach ist es nicht", widersprach Ede Immel. „Unten war doch erst die Verkabelung unter der Decke. Keine einzige Lampe war angeschlossen und die Kellertür war abgeschlossen. Schon vergessen?"
„Na und, das heißt doch nichts. Ich würde mich auch einschließen, wenn ich hier so was Illegales machen würde", konterte Dember.
„Trotzdem ist der Schlüssel weg", beharrte Ede Immel stur.
„Dann nimm deine blöde Brandhacke und such mal fleißig, anstatt hier große Reden zu schwingen! Dann haben wir auch den Schlüssel!"
Ede Immel drehte sich wortlos um und ging wieder mit Drees in den Keller.

***

11:30 Uhr. Dr. Doris Dembers routinemäßige innere Besichtigung der Leiche begann mit der Kopfhöhle. Nachdem die Felsenbeine aufgeschlagen waren, diktierte sie, dass darin keine entzündlichen Veränderungen oder Einblutungen festzustellen waren. Zwischen der harten und weichen Hirnhaut fand sie keine erkennbaren Blutungen. Indes war die Oberfläche des Großhirns blass-bräunlich.
„Sieht aus wie gekocht“, murmelte sie und schaltete das Diktiergerät wieder ein. Die Rechtsmedizinerin referierte weiter, dass in der Brust- und Bauchhöhle kein auffälliger Inhalt sei und sich das Herz nach Entnahme mit dunkelrotem, flüssigem Leichenblut entleert habe. Der weitere Befund des Herzens war unauffällig.
Die Untersuchung der Lungen brachte unter anderem schwarzrußige, schlierige Auflagerungen auf der Schleimhaut der Luftwege zutage. Krankheitsmäßig waren die Lungen ebenfalls ohne Befund, genau wie die Körperhauptschlagader im Brustbereich. Vereinzelte schwarz-rußige Schlieren waren selbst für Sarah Steinmann ohne pathologische Vorkenntnisse in der Speise- und Luftröhre im Brustkorbverlauf zu erkennen. Im Schleimhautrelief des Magens fanden sich abstreifbare, schwarze Anhaftungen. Die Betrachtung des Darms, der Leber und der Milz sowie der Bauchspeicheldrüse und der Nieren wiesen keine auffälligen Veränderungen auf.
„Ohne das Feuer hätte der sicher steinalt werden können“, kommentierte Dr. Doris Dember kühl ihre Diagnose. „Weder sichtbare Kalkspritzer noch Knoten im Gewebe oder sonstige Wehwehchen.“
Nach der inneren Besichtigung folgte die Begutachtung des Halses und des Skelettsystems. Im gesamten Halsbereich stellte die Pathologin ausgedehnte Brandschäden fest. Die Lederhaut

und die freiliegende Muskulatur waren verkohlt. Die tiefere blass-bräunliche Muskulatur schien, wie das Großhirn, regelrecht gekocht zu sein.
Sie öffnete die Mundhöhle. Auf der Zunge sowie im Kehlkopfeingang waren deutlich rußige Auflagerungen zu sehen. In der oberen Luftröhre waren sogar kräftige Rußantragungen.
Doris Dember diktierte weiter, dass sich rechtsseitig Brüche an der fünften bis neunten Rippe fanden. Die schwammförmigen Knochen an den Bruchenden wiesen keinerlei Einblutungsreste auf. Jedoch waren die Weichteile in den Bruchregionen verkohlt.
„Sind die Brüche durch das Feuer bedingt oder ist auf ihn eingetreten worden?", fragte Sarah Steinmann.
„Die sind durch den Brand entstanden oder möglicherweise auch durch den Transport. Ich konnte jedenfalls keine entsprechenden Einblutungen feststellen", antwortete Doris.
„Aber wäre es denn nicht möglich, dass die Einblutungen durch die Brandeinwirkungen gänzlich verschwunden sind?"
„Nein. Schauen Sie hier." Doris zeigte auf das Rippenfell unter den Brüchen, auf dem keine Einblutungen zu sehen waren.
„Vergessen Sie es, die Rippenbrüche haben keine Relevanz für das Sterbegeschehen."
Das Telefon klingelte.
Westhoven ging auch diesmal wieder an den Apparat: „Westhoven, hier in der Rechtsmedizin."
„Hallo, Paul, es gibt Neuigkeiten", sprudelte Dember sofort los.
„Ich bin ganz Ohr. Sind die Hunde schon da und haben was gefunden?"
„Nein, die sind wohl noch unterwegs. In der Garage haben wir das restliche Equipment gefunden, das man braucht, um eine Indoor-Hanfplantage anzulegen. Die Lampen und das Gedöns reichen locker für die Fläche des Schwimmbeckens, meinte Ede."
Der MK-Leiter machte der jungen Staatsanwältin ein Zeichen.

„Meine Kollegen haben in der Garage alles für eine Hanfplantage gefunden", raunte er Frau Steinmann zu, die anerkennend den rechten Daumen in die Höhe streckte und nickte. Westhoven wandte seine Aufmerksamkeit wieder seinem Kollegen am anderen Ende der Leitung zu.
„Tolle Arbeit, Heinz. Hier gibt's noch nicht viel Neues. Dass die Bekleidungsreste der Leiche nach Brandbeschleuniger rochen, ist aber wohl unstrittig."
Das zerstörte Dembers Illusionen, der bis eben noch an einen möglichen Unfall geglaubt hatte.
„Seid ihr euch da ganz sicher?!", fragte er nach.
„Heinz, die Kleidung ist zwar größtenteils verbrannt, aber in der Alutüte hat sich ein Duftgemisch entwickelt, das einen sofort an flüssigen Grillanzünder erinnert. Sag' Ede, er soll schon mal den PID warmlaufen lassen. Und gib mir Bescheid, wenn die Hunde eingetroffen sind. Wenn ich es schaffe, komme ich mit der neuen Staatsanwältin rüber. Sie ist seit heute neu in der Abteilung IX."
„Da bin ich ja mal gespannt", war Dembers Kommentar, der trotz seiner Hochzeit mit Doris und der Aussicht, bald Vater zu werden, noch immer jedem Rock nachschaute.
„Ach, das ist aber jetzt höchst interessant", sagte Dr. Doris Dember plötzlich. Schnell verabschiedete sich Westhoven von Dember und wandte sich wieder dem Seziertisch zu.
„Schauen Sie hier." Doris zeigte auf das offen gelegte Handgelenk am rechten Arm.
„Es ist kaum zu erkennen und es sind auch histologische Untersuchungen notwendig. So wie es aussieht, ist das rechte Handgelenk total zertrümmert. Und ich meine *zertrümmert.* Das hat nichts mit der Hitzeeinwirkung zu tun. Guckt mal hier, seht ihr die feinen, kaum sichtbaren Einblutungen rund um den Knochen?" Sie hielt ihren Zeigefinger auf die Stelle.
„Das andere Handgelenk sieht genauso aus."

Sie hob den Kopf und schaute die Staatsanwältin und Westhoven mit großen Augen an.
„Wie sicher ist das?“, fragte Sarah Steinmann.
„Ziemlich sicher, aber wie schon gesagt: Die histologische Untersuchung wird uns Gewissheit bringen.“
„Oh, oh, oh“, sagte Westhoven, „jetzt wird mir einiges klar. Jetzt ist auch klar, warum die Tür zugesperrt war.“
In seinem Kopf spielte sich ein Szenario ab, in dem ein brennender Mensch versuchte, mit gebrochenen Handgelenken die Tür aufzubekommen.
„Doris, kannst du den Leichnam einmal durchröntgen? Nicht, dass wir ein Projektil oder sonst was übersehen haben.“
„Kein Problem, Paul. Ich bringe das hier noch zu Ende, sonst müssen wir den Toten ja hin und her transportieren.“

***

Nachdem Pahl die verkohlte Leiche zum Röntgentisch hinübergefahren hatte, röntgte Dr. Doris Dember zügig Kopf, Thorax und die einzelnen Extremitäten.
Sarah Steinmann hatte offensichtlich das Jagdfieber gepackt: „Herr Westhoven, ich bin gespannt, ob wir jetzt noch Wesentliches entdecken.“.
„Ich auch, es wäre ja nicht das erste Mal, dass ein Fall plötzlich eine neue Wendung bekommt.“
„Wie lange dauert die Entwicklung der Bilder eigentlich noch?“
„Nicht drängeln, Herr Kollege. Das kann schon mal bis zu zehn Minuten dauern. Kannst aber gern versuchen, den Institutsleiter anzuspitzen, dass er uns ein digitales Röntgengerät aufstellt. Dann hättest du dein Ergebnis sofort und würdest deine kostbare Zeit nicht mit Warten vergeuden“, antwortete sie patzig.
Westhoven trat näher an sie heran und flüsterte ihr zu: „Bist aber ganz

schön gereizt, meine Liebe. Das war doch nur eine einfache Frage."
Wenn Blicke töten könnten, dann hätte Sarah Steinmann jetzt einen neuen Fall gehabt. Bevor sich die Situation aber weiter zuspitzen konnte, waren die Röntgenaufnahmen fertig. Doris befestigte sie am Lichtschaukasten, musterte sie kritisch und kam zu dem Ergebnis, dass da nichts sei.
„Aber wie hier deutlich zu sehen ist", sie zeigte auf die Handgelenke, „sind die Knochen stark zersplittert. Das hat definitiv nichts mit hitzebedingter Muskelschrumpfung und damit einhergehenden Knochenbrüchen zu tun. Ach ja, nur der Vollständigkeit halber: Die Bildgebung zeigt keine metalldichten Teile."
„Können Sie sich bei der Todesursache schon festlegen?", fragte Sarah Steinmann.
„Vorbehaltlich der noch zu erstellenden histologischen Untersuchung, gehe ich derzeit am ehesten von einer Dekompensation der körperlichen Reserven bei Rauchgasbelastung aus, sprich, er ist höchstwahrscheinlich an einer Rauchgasvergiftung verstorben. Ich habe bis auf die Handgelenke keine Hinweise auf eine andere gewaltsame Schädigung des Körpers", urteilte Doris.
„Wann können wir mit dem abschließenden Bericht und den noch ausstehenden Gutachten rechnen, Frau Dr. Dember?", fragte die Staatsanwältin.
„Ich tue, was ich kann, aber zaubern kann ich nicht. Außerdem muss ich das Ergebnis der Histologie abwarten. Oder reichen Ihnen etwa die Röntgenbilder?"
„Nein, ich hätte gern einen vollständigen Befund. Und stellen Sie bitte den Kohlenmonoxidgehalt im Blut fest", ergänzte Sarah Steinmann überflüssigerweise.
„Okay", ergriff Westhoven das Wort, „wir sollten, so schnell es geht, den Toten zweifelsfrei identifizieren. Erteilen Sie dazu doch bitte auch gleich den Auftrag für eine DNA-Untersuchung und was sonst noch erforderlich sein könnte, Frau Steinmann. Eine fiktive

Recherche über Live Scan bei der Telebildstelle des BKA können wir nämlich vergessen. Der Gute hat ja keine Fingerkuppen mehr."
„Klar, veranlassen Sie alles, was nötig ist. Wir müssen jetzt Gewissheit haben, ob der Tote tatsächlich Tristan van Haag ist oder nicht", erklärte sie.
„Fahren Sie jetzt wieder nach Rondorf, Herr Westhoven?"
„Das hatte ich vor. Unterwegs wollte ich aber noch am Burger King anhalten. Ich habe heute noch nichts gegessen und wirklich Kohldampf."
„Kann ich wieder mitfahren? Ich würde mir gern den Tatort ansehen, um mir selbst ein Bild zu machen."
„Von mir aus gerne."
Sie verabschiedeten sich von Dr. Doris Dember und dem Präparator Pahl. Beim Rausgehen nahm Westhoven noch die Alutüten mit der verbrannten Kleidung des Toten mit.
Im Auto tippte Sarah Steinmann auf ihrem Smartphone herum und rief die Burger King App mit den Menüangeboten auf.
„Auf welches Menü hätten Sie denn Appetit?" Sie las ihm die verschiedenen Zusammenstellungen vor.
„Mal gucken." Er wusste schon jetzt, dass es kein Burger vom Grill sein würde, aber er wollte ihr gegenüber keine Schwächen zeigen.

KAPITEL 5

Mittlerweile hatte sich auch bei Toni Krogmann, Dember, Drees und Ede Immel der Hunger gemeldet und sie hatten sich ebenfalls entschieden, vom nahe gelegenen Burger King ein schnelles Mittagessen zu holen. Dember hatte sich bereitwillig angeboten, den Kurier zu spielen.

***

Gegen 13:10 Uhr parkten Westhoven und Sarah Steinmann den Zivilwagen auf dem Parkplatz neben dem Schnellrestaurant am Bonner Verteilerkreis. Nur wenige Augenblicke später fuhr auch Dember auf das Gelände und erblickte am Eingang eine große, dunkelhaarige Frau. Der Anblick der wohlgeformten Silhouette regte sofort seinen Hormonhaushalt an. Er beeilte sich zu parken, um sie auf keinen Fall aus den Augen zu verlieren. Ihm fiel noch nicht einmal auf, dass er seinen Wagen direkt neben Westhovens Fahrzeug abstellte. Im Laufschritt eilte er zum Eingang und stellte sich hinter Sarah Steinmann, ohne zu wissen, wen er da vor sich hatte. Als Westhoven von der Herrentoilette zurück in den Laden kam, musste er unweigerlich grinsen, als er sah, wie Dember ihr gedankenverloren auf den Hintern starrte. *'Heinz Dember live`*, dachte er sich.

Dember zuckte gehörig zusammen, als Westhoven ihn von hinten ansprach: „Guten Tag, Herr Dember, was machen Sie denn hier?"

„Mensch, Paul. Hab' ich mich erschreckt."

„Ich weiß. Und ich weiß auch, warum", grinste er.

Staatsanwältin Steinmann drehte sich herum und blickte in Dembers Gesicht. Die Farbe stimmte ziemlich genau mit der einer Tomatenscheibe überein.

„Ach, Sie sind Herr Dember? *Der* Dember?"

Der Ermittler hielt ihr zur Begrüßung die Hand hin.

„Heinz Dember, freut mich, Sie kennen zu lernen. Sie kennen mich schon?"

„Nein, aber Ihr Name wurde genannt, als Sie in der Rechtsmedizin anriefen. Sind Sie mit der Rechtsmedizinerin verwandt?"

„Kann man so sagen. Das ist meine Frau", strahlte er.

„So, so", war ihr Kommentar. Den Rest, der ihr gerade durch

den Kopf ging, behielt sie aus Rücksicht auf Dember für sich. Sie hatte die Blicke auf ihrem Hintern förmlich gespürt. Ihm war es unendlich peinlich.

„Paul, kommt ihr gleich zur Kapellenstraße?", fragte er, um aus der Situation herauszukommen. „Ich hol' nur schnell ein paar Menüs für die Jungs und Toni und bin dann auch wieder zurück." Es klang fast wie eine Rechtfertigung.

„Kein Problem, Heinz. Bestell' du am besten zuerst. Wir essen schnell hier im Laden und kommen dann rüber. Wie weit seid ihr, was ist mit den Hunden?"

„Toni und ich sind soweit durch, Ede wühlt in den Brandresten und sucht den Kellertürschlüssel und Michael sucht nach weiteren verwertbaren Spuren. Ich frage gleich nach, ob die Hunde bald eintreffen."

„Dann bis gleich. Auf jeden Fall müssen wir noch Valerie van Haag aufsuchen. Sie muss vernommen werden und wir brauchen Vergleichsmaterial von ihrem Mann für einen DNA-Abgleich. Ich will wissen, ob der Tote tatsächlich Tristan van Haag ist. Falls dem so ist, drehen wir mal sein bisheriges Leben auf Links."

Dember ging mit vier Tüten und Getränken bepackt zum Fahrzeug und fuhr zurück zum Bungalow. Sarah Steinmann und Westhoven setzten sich mit ihren Tabletts an einen der Tische, die am Fenster standen. Während seine Begleitung genüsslich in einen Burger biss, mümmelte er seinen Salat.

Sie erreichten gegen 13:45 Uhr die Kapellenstraße. Paul Westhoven war erleichtert, dass sein spezieller Freund, der Reporter Dirk Holm vom Express, nicht mehr da war.

***

Dember saß auf dem Beifahrersitz des Dienstwagens, seine Beine baumelten nach draußen. Lustlos kaute er die schon kalt werden-

den Pommes Frites. Zwischendurch nuckelte er am Trinkhalm seiner Cola Zero.
„Die Hunde müssten jeden Moment da sein."
Er hatte es kaum ausgesprochen, als der graue Kombi der Hundestaffel neben dem Fahrzeug des Brandermittlers hielt. Der Hundeführer öffnete die Heckklappe und dann die Hundebox. Die beiden belgischen Schäferhunde Shara und Pedro schauten neugierig in die Runde.
Nach der allgemeinen Begrüßung fragte Sarah Steinmann, wie man es schaffen würde, dass die Hunde nach Brandbeschleunigern suchten. Auskunftsfreudig beschrieb der Diensthundeführer, dass pro Hund etwa 50 spezielle Lehrgänge nötig seien, um ihnen die richtigen Düfte beizubringen.
„Woher wissen Sie denn, welcher Hund der richtige ist? Könnte zum Beispiel auch ein Dackel oder ein Bullterrier Brandhund werden?", unterbrach die Staatsanwältin seinen Redefluss.
„Da sagen Sie was. Ein Dackel zum Beispiel hat zu kurze Beine, er ist nicht geländegängig genug. Ein Bullterrier hat einen durch Zucht verkürzten Nasenraum. Der Belgische Schäferhund hat sich in der Vergangenheit einfach als besonders geeignet erwiesen."
„Warum?" Sarah klang erstaunt.
„Ganz einfach. Diese Rasse hat neben einer feinsinnigen Nase einfach den größeren Spieltrieb, den wir ausnutzen, und diese Hunde sind überaus gelände- und umweltsicher. Das ist das Entscheidende."
„Können Ihre Hunde denn alle Arten von Brandbeschleunigern aufspüren? Es gibt doch so viele verschiedene Zusammensetzungen."
„Sie haben natürlich Recht, aber die Basis derartiger Substanzen sind bestimmte Kohlenwasserstoffverbindungen. Und die finden Sie in allen Brandbeschleunigern. Wissen Sie was, kommen Sie mal für einen oder zwei Tage nach Stukenbrock. Sie würden

dann einen richtig tiefen Einblick gewinnen, was unsere Hunde alles können und wo die Grenzen sind."
Damit beendete er seine Erklärung, denn ihm blieb nicht verborgen, dass Westhoven schon ungeduldig wurde. Sarah Steinmann ignorierte dies geflissentlich und stellte noch eine Frage: „Wie schaffen es die Hunde eigentlich, die verschiedenen Düfte auseinanderzuhalten?"
„Im Rahmen ihrer Ausbildung konditionieren wir sie nur auf sechs bis sieben Präparate. Die Hunde sind dann in der Lage, am Brandort Duftgemische selektiv wahrzunehmen. Sie analysieren die bekannten Teilkomponenten, unabhängig von der Intensität."
Er unterbrach sich, denn er merkte, dass sein Hund „spielen" wollte.
Sarah Steinmann sah sich suchend um. Toni Krogmann hielt ihr blaue Schuhüberzieher hin.
„Bestimmt suchen Sie so was oder wollen Sie etwa ihre guten Pradas opfern?"
Sarah Steinmann war erfreut, dass jemand so aufmerksam war.
Der Diensthundeführer ging als erstes mit Pedro in den Keller, während alle anderen dahinter bleiben mussten. Eifrig senkte der Schäferhund seine Nase und glitt behutsam wie ein Luftkissenboot über den Brandschutt, bis er sich schon nach kurzer Zeit neben das leere Schwimmbecken legte und passiv verhielt.
„Fein, Pedro, fein", wurde er von seinem Herrchen gelobt und mit seinem Lieblingsspielzeug belohnt. Genüsslich kaute er auf der zerbissenen, ehemals gelben Quietscheente herum.
„So, jetzt machen wir noch einen zweiten Durchgang mit Shara."
Kurz nach Aufnahme ihrer „Schnüfflertätigkeit" legte sich auch Shara an die Stelle, an der zuvor schon Pedro angezeigt hatte.
„Paul, genau hier solltet ihr suchen."
„Alle Achtung", sagte Westhoven. „Das ging ja super schnell!"
„Sag' ich ja", sagte Ede Immel, „kommt, lasst uns mal den PID

einschalten und an der Stelle eine Messung durchführen, bevor wir den Brandschutt und andere Proben sichern. Dann wissen wir es ganz genau."

Wenig später konnten sie das Messergebnis auf der digitalen Anzeige ablesen.

„Nicht schlecht", sagte Ede, „die Konzentration in der gemessenen Luft liegt über 100 ppm. Ich mach mich jetzt aber mal an die Arbeit und sichere den Brandschutt an der Stelle. Michael, du hilfst mir doch sicher?".

Neben dem Brandschutt würden sie später noch die Fugen auf dem Boden auskratzen und sichern, denn es bestand immer die vage Hoffnung, dass, beim Einsatz von viel Brandbeschleuniger, vor dem Brand einiges davon eingesickert und nicht verdampft wäre.

***

In einer kurzen Lagebesprechung entschied Westhoven, mit Toni Krogmann an der Wohnanschrift am Hohenzollernring zu ermitteln. Dember hingegen sollte weiter den Tatort aufnehmen und später den kompletten Tatortbefundbericht erstellen. Westhoven sah ihm an, dass er eine gegenteilige Meinung dazu hatte, aber hier ging es nicht um Demokratie.

„Sollen wir Sie an der Staatsanwaltschaft absetzen?", fragte Westhoven Sarah Steinmann, als sie in den Wagen einstiegen.

„Sehr gern, liegt ja wieder auf dem Weg."

Ein schmieriger Rußstreifen „zierte" ihren Rock. Sie ärgerte sich über sich selbst. Nie wieder würde sie künftig mit teuren Prada-Pumps und zu engem Rock zu einem Brandtatort fahren. Für solche Fälle würden demnächst alte Turnschuhe oder Gummistiefel und eine alte Jeans in ihrem Büroschrank deponiert sein. Bevor Westhoven sie absetzte, bat sie darum, schnellstmöglich einen Kontakt zu Alfred Spielmeier herzustellen, um diesen zu vernehmen.

***

Nachdem Sarah Steinmann ausgestiegen war, fuhren Toni Krogmann und Paul Westhoven zum Hohenzollernring. Als sie am Denkmal „Der ruhende Verkehr“ vorbeikamen, erzählte Westhoven von der langen Verfolgungsjagd zu Fuß quer durch die Stadt nach dem Täter der Karnevalsmorde[5], die am Hauptbahnhof endete. Für einen Moment hatte er wieder das aufblitzende Messer vor Augen. Nur seine Kampfsporterfahrung hatte ihn damals vor Schlimmem bewahrt.

Das Ermittlerteam hatte Glück und konnte direkt am Friesenplatz parken. Westhoven legte die Polizeikelle aufs Armaturenbrett und hoffte so, dem nächsten Knöllchen zu entgehen.

„Sollen wir nicht lieber ein Parkticket ziehen?“, meinte Toni Krogmann.

Westhoven winkte ab und steckte die Fahrzeugschlüssel in die Hosentasche. Nach ein paar Schritten erreichten sie die Meldeadresse von Valerie van Haag. Die Klingel befand sich ganz oben auf der Klingelleiste, direkt unter dem Objektiv der Videosprechanlage.

„Nee, war ja klar“, kommentierte Westhoven. Irgendwie war es Gesetz, dass Zeugen und Beschuldigte in Mehrfamilienhäusern fast immer die Wohnung unterm Dach hatten. So hatte sich für die oberste Etage in Köln, als Aufzüge noch Raritäten waren, der Ausdruck „Schutzmannsetage“ etabliert.

„Ja, bitte? Was wollen Sie?“, ertönte plötzlich eine weibliche Stimme aus dem Lautsprecher.

---

5 s. „Mörderischer Fastelovend“

„Wir sind von der Kriminalpolizei und haben ein paar Fragen. Sind Sie Valerie van Haag?“, erwiderte Toni Krogmann.
Ohne sich die Dienstausweise oder Kriminalmarken in die Kamera halten zu lassen, ließ Valerie van Haag die beiden in den Hausflur. Der einzige Weg nach oben war der Fahrstuhl, denn die Tür zum Treppenhaus ließ sich nur mit einem Schlüssel öffnen. Toni Krogmann drückte die rechteckige Taste und sogleich konnte man hinter den verschlossenen Schiebetüren die üblichen Fahrgeräusche hören. Kurz darauf öffneten sich die Türen, die metallisch knirschten und schepperten. Auch der mit blauem PVC-Boden ausgelegte Innenraum und der beschlagene Spiegel ließen den in die Jahre gekommenen Aufzug nicht vertrauenswürdiger erscheinen. Die Türen schlossen sich so geräuschvoll und schleppend, wie sie sich zuvor geöffnet hatten. Mit einem Ruck wurde der Fahrstuhl nach oben gezogen. Westhoven war froh, als sich die Türen wieder öffneten. Er nahm sich vor, gleich die Treppen hinunterzugehen. Ihm wurde, seit er einmal mit einem Aufzug im Unicenter steckengeblieben war, immer mulmig in engen Aufzügen, aber er ließ sich vor seiner Kollegin natürlich nichts anmerken.

„Einen Moment noch bitte“, ertönte eine leise Frauenstimme hinter der massiven Wohnungstür, die den modernsten Sicherheitsstandards entsprach. Die beiden Ermittler schauten sich an, warteten aber geduldig, bis sie das Geräusch des sich öffnenden Querriegels hörten und die Tür sich einen Spaltbreit öffnete. Vor ihnen stand eine sichtlich verschlafene Frau mit rot gelockten, langen Haaren und fragte, was denn eigentlich los sei. Sie hätte Nachtschicht gehabt und wäre eben erst aufgestanden.
'Ach, deswegen der Bademantel', dachte sich Krogmann.
„Mein Name ist Westhoven und das ist meine Kollegin Krogmann“, stellte er sich und seine Kollegin vor.

„Wir sind von der Mordkommission Köln. Dürfen wir vielleicht hereinkommen?"
Valerie van Haag schien wie gelähmt. Sie machte einen Schritt zurück und ließ die beiden in ihre Wohnung.
„Kommen Sie bitte mit", sagte sie tonlos, ging vor und ließ sich auf einen der bequemen Ledersessel fallen. „Bitte", wies sie die beiden Ermittler an, sich ebenfalls zu setzen. Westhoven musterte sie, ließ ihr einen Moment zum Durchatmen und stellte seine erste Frage: „Frau van Haag, wann haben Sie Ihren Mann zum letzten Mal gesehen oder gesprochen?"
Sie hob ihren Kopf und strich sich die Locken aus dem Gesicht.
„Als ich zum Nachtdienst los bin, war Tristan, also mein Mann, hier in seinem Büro. Jetzt sagen Sie bitte, was eigentlich passiert ist. Sie haben vorhin gesagt, sie seien von der Mordkommission. Was heißt das? Wieso fragen Sie mich nach meinem Mann?"
Irritiert blickte sie in die Gesichter der Ermittler.
„Ist ihm etwas passiert? Wissen Sie etwas?"
„Das ist es ja gerade. Wir haben eine Leiche und wissen noch nicht mit Gewissheit, um wen es sich dabei handelt. Aber es spricht einiges dafür, dass es Ihr Mann sein könnte", antwortete Toni Krogmann in einfühlsamem, ruhigem Ton. Sie wollte einfach nicht erzählen, dass der Tote bis zur Unkenntlichkeit verbrannt war.
Valerie van Haag schien immer noch nicht zu verstehen.
„Was macht denn Ihr Mann beruflich?", fragte Westhoven und vermied jeden Hinweis auf die Identität des Toten.
„Mein Mann handelt mit Immobilien", war ihre knappe Antwort.
„Wissen Sie, ob er auch ein Haus in Rondorf verkaufen sollte?", hakte Westhoven nach.
„Keine Ahnung, er hat Objekte in ganz Köln und Umgebung. Ich habe mich nie darum gekümmert."

„Was machen Sie denn beruflich?“, fragte Krogmann, „Sie haben vorhin gesagt, sie hätten Nachtdienst gehabt.“
„Ich bin Krankenschwester in der Uni-Klinik.“
Bei dieser Antwort durchzuckte es Westhoven wie ein Blitz: Er hatte es versäumt, noch einmal bei Anne anzurufen, um nach dem Zustand seines Schwiegervaters zu fragen! Er durfte es nachher nicht vergessen.
„Von wann bis wann war denn Ihre Schicht?“, wollte er wissen.
Valerie van Haag war irritiert, sie schien die Frage und den Zusammenhang nicht zu verstehen und reagierte aggressiv.
„Bin ich jetzt verdächtig oder was soll die Frage?“
„Müssen wir Sie denn verdächtigen?“, fragte Krogmann und blickte sie ohne zu blinzeln an.
Wortlos nahm Valerie van Haag ihr Mobiltelefon und wählte eine Nummer. Es schien sich niemand zu melden, stattdessen schaltete sich offensichtlich die Mailbox ein.
„Schatz, hier ist Val. Wo steckst du denn? Ruf’ bitte sofort an, wenn du das abgehört hast. Hier sind zwei Leute von der Polizei.“ Sie klang verzweifelt.
„Nur der guten Ordnung halber“, betonte Westhoven.
„Frau van Haag, um Ihre Frage zu beantworten: Sie sind für uns eine Zeugin und haben bestimmte Rechte und Pflichten. Auf unsere Fragen sollten Sie daher wahrheitsgemäß antworten. Sie müssen sich nicht selbst belasten, das heißt, sich der Gefahr einer Strafverfolgung aussetzen. Haben Sie das verstanden?“
„Also bin ich doch verdächtig?“
„Nein, sind Sie nicht. Der Kollege hat Ihnen doch eben gesagt, dass Sie Zeugin sind“, antwortete Toni Krogmann.
„Wofür denn Zeugin? Ich verstehe das alles nicht.“ Sie sackte förmlich in sich zusammen.
„Frau van Haag, dürfen wir uns in dem Büro Ihres Mannes mal umschauen? Sind Sie damit einverstanden?“, fragte Toni.

„Bitte, kommen Sie." Sie erhob sich und ging mit dem Ermittlerteam durch den mit japanischen Aquarellen behangenen Flur bis zu einer Holztür mit Glaseinsatz.
„Das ist das Büro meines Mannes, aber machen Sie bitte nichts durcheinander. Da ist mein Mann ziemlich eigen, wissen Sie." Sie glaubte wohl noch immer, dass er jeden Moment zur Tür hereinkommen würde.
„Okay, danke, Frau van Haag." Westhoven nahm einen Stapel Papier, der neben dem Computer auf dem Glasschreibtisch lag, in Augenschein. Während sich die beiden umschauten, hörten sie, dass Frau von Haag noch mehrere Male Nachrichten für ihren Mann auf dessen Mailbox hinterließ.
„Paul, wir sollten ihr sagen, wovon wir ausgehen. Du würdest so etwas auch nicht aus der Zeitung erfahren wollen, oder?"
„Das hatte ich sowieso vor. Ich will doch auch nicht, dass sie womöglich noch den Express kauft und dann feststellt, dass dieser Holm da über ihren Mann schreibt – wenn er es denn auch tatsächlich ist. Schließlich können wir es jetzt noch nicht mit Gewissheit sagen. Wir brauchen auf jeden Fall gleich noch seine Zahn- und Haarbürste und die Telefonnummer seines Zahnarztes", antwortete er und blätterte nebenbei in einem Exposé.
„Guck' mal, Toni. Das ist doch…"
„Ja, stimmt. Das ist definitiv der Bungalow. Hat ja richtig schick ausgesehen vor dem Feuer."
Toni deutete mit dem Zeigefinger auf die Daten des Verkäufers. Tristan van Haag hatte neben dem Namen Alfred Spielmeier eine ausländische Rufnummer notiert.
„Das ist bestimmt in London. Der Kollege von der K-Wache hat doch gesagt, dass der nach London verzogen ist", meinte sie.
„Ganz sicher sogar. Die internationale Vorwahl von London ist +4420", grinste Westhoven sie an. „Einer aus meinem Sportverein hat für ein paar Jahre in London für Ford gearbeitet und in

Billericay gewohnt, so wie viele der Fordleute, die dort in Basildon im Motoren- bzw. Montagewerk arbeiten."

Nach einer guten halben Stunde hatten die beiden das Büro grob gesichtet. Valerie van Haag saß in der Küche. Mittlerweile trug sie statt des Bademantels eine schwarze Jeans und ein brombeerfarbenes T-Shirt mit aufgedrucktem Pferdemotiv. Sie wirkte blass und abgespannt. Die Tasse Kaffee zitterte in ihrer rechten Hand, als sie sie zum Mund führte.

„Und, haben Sie was gefunden?", fragte sie leise.

„Wir würden gern das hier mitnehmen." Toni Krogmann hielt ihr das Exposé hin.

„Nehmen Sie es ruhig, ich sag' meinem Mann, dass Sie es mitgenommen haben."

Westhoven erklärte ihr, dass sie auch noch die Zahn- und Haarbürste ihres Mannes mitnehmen müssten, um einen DNA-Abgleich durchzuführen. Behutsam erklärte er ihr, dass das Objekt, zu welchem das Exposé gehörte, abgebrannt sei. Im Keller hätte die Feuerwehr eine Leiche gefunden. Es wäre möglich, dass ihr Mann die Person sein könnte, die im Keller des Bungalows verbrannt war. Immerhin wäre auch sein Auto unmittelbar vor dem Haus abgestellt gewesen. Kaum hatte er zu Ende gesprochen, presste Valerie van Haag beide Hände vors Gesicht und schluchzte.

Westhoven bat Toni, bei ihr zu bleiben, während er kurz aus dem Auto Papiertüten für die Sicherstellung holte. Als er nach wenigen Minuten wieder in die Wohnung kam, hatte sich Valerie van Haag ein wenig beruhigt und Toni Krogmann auch schon den Namen und die Telefonnummer des Zahnarztes gegeben. Das Angebot, eine Vertrauensperson anzurufen, um jetzt nicht allein sein zu müssen, lehnte sie ab. Sie käme schon klar.

„Bitte geben Sie mir Gewissheit, ich werde sonst noch verrückt", waren ihre letzten Worte, die in einem Schluchzen untergingen, bevor sich die Aufzugtüren wieder schlossen.

„Sie tut mir total leid", sagte Toni auf dem Weg nach unten.
„Hmh", war Westhovens einzige Reaktion. Er hoffte in diesem Moment nur innig, dass der Aufzug nicht unterwegs stecken blieb.

***

Es war 16:30 Uhr. Im Präsidium bereiteten sich die ersten Beamten auf den Feierabend vor.. Zur gleichen Zeit diktierte Heinz Dember in der verrußten Küche des Bungalows in Rondorf seine Feststellungen bereits auf das vierte Tonband. Zu seiner Entlastung würde später die Schreibkraft im KK 11 seinen Bericht von den Bändern transkribieren und ihm das Ergebnis als Word-Datei senden. Für den letzten Feinschliff seines Tatortbefundberichts war er dann selbst verantwortlich. Hätte er jedoch selbst schreiben müssen, wäre Dember die nächsten zwei Wochen damit beschäftigt gewesen. Sein „Zehn-Finger-Such-System" unter Einsatz seiner Zeigefinger war zwar schnell, aber im Vergleich zu den über 400 Anschlägen der freundlichen, professionellen Phonotypistin langsamer als eine Kröte im Winterschlaf.
Ede Immel hatte in den letzten Stunden mit seiner Brandhacke mühevoll den Brandschutt häufchenweise durchstöbert. Gleichzeitig hatte Drees mit der Metallsonde die gesamte Fläche des Kellerbodens und das leere Schwimmbecken abgesucht. Bei jedem Piepen hoffte er, den fehlenden Kellertürschlüssel zu finden, aber dieser war einfach nicht da. Er ging in die Küche zu Dember hinüber.
„So, Heinz. Du kriegst es noch schriftlich, aber der Schlüssel ist definitiv nicht da unten. Das ist mal sicher."
„Habt ihr wirklich alles ganz genau abgesucht? Ich könnte mir vorstellen, dass man auch schnell mal was übersieht."
„Du glaubst wohl noch immer an einen Unfall oder Suizid?"
Die lange, konzentrierte Suche hatte an Drees' Nerven gezerrt.

„Was soll das heißen?", reagierte Dember gereizt.
„Denk' von mir aus, was du willst!" Drees drehte sich um und verließ die Küche.

***

Dember rief Westhoven an und informierte ihn über das bisherige Ergebnis der Tatortaufnahme. Nach dem mündlichen Bericht fragte er vorsichtig, wann denn wohl mit dem Feierabend zu rechnen sei. Westhoven setzte jedoch als Leiter der MK 6 zunächst für 18:00 Uhr eine Besprechung im Präsidium an und ergänzte:
„DU wirst ganz sicher das Dienstende als Erster erfahren. Hat der BMW von van Haag eigentlich ein Navi?"
„Ich meine, ich hätte eins gesehen. Wieso?"
„Werte das Gerät mal aus, welche Zieladressen da noch gespeichert sind. Ein kleines Bewegungsbild wäre doch sehr gut."
Der Auftrag klang in den Ohren von Dember wieder mal äußerst schulmeisterlich. Navi-Auswertung gehörte doch mittlerweile zum Standard, auch wenn er bis jetzt nicht daran gedacht hatte. Nachdem Westhoven aufgelegt hatte, regte er sich bei Toni Krogmann darüber auf, dass Dember nur an seinen Feierabend denken würde. Was er nicht ahnen konnte, war, dass auch Toni schon die ganze Zeit an Feierabend dachte. Sie sagte aber nichts. Auch den Grund dafür behielt sie für sich, der käme noch früh genug zur Sprache.

Dembers Laune sackte nach dem Gespräch auf den Tiefpunkt. Mit dem Autoschlüssel in der Hand ging er zu dem BMW und erblickte schon von außen das fest eingebaute Navigationsgerät. *`Klar, wenn man schon so ein teures Ding im Auto hat, dann nutzt man das auch`*, war sein Gedanke. *'Hätte ich auch selbst mal drauf* *kommen können.*' Im Speicher unter „Letzte Zieladressen" fand er nur eine einzige Anschrift im Ausland: Brusselsestraat 35 in 6211 PB Maastricht in den Niederlanden. Nachdem Dember auch diese Erkenntnisse auf Band diktiert hatte, schaltete er das Gerät aus und ging zu Ede Immel und Michael Drees. Gemeinsam trugen sie die sichergestellten Gegenstände zum Auto der Brandermittler und versiegelten anschließend die Garage. Einen Grund, alle Lampen sicherzustellen, gab es derzeit noch nicht. Dember verschloss die einfache Holztür des Bungalows, die bereits während der Tatortaufnahme von einer Spezialfirma als Provisorium eingesetzt worden war. Jeder machte sich in seinem Dienstwagen auf den Weg zum Präsidium.

***

Bevor Dember zur Besprechung ging, gab er im Internet die Suchparameter „Brusselsestraat 35, Maastricht" ein. Eins der über 700 Ergebnisse war überaus aufschlussreich. Jetzt hatte er endlich mal eine Information, mit der er zweifellos bei Paul Westhoven Eindruck schinden konnte.

Toni Krogmann, die Dember gegenüber saß, wählte die Londoner Rufnummer von Alfred Spielmeier. Als er hörte, dass sein Bungalow niedergebrannt und in der Brandruine eine Leiche gefunden worden war, war er fassungslos. Er sicherte zu, gleich am nächsten Morgen einen Flug von Stansted nach Köln zu nehmen.

„Wo sind Ede und Michael?", wandte sich Westhoven fragend an Dember.
„Ich nehme an, dass Ede noch unter der Dusche steht oder auf dem Weg nach Hause ist. Genau wie Michael. Die brauchen wir doch heute nicht mehr."

„Darüber sprechen wir ein anderes Mal."
Westhoven fühlte sich in seiner Entscheidungskompetenz übergangen, musste jedoch innerlich zugeben, dass beide nicht zu seiner MK 6, ja nicht einmal zum KK 11 gehörten und ihn daher gar nicht fragen brauchten.
„Hast du wenigstens nach dem Navi geguckt?"
„Na klar. Da standen tatsächlich zig Zielanschriften in Köln und Umgebung. Nur eine war im Ausland. Und zwar in Holland, genauer gesagt in Maastricht. Und jetzt ratet mal, um was für eine Anschrift es sich handelt?" Dember genoss es, es spannend zu machen.
„Um einen Puff", platzte es aus Toni Krogmann heraus.
„Du wirst es uns sicher gleich sagen", sagte Westhoven gelassen.
Dember spielte seinen Trumpf aus: „Das ist die Anschrift vom „Cool Running", einem Coffeeshop."
„Wenn das nicht eine heiße Spur ist, dann weiß ich es nicht. Gute Arbeit!" Westhoven nickte anerkennend.
„Toni und ich waren bei Valerie van Haag. Die ist total daneben. Sie hat überhaupt nicht begriffen, dass ihr Mann wahrscheinlich tot ist. Oder, Toni?" Er erwartete auf seine rhetorische Frage keine Antwort.
„Trotzdem werden wir überprüfen, ob sie tatsächlich Nachtdienst in der Uni-Klinik hatte. Das ist ja schnell erledigt. Das mache ich morgen selbst."
„Und ich habe gerade noch Alfred Spielmeier erreicht. Er kommt morgen früh mit der ersten Maschine aus London hierher. Ich bin gespannt, was er zu sagen hat oder ob er irgendetwas weiß, das uns helfen könnte."
„Na prima, das machen wir dann morgen zuerst. Heinz, kannst du für Doris die Haar- und Zahnbürste mitnehmen? Dann könnte sie gleich morgen den Direktabgleich in Angriff nehmen."
„Na klar." Er nahm die Papiertüten an sich und Westhoven gab

ihm auch noch den Zettel mit dem Namen des Zahnarztes. „Und, Heinz: Feierabend!“ Er hatte ihm ja versprochen, dass er es als Erster erfahren würde.
„Bis morgen dann!“, sagte Toni Krogmann, ging in ihr Büro und buchte sich aus dem Zeiterfassungssystem aus. Sie musste dringend mit ihrer Frau Anja reden.
Westhoven rief Anne auf deren Mobiltelefon an: „Hi, Schatz, wie geht's dem alten Haudegen?“
„Viel zu gut. Er regt uns schon wieder auf. Kaum geht's ihm ein wenig besser, will er nicht mehr auf den Rat der Ärzte hören und stattdessen nach Hause gehen. Schrecklich nervig.“
„Soll ich dich abholen? Wir machen hier Schluss. Du kannst doch jetzt sowieso dort nichts mehr machen. Und auf dem Rückweg holen wir uns noch was Leckeres beim Chinesen. Was meinst du?“
„Okay. Bimmel' kurz durch, ich komme dann raus. Bis gleich!“ Sie gab ihm noch einen Kuss durchs Telefon und war froh, dass sie gleich gemeinsam nach Hause kamen.

KAPITEL 6

Um 7:30 Uhr trafen sich die drei Mitglieder der MK 6 im Besprechungsraum des KK 11 und berieten über die weiteren Ermittlungsschritte. Es war üblich, einem Mordfall und der dazugehörigen Kommission einen einprägsamen Namen zu geben, der Bezug zum Fall hatte. Wegen der Lage des Tatorts hatte sich Westhoven MK Rondorf ausgedacht. Fortan würde er auf jedem Aktenrücken stehen und zu Beginn eines jeden Schriftstücks zu diesem Fall zu lesen sein.

„Mir wäre was Fetzigeres lieber gewesen. So was wie MK Feuertod oder MK Flammenopfer“, raunte Dember Toni Krogmann, die neben ihm saß, ins Ohr. Sie kommentierte dies mit der Scheibenwischerbewegung ihrer Hand vor ihrem Gesicht und sagte ansonsten nichts dazu.
„Verstehst du keinen Spaß mehr oder was?“, fragte Dember irritiert. Krogmann strafte ihn mit einem verachtenden Blick aus leicht zugekniffenen Augen.
Mit den Worten „Noch jemand Kaffee?“ versuchte Westhoven sein selbst gebrautes Konzentrat an den Mann beziehungsweise an die Frau zu bringen und goss den schwarzen Teer, ohne eine Antwort abzuwarten, in die Tassen seines Teams. Selbst mit einer 50:50-Mischung von Kaffee und Milch hätte sich die Farbe nicht geändert.
„Heinz, hast du Doris die Tüte mit den Bürsten gegeben?“, fragte Westhoven, was Dember bejahte.
„Gut, ich bin mal gespannt, ob der Tote tatsächlich Tristan van Haag ist oder ob wir noch eine Überraschung erleben. Wann kommt eigentlich der Hausbesitzer, Toni?“
„Der müsste zwischen 10:30 Uhr und 10:45 Uhr hier sein. Er wollte gleich heute Morgen um 07:50 Uhr den Flug von Stansted nach Köln/Bonn nehmen.“
„Hmmh. Bis dahin könntest du schon mal überprüfen, ob es rund um die Kapellenstraße Starenkästen oder Videoüberwachungen gibt. Vielleicht haben wir Glück. Es wäre nicht das erste Mal, dass Täter auf dem Weg zum oder vom Tatort die Geschwindigkeitsbegrenzungen missachtet hätten und geblitzt worden wären.“
Als er Dember gerade den nächsten Auftrag geben wollte, kam Arndt Siebert herein. Der Leiter des KK 11 wollte sich über den aktuellen Sachstand informieren. Bevor Westhoven berichtete, dass der Kellertürschlüssel verschwunden sei, die Hunde Brandbeschleuniger angezeigt hätten und beide Hände des Toten zer-

trümmert wären, goss er seinem Chef ebenfalls den flüssigen Herzschrittmacher ein.
„Dieses Detail mit den Händen darf unter keinen Umständen nach außen dringen, das ist absolutes Täterwissen“, sagte Siebert ernst. „Was ist mit dem Hausbesitzer? Könnte der was damit zu tun haben?“
„Zumindest ist er nicht der Tote“, antwortete Krogmann, „er kommt nämlich gleich extra aus London hierher.“
„Was macht der denn in London?“
„Ich glaube, der ist im Management bei Ford“, sagte Westhoven. „Die meisten von denen nutzen England nur als Zwischenstation. Bei uns im Sportverein war einer, der genau das Gleiche gemacht hat. Er ist dann von England aus direkt nach Valencia gegangen und lässt sich jetzt die Sonne auf den Pelz brennen. Hätte auch nach Amerika gekonnt, aber Spanien war ihm aufgrund der Entfernung zu seinen Eltern lieber.“
„Aha“, war Sieberts kurze Antwort, den das überhaupt nicht interessierte. „Und was ist mit der Frau des Toten?“
„Wenn es sich bei dem Toten denn auch wirklich um Tristan van Haag handelt. Es spricht zwar alles dafür, aber ich will da ganz sicher sein. Du erinnerst dich sicher noch an die Selbstmörderin am Köln-Berg“, erinnerte Westhoven und Arndt Siebert winkte ab.
Es war zwar schon gut zehn Jahre her, aber diese Leichensache würde Westhoven nie mehr loslassen: Auf dem Gehweg unterhalb eines Hochhauses lag der zerschmetterte Körper einer Frau. Ein Blick nach oben zeigte in der 15. Etage ein geöffnetes Fenster. Damals hatten er und seine Kollegin Eins und Eins zusammengezählt. Die tote Frau wurde anhand des geöffneten Fensters, der leeren Wohnung und eines nicht mehr gut erkennbaren Fotos im Personalausweis identifiziert, für tot erklärt und von der Stadt Köln anonym feuerbestattet, weil es keine Angehörigen gab. Bis zu dem Tag, als die Totgeglaubte gut gelaunt aus der Kur

zurückkam und ihre Nachbarin fast zu Tode erschreckte. Sie hatte einfach vergessen, das Fenster zu verriegeln und das war durch den Wind aufgedrückt worden.
„Gibt es sonst noch etwas, was ich wissen sollte? Ich möchte sprachfähig sein, wenn unser Kriminalinspektionsleiter oder unser Direktionsleiter nachfragen sollten."
„Sag' doch einfach, dass die Ermittlungen noch andauern", spottete Dember.
„Guter Gag, Heinz." Man sah Arndt Siebert an, dass ihm die flapsige Antwort überhaupt nicht gefallen hatte. Westhoven bemühte sich, die Situation zu retten: „Wir machen das, was wir immer tun: Wir geben unser Bestes. Auf jeden Fall wird eine Hausbefragung in der Nachbarschaft notwendig sein. Dafür kannst du schon mal ein paar Leute anfordern, Arndt. Ich denke, morgen wissen wir dann mehr."

Nach der Besprechung kümmerte sich Toni Krogmann um die Radaranlagen und möglichen Videoüberwachungen. Heinz Dember ging quer über den Innenhof in das Gebäude B zum Erkennungsdienst hinüber. Westhoven machte sich in seinem Büro Notizen. Aus der unteren Schreibtischschublade angelte er sich einen seiner letzten Schokoriegel. Mit zwei Bissen war dieser gerade in seinem Mund verschwunden, als sein Telefon klingelte.
„Westhoven, Mordkommission."
„Guten Morgen, Herr Westhoven. Mein Name ist Gabriele Hämmerle. Ich habe gehört, dass Sie der zuständige Ermittler für das Feuer in Rondorf sein sollen. Ich wohne in Rondorf und bin außerdem die Vorsitzende der Dorfgemeinschaft Rondorf, Hochkirchen und Höningen. Ich wollte mal nachfragen, ob es schon was Neues gibt."
„Dazu kann und darf ich Ihnen keine Auskunft geben, Frau Hämmerle", antwortete er sachlich.

„Ja, wissen Sie, wir machen uns natürlich große Sorgen. Wie sieht das denn jetzt aus? In jeder Zeitung liest man über die Feuersbrunst in Rondorf und eine verkohlte Leiche im Keller. Wir sorgen uns um unseren guten Ruf. Schließlich sind wir eine kleine Gemeinschaft von nur knapp 10.000 Einwohnern", erklärte sie.
„Liebe Frau Hämmerle, ich kann und darf Ihnen leider trotzdem nichts erzählen. Aber ich würde mich freuen, wenn Sie Augen und Ohren offen halten und mich wieder anrufen, sofern Sie etwas erfahren, was uns in den Ermittlungen weiterbringen könnte."
„Also, wenn Sie mich so fragen: Letzte Woche hat mich die Frau Firmenich aus der Kapellenstraße mal wieder bei mir im Büro heimgesucht und sich über die Autos beklagt, die in den letzten Wochen dort immer auf dem Gehweg gestanden hätten. Ich habe das nicht so ernst genommen, wissen Sie. Die Käthe ist schon über 90 und ziemlich...., na, Sie wissen schon. Sie regt sich schon auf, wenn die Straßenlaternen zu hell leuchten."
Bei Westhoven machte es „klick», denn von falsch geparkten Autos mit holländischen Kennzeichen hatte auch Sonja Wellermann gesprochen. Er hoffte auf einen Zusammenhang.
„Geben Sie mir doch bitte einfach mal die Adresse von ihr."
Er würde gleich Dember damit beauftragen, mit Frau Firmenich Kontakt aufzunehmen.
„Und vielen Dank für Ihren Anruf, Frau Hämmerle, Sie können gern jederzeit wieder anrufen."
Nach dem Gespräch recherchierte er nach Käthe Firmenich in den Meldedateien der Stadt Köln und druckte das Ergebnis für Dember aus. Auf den Rand des Datenblattes notierte er auch deren Telefonnummer, die ihm Frau Hämmerle ebenfalls mitgeteilt hatte. `Genau das Richtige für Heinz', dachte er. Er erinnerte sich an die lustige Begebenheit, die Dember bei den Ermittlun-

gen im Seniorenstift in Wissen[6] erlebt hatte. Vielleicht hatte Frau Firmenich ja auch ein Hörgerät.
Während er sich schadenfroh die künftige Situation, die Dember mit Frau Firmenich erleben würde, ausmalte, klingelte wieder das Telefon. Die Nummer auf dem Display erkannte er sofort:
„Guten Morgen, Frau Steinmann. Wie geht's?"
„Ach, Sie haben es gut. *Sie* sehen immer, wenn wir anrufen. Aber um Ihre Frage zu beantworten: Bis auf einen bösen Muskelkater geht's mir gut. Vielleicht geht's mir gleich aber noch besser, wenn Sie mir erzählen, dass Sie gestern mit den Ermittlungen noch weitergekommen sind."
„Viel Neues habe ich noch nicht, aber wir haben den Besitzer des Hauses erreicht. Er kommt nachher eigens aus London hierher. Und es gibt wohl eine 91-jährige Bürgerin in Rondorf, die sich möglicherweise holländische Kennzeichen notiert hat. Das passt zunächst mal zu den Angaben von Frau Wellermann. Wir werden das überprüfen", berichtete er. „Wovon haben Sie eigentlich einen bösen Muskelkater?", fragte er indiskret
„Ach, das ist nicht so wichtig."
Sie hatte nicht vor, ihm zu erzählen, dass sie aufgrund einer verschleppten Grippe wochenlang keinen Sport hatte machen können, sich gestern Abend beim Power-Pilates völlig überschätzt hatte und nun bei jeder Bewegung heftiges Ziehen spürte.
„Halten Sie mich bitte auf dem Laufenden. Sie können mich jederzeit anrufen, auch nach Dienstschluss. Meine Handynummer haben Sie ja."

***

---

6 s. Kriminalistenroman „Eiskalt in Nippes"

Ede Immel hatte soeben die aluminiumbeschichtete Tüte, in der sich die kontaminierte Kleidung des Toten befand, ein wenig geöffnet. Deutlich nahmen er und Dember den prägnanten Geruch einer brennbaren Flüssigkeit wahr, der die Raumluft schwängerte. Für einen Vortest schaltete der Brandermittler den PID ein, steckte den Schlauch in die Öffnung und nach wenigen Augenblicken war klar, dass hier Brandbeschleuniger eingesetzt worden war. Neben der digitalen Anzeige von weit über 100ppm in der gemessenen Luft löste der PID aufgrund der extremen Konzentration einen akustischen Alarm aus. Dember erschrak.
„Keine Sorge, Heinz, da wir ja nicht in einem winzigen Lagerkeller stehen, ist die Gefahr der Umsetzung des Gemischs gegen Null", versuchte Ede, Dember zu beruhigen, machte ihn aber erst recht nervös.
„Was soll das heißen?"
„Ruhig Blut! Theoretisch reicht zwar ein kleiner Funke für eine Explosionsauslösung, aber das wird hier nicht passieren." Immel grinste über beide Ohren.
„Kannst du sagen, was für ein Brandbeschleuniger hier eingesetzt wurde?", fragte Dember.
„Da leg' ich mich nicht fest. Der PID zeigt uns nur an, dass es wir es mit einer Kohlenwasserstoffverbindung zu tun haben. Ob es sich dabei um Benzin, Diesel, Spiritus oder meinetwegen auch um hochprozentigen Schnaps handelt, kann allein das LKA mit dem Gaschromatographen feststellen. Lass uns also die Tüte für den Versand dahin vorbereiten, um schnellstmöglich ein Ergebnis zu bekommen. Die kannst du dann auf einem Weg bei der KTU[7] abgeben."

7 Kriminaltechnische Untersuchungsstelle

KAPITEL 7

Den Haag - Europol.

Punkt 10:00 Uhr begann Wim de Bruin vor dem großen Plenum seinen Vortrag über die Organisierte Kriminalität in Europa. Er war schon seit Jahren bei Europol in Den Haag im Hauptquartier der europäischen Polizei. Als Abteilungsleiter war er damit Europas oberster Drogenfahnder. Sein Büro im neuen Gebäude, einem Betonriegel mit länglichen Fenstern, war großzügiger als das im beschaulichen ehemaligen Hauptgebäude. Es war hochmodern eingerichtet, klimatisiert und verfügte über die allerneueste Technik, die er für seine Analysen und Ermittlungen benötigte. Trotzdem sehnte er sich nach seinem alten Büro in dem Gebäude mit den grünen Fensterrahmen und den mit Efeu bewachsenen Wänden zurück.

Er referierte über die unzähligen Wege, auf denen Haschisch aus den Bergen Marokkos nach Europa gelangte und wie die Hintermänner der Organisierten Kriminalität damit Millionen verdienten. Sie schmuggelten das Haschisch im großen Stil in Orangenkisten, Propellermaschinen, als Körperschmuggler in der Vagina sowie in Anus und Mägen von Jugendlichen. Um unentdeckt zu bleiben, nutzten sie dunkle Nächte und flogen immer unterm Radar. Diesen immensen illegalen Drogenstrom wollte Wim de Bruin mit seinem Team eindämmen. Nach Schätzungen der UN-Drogenbehörde DEA flossen jedes Jahr weit mehr als zehn Milliarden Euro auf die Konten der großen Bosse. Dies musste mit Nachhaltigkeit verhindert werden. Ihm war es egal, wenn er der erklärte Feind der Bergbauern aus dem Rifgebirge war. Für politische Lösungen waren andere zuständig. Hauptsache, die Vertriebswege wurden verbaut und die Strukturen zerschlagen.

Nebenbei erwähnte Wim de Bruin, dass er seit 25 Jahren bei der

Polizei war und somit bis zur Pensionierung noch genügend Zeit hätte, gegen die größten Exporteure aus Marokko gezielt mit aller Strenge vorzugehen. Er machte keinen Hehl daraus, was er davon hielt, dass es kein Kooperationsabkommen mit Marokko gab und er somit nie direkt an die Drogenanbauer herankommen würde. Aber dennoch dürfe man nicht aufgeben, denn die Vertriebswege erreichten immer irgendwann Europa und dann wären er und seine Mitarbeiter zur Stelle. Anhand einer Weltkarte erläuterte de Bruin, wo die Ware nach Südeuropa geschleust wurde, wie sie von dort in die Niederlande oder nach Belgien kam und von wo sie in die übrigen europäischen Staaten vertrieben wurde. Jeder seiner knallhart formulierten Sätze wurde von den Zuhörern im Plenum aufmerksam registriert. Auf die Frage, wie der derzeitige Sachstand sei, antwortete de Bruin:
„Ich formuliere es einmal so: Wie wir aus einer Quelle wissen, soll ein ‚Vollstrecker' der Filali-Brüder einen Holländer wegen der Einrichtung einer Indoor-Plantage in Deutschland beseitigt haben. Diese Information ist aber noch nicht gesichert. Fragen Sie mich in ein paar Wochen noch einmal. Brisanter für mich ist, dass die Filali-Brüder, wie wir gehört haben, in allernächster Zeit wieder einen Transport nach Europa planen. Unser Augenmerk liegt zurzeit darauf. Sie werden verstehen, dass ich jetzt und hier keine ungesicherten Informationen im Detail weitergeben kann. Zu gegebener Zeit werde ich berichten, meine Damen und Herren."
Ohne weitere Fragen zuzulassen, schloss er seinen Vortrag. Wim de Bruin diente nur der Sache. Er blieb immer verschwiegen und war auch nicht korrumpierbar.

***

Toni Krogmann las auf www.radarfalle.de, dass im gesamten Kölner Stadtgebiet 36 Starenkästen aufgestellt waren. Als gewissenhafte Ermittlerin wollte sie feststellen, ob diese Auflistung noch aktuell war, und erkundigte sich daher beim für Rondorf zuständigen Bezirksbeamten. Dessen Informationen fielen allerdings nicht zu ihrer Zufriedenheit aus: Im Ort stand tatsächlich keine stationäre Radarüberwachung. Die einzige Geschwindigkeitsmessanlage in der Nähe befand sich auf der Godorfer Hauptstraße in Höhe Otto-Hahn-Straße. Und diese Strecke lag nicht auf dem Weg von Rondorf zur Autobahnauffahrt. Auch die erhoffte Existenz von Videoüberwachungen im Umkreis der Kapellenstraße verneinte der ortskundige Beamte. Toni Krogmann bedankte sich und wünschte ihrem Kollegen noch einen angenehmen Dienst.

Als Dember ins Büro zurückkehrte, legte er Westhoven ein Dokument ins Eingangsfach.
„Was ist das?“, fragte Westhoven.
„Der KTU-Antrag für die Akten zum Wegheften. Ich habe schon die Tüten mit der Kleidung unserer Leiche zum LKA geschickt. Ede hat nämlich mit PID eindeutig Brandbeschleuniger festgestellt. Bin gespannt, wie lange das Ergebnis dauert.“
„Prima, Heinz. Gut mitgedacht. Hier, ich habe eine neue Spur für dich.“ Westhoven hielt ihm den Auszug aus den Meldedaten mit seinen Notizen hin.
„Paul, was soll die denn gesehen haben? Die ist doch schon über 90!“
„Sei nicht so pessimistisch, Heinz. Schließlich sind nicht alle älteren Leute so wie dein Spezi aus dem Seniorenstift. Ich will, dass du die Spur noch heute erledigst. Nimm Toni mit, wenn sie mit der Vernehmung von Spielmeier fertig ist.“
Kaum hatte Dember Westhovens Büro verlassen, stand Krogmann in der Tür und teilte ihm mit, dass Spielmeiers Flug abgesagt worden sei und er daher nicht vor 19:00 Uhr im Präsidium sein könne.

„Ist das ein Problem für dich, Toni?“, fragte Westhoven.
„Nee, heute nicht. Morgen wäre das total blöd, da habe ich um 20:30 Uhr einen Auftritt mit meiner Band in der Ubierschänke in der Südstadt. Wenn ihr Lust habt, kommt.“
Auf dem Gang wartete Dember schon auf sie.
„Dann lass' uns jetzt erst einmal zu der Oma hier fahren, Toni.“ Er zeigte ihr den Zettel. „Eine ganz heiße Spur!“ kommentierte er ironisch.

Das Ermittlerteam parkte den dunklen Seat Leon direkt vor dem Haus von Katharina Elfriede Ruth Firmenich. Es war gerade mal 150 Meter von dem niedergebrannten Bungalow entfernt. Der Putz der weißen Häuserfassade war rissig, Teile der Farbe wellten sich an der Wand oder lagen schon abgesplittert auf dem schmalen Rasenstück des Vorgartens. Rechts neben dem Eingang stand eine kleine, verwitterte Holzbank, deren Sitzfläche von zwei Blumenkübeln eingenommen wurde. Die Fenster im Erdgeschoss waren mit verwitterten Fensterläden verschlossen. Den überschaubaren Vorgarten mit seiner spärlichen, wild wachsenden Vegetation umgab ein grüner Maschendrahtzaun. Neben dem windschiefen Zugangstor war ein Klingelknopf, an dem kein Name, sondern lediglich ein Zettel mit den Worten „Betteln und Hausieren verboten“ klebte. Dember drückte den Klingelknopf. Einen Moment später öffnete sich im Obergeschoss quietschend eines der Fenster. Eine Frau in einer braunen, mit Blümchen gemusterten Kittelschürze und mit Lockenwicklern im steingrauen Haar blaffte sie energisch an:
„Sie sind bestimmt von den Zeugen Jehovas. Machen Sie, dass Sie wegkommen. Wir lassen uns nicht bekehren. Hier wohnen nur gute Katholiken!“
Damit knallte sie das Fenster so fest zu, dass man meinen konnte, die Scheibe flöge gleich aus dem Rahmen. Dember und Krogmann sahen sich perplex an.

„Wie ist die denn drauf?“ Dember klingelte nochmals. Die Szene schien sich zu wiederholen, doch bevor Frau Firmenich ihren Spruch zu Ende sagen konnte, gelang es Dember, sich als „Kripo Köln“ vorzustellen.
„Kripo?“ fragte die alte Dame verwundert. „Seit wann kommt die Kripo bei Falschparkern? Sind euch die Streifenwagen ausgegangen? Warten Sie, ich komme runter.“
Diesmal schloss sie das Fenster sanfter. Momente später öffnete sich quietschend die Haustür, nachdem deutlich hörbar der Schlüssel mehrfach im Schloss gedreht und einige Riegel beiseite geschoben worden waren.
„Ich warne Sie! Wehe, das ist wieder so ein mieser Trick! Ich bin zwar alt, aber nicht blöd – und Enkel habe ich auch keine. Versuchen Sie also nicht, mir so was weiszumachen. Da kann ich nämlich richtig rabiat werden“, keifte sie die beiden an.
„Frau Firmenich, wir sind wirklich von der Kriminalpolizei!“ Toni Krogmann hielt ihr den Dienstausweis und sogar ihre ovale Dienstmarke, die sie an einer Kette aus ihrer Hosentasche gezogen hatte, hin.
„Und das ist mein Kollege Dember. Der ist auch echt und wir sind vordringlich nicht wegen der Falschparker hier. Wir ermitteln wegen des Brandes von gestern. Frau Hämmerle teilte uns mit, dass Sie öfter Kennzeichen der Autos, die verkehrsbehindernd parken, notieren. Insbesondere interessieren wir uns für die holländischen Kennzeichen.“ Sie vermied bewusst jeden Hinweis auf den Mordfall.
Frau Firmenich öffnete nun das Tor des Maschendrahtzauns und bat die beiden, mit ins Haus zu kommen. Dember beäugte die höchstens 1,60 m große alte Dame und zog automatisch Parallelen zu seiner verstorbenen Großmutter. Auch sie hatte immer eine gemusterte Kittelschürze über ihrer Kleidung getragen und in seiner Erinnerung stets Lockenwickler im Haar gehabt.

Im Haus hatten Krogmann und Dember das Gefühl, soeben einen Zeitsprung zurück in die Sechziger gemacht zu haben. Die Einrichtung bestand überwiegend aus Resopalmöbeln. Auf dem Küchentisch lag die obligatorische Wachstischtuchdecke. Ein großer Kochtopf stand auf dem Herd, aus dem ein angenehmer Früchteduft in den Raum strömte. Dember erkannte sofort den typischen Erdbeergeruch, denn seine Großmutter hatte früher jedes Jahr mit ihm zusammen Erdbeergrütze eingekocht oder Marmelade gemacht. Die rüstige Rentnerin bat die Beamten, am Küchentisch Platz zu nehmen. Den angebotenen Kaffee schlugen sie aus. Sie fragte, warum ausgerechnet sie diesen Besuch bekommen würde. Nun wiederholte Dember, dass Frau Hämmerle angerufen hätte, was Frau Firmenich mit einem „Na, dann ist mir einiges klar!" kommentierte. Sie stand sofort auf und kramte in dem Zettelhaufen neben dem museumsreifen schwarzen Wählscheibentelefon. In diesem Haus war nahezu alles, wenn auch nicht beabsichtigt, im Retrolook. Hier hätte sich so mancher Raumdesigner gute Anregungen holen können.
„Wo ist denn der Zettel?", sagte sie zu sich selbst. „Ich habe ihn doch hier zu den anderen Falschparkern gelegt." Ohne dass sie es mitbekam, schauten sich Krogmann und Dember grinsend an.
„Ah, da ist er ja." Sie nahm den Zettel und setzte sich wieder an den Tisch.
„Hier, sehen Sie." Sie deutete auf die Striche hinter den beiden Kennzeichen.
„Mehr als fünf Mal haben die hier einfach halb oder sogar ganz auf dem Gehweg gestanden. Das ist doch nicht in Ordnung. Aber keinen interessiert das!"
„Wissen Sie was, ich habe eine Idee", sagte Toni Krogmann, „wir geben Ihre Notizen an die Stadt Köln weiter. Eventuell lassen die hier mal eine Politesse für ein paar Tage patrouillieren."
Die alte Dame fühlte sich offensichtlich ernst genommen und strahlte.

„Wissen Sie zufällig auch die Automarke oder haben Sie gesehen, wer die Autos gefahren bzw. geparkt hat?", fragte Toni weiter. Katharina Firmenich schüttelte den Kopf und meinte, dass sie sich nie für Autos interessiert hätte. Zu Lebzeiten hätte dies immer ihr Willi getan, aber der sei jetzt auch schon 20 Jahre tot.
„Liebe Frau Firmenich", Dember dachte noch immer an seine Oma und bemühte sich, besonders freundlich zu sein, „hier haben Sie meine Visitenkarte. Da steht drauf, wo Sie uns erreichen können. Sollten Sie eines der holländischen Autos noch mal beobachten, rufen Sie bitte an. Das könnte sehr wichtig sein."
Damit hatte er ihre Aufmerksamkeit noch weiter gesteigert. Sie erwiderte, dass - wenn sich schließlich jetzt schon die Kripo darum kümmere - die Holländer nur kommen sollten.
Auf der Rückfahrt zum Präsidium unterhielt sich das Ermittlerduo über diese neue und erfolgversprechende Information.
„Ich werde gleich mal beim EPICC anrufen."
„Bei was für 'nem Epizentrum?", flachste Dember wie ein bildungsferner Schuljunge.
„Na, beim Euregionalen Polizei-Informations-Cooperations- Centrum", entgegnete Toni Krogmann schulmeisterlich.
„Zufälligerweise arbeitet dort jemand aus der Familie meiner Frau. Bestimmt kann uns der Jan mal eben einen Halter feststellen. Jan van Asperen ist dort der Leitende Wijkagent, so was wie hier die Bezirksbeamten. Vielleicht wissen wir bald, welche Spur wir hier tatsächlich haben und vor allem, mit wem wir es zu tun haben."
„Wen du alles kennst!"

***

Nach dem üppigen Mittagessen in Levents Grill ganz in der Nähe des Präsidiums hatte sich Toni Krogmann einen Cappuccino aus der Kantine mitgebracht. Genüsslich aß sie dazu einen

Schokoriegel, den Westhoven ihr spendiert hatte. Gegen 14:00 Uhr wählte sie die Rufnummer ihres Bekannten Jan van Asperen. Die Durchwahl hatte sie im Kontaktverzeichnis im Intranet der Polizei gefunden.

„Hallo, Jan. Ich bin es, Toni. Wie geht's dir?"

„Das ist aber eine Überraschung, Toni!", freute sich der Wijkagent. „Mir geht es gut, und selbst?"

„Alles prima. Du weißt ja, dass ich seit einiger Zeit bei der Kölner Mordkommission bin. Und heute führt uns eine Spur nach Holland."

„Lass' hören, wie kann ich helfen?"

„Kannst du mir bitte sagen, zu wem die Kennzeichen PB-DV-54 und PB-DV-55 gehören?"

„Klar, mache ich gleich. Ich werde mich dann melden. Wir haben jetzt erst unsere Dienstbesprechung. Sobald die zu Ende ist, kümmere ich mich darum."

„Ja sicher, wann ungefähr?"

„Ungefähr in einer Stunde. Dann habe ich auch bald die Namen. Es ist schön, wieder einmal deine Stimme gehört zu haben."

„Bis gleich, Jan", beendete sie das Gespräch.

Danach ging sie in die Küche und holte sich einen Kaffee. Vielleicht wäre der etwas kräftiger als der Kantinencappuccino. Wieder im Büro setzte sie sich an ihren Schreibtisch und schrieb auf ihrem privaten Mobiltelefon eine Nachricht an ihre Frau: „Hi Süße, schade wegen gestern. Lass' uns reden. Deine Toni ☺"

Das erlösende Vibrieren einer eingehenden Nachricht blieb leider aus.

***

Paul Westhoven war gerade dabei, die Ermittlungsakten zu studieren, als auf seinem Smartphone der Eingang einer E-Mail mit

Annes Absender angezeigt wurde. Er las, dass es seinem Schwiegervater zunehmend besser ginge. Erleichtert nahm er diese Entwicklung zur Kenntnis, denn Anne hing sehr an ihrem Vater und er an Anne.

KAPITEL 8

Heinz Dember hatte beim Fotolabor des Erkennungsdienstes die Tatortfotos geholt und bereits damit begonnen, eine Lichtbildmappe anzufertigen, als Arndt Siebert an seinem Büro vorbei in Westhovens Zimmer ging. Dember hörte, dass die Verstärkungskräfte für die Hausbefragungen in Rondorf jetzt da seien und im Besprechungsraum warteten.

Wenige Minuten später saß die MK 6 unter Leitung von Westhoven mit den Unterstützungskräften im Besprechungsraum. Westhoven erläuterte kurz die wichtigsten Anhaltspunkte, die so genannten Blitzlichter, insbesondere auch den Hinweis der Zeugin Firmenich. Toni Krogmann und Heinz Dember teilten sich fürs „Klinken putzen" in Rondorf mit den weiteren Einsatzkräften die Häuser rund um den ausgebrannten Bungalow auf.

„Und notiert bitte, in welchem Haus ihr gewesen seid und wo niemand angetroffen wurde. Es wäre zu peinlich, wenn wir irgendwo doppelt auflaufen oder, noch schlimmer, einen potentiell wichtigen Zeugen nicht ansprechen und dieser sich auch nicht bei uns meldet", mahnte Dember und guckte auf die Uhr. Es war jetzt 15:30 Uhr. „Wir treffen uns hier gegen 18:30 Uhr und sehen dann weiter. Toni muss um 19:00 Uhr wieder im Präsidium sein, weil dann der Besitzer des Bungalows aus London eintrifft."

Zur vereinbarten Zeit trafen sich die Ermittler wieder an den Fahrzeugen. Schnell war klar, dass bis zu diesem Zeitpunkt wahrscheinliche sämtliche Zeugen angetroffen worden waren.

***

Während Dember ausnahmsweise schon Feierabend machen durfte und Krogmann mit der Zeugenvernehmung Spielmeier begann, benachrichtigte Westhoven seine Frau, dass sie nicht mit dem Essen warten solle.
„Schade, dass wir schon wieder nicht zusammen essen können." Ihre Stimme klang resigniert.
„Es tut mir leid, Anne, aber Toni vernimmt noch einen wichtigen Zeugen und ich lasse hier niemanden alleine weiter arbeiten und gehe selbst gemütlich nach Hause. Das kann ich einfach nicht machen."
„Ich wünschte mir einfach, dass du im Moment etwas mehr Zeit für mich hättest. Das mit Papa setzt mir ziemlich zu, auch wenn es ihm anscheinend besser geht", klagte sie weinerlich.
„Sternchen, sobald Toni fertig ist, komme ich sofort nach Hause. Versprochen! Ich kann aber leider nicht sagen, wie lange das dauern wird."

***

Dr. Doris Dember hätte eigentlich gern schon in der 12. Schwangerschaftswoche feststellen lassen, ob es ein Junge oder Mädchen würde. Sie hatte es aber einfach bis heute nicht geschafft, obwohl Heinz immer wieder gedrängt hatte. Sie beide wären zwar schon glücklich, wenn es ein gesundes Baby würde, aber er würde sich über einen Jungen besonders freuen. Wie oft schon hatte er davon gesprochen, ihn nach der Geburt sofort im nächsten

Fußballverein anzumelden. Auch sie wollte jetzt Gewissheit und hatte deswegen mit ihrem Gynäkologen einen Ultraschalltermin für den morgigen Tag vereinbart. Mit den modernen Ultraschallgeräten wäre nun zum Ende der 18. Schwangerschaftswoche die Bestimmung des Geschlechtes möglich.
Als Heinz nach Hause kam, stürmte sie auf ihn zu und nahm ihn in den Arm.
„Schatz, rat mal, welchen Termin ich morgen um 11:30 Uhr habe?“ Sie küsste ihn.
Dembers Augen strahlten.
„Ultraschall?“, fragte er vorsichtig.
„Der Kandidat hat 100 Punkte“, antwortete sie. „Drück' uns die Daumen. Je nachdem wie sich das Kind bewegt, werden wir es morgen wissen. Ansonsten habe ich mich auch dazu durchgerungen, mit dem Institutsleiter über meine weitere Verwendung in den nächsten Wochen zu sprechen.“ Heinz blickte sie fragend an. Sie seufzte.
„Schatz, ich hätte am Brandort fast auf die Leiche gekotzt und mich total vor Paul blamiert. Ich kam mir ja so blöd vor. Und in der Rechtsmedizin habe ich dann wirklich gekotzt und der blöde Hund von Pahl hat das auch noch freudestrahlend jedem erzählt. Leider muss ich mir wohl selbst eingestehen, dass ich bestimmte Gerüche einfach nicht vertrage.“
„Doris, ich finde es gut, dass du endlich diesen Schritt machst. Euer Chef ist doch, soweit ich weiß, total in Ordnung. Er wird Verständnis haben. Du wirst schon sehen.“
Er nahm sie liebevoll in den Arm.
Sie nahm seine Hand und führte ihn in die Küche, wo sie schon den Tisch gedeckt hatte. Für Heinz hatte sie extra ein halbes Dutzend Sylter Austern besorgt. Sie selbst musste wegen ihrer Schwangerschaft auf alle rohen Meeresfrüchte verzichten. Auch ihr geliebtes Sushi war zurzeit tabu.

„Du bist so ein Schatz, Doris!“, freute er sich. Er brach die Austern mit dem Spezialmesser auf und löste sie von der Schale. Liebevoll beträufelte sie ihm die Austern mit Zitronensaft und er schlürfte nacheinander genüsslich das Fleisch aller sechs Schalentiere.
„So“, sagte er in energischem Ton und zog seine Liebste fest an sich. Mit seinen Händen umschloss er fest ihren Po. „Super Idee, selbst Casanova wusste schon, wie man seine Manneskraft stärkt“, grinste er sie an und küsste sie leidenschaftlich. Mit dem letzten Schluck Weißwein spülte er den Austerngeschmack hinunter.
Als sie kurze Zeit später im Schlafzimmer landeten, führte eine Spur von diversen Kleidungsstücken von der Küche bis vors Bett. In dieser Nacht bekamen sie nicht viel Schlaf, sondern erfreuten sich am Mythos der angeblich aphrodisischen Wirkung der Austern.

***

Alfred Spielmann erzählte Toni Krogmann in einem Gespräch vor der eigentlichen Protokollierung seinen Werdegang bei Ford und warum er in London war. Ihr kam das bekannt vor, war es doch genau so, wie Paul es über seinen Vereinskameraden erzählt hatte: Für Spielmann sollte London auch nur ein Sprungbrett in die USA sein. Nach der Plauderei belehrte sie ihn ordnungsgemäß über seine Rechte und Pflichten als Zeuge, wies ihn besonders auf seine Wahrheitspflicht hin und dass er nichts zu Dingen sagen musste, womit er sich selbst einer Strafverfolgung aussetzen könnte.
„Wie meinen Sie das denn?“ Spielmann war bestürzt. „Glauben Sie etwa, dass ich mein Haus selbst angezündet habe?“
„Ich glaube bei solchen Ermittlungen nicht, sondern ich bin auf der Suche nach Erklärungen und Fakten, warum so etwas pas-

siert ist. Und in diesem Zusammenhang stelle ich immer wieder Fragen, die andere Leute mitunter despektierlich finden. Das ist aber unumgänglich. Außerdem sind Sie hier bei der Mordkommission, ist Ihnen das nicht klar?"

Toni blieb freundlich, konfrontierte ihn aber mit den harten Fakten, um seine Reaktion zu beobachten.

„Nicht nur Ihr Bungalow ist abgebrannt, wir haben auch höchstwahrscheinlich Ihren Immobilienmakler verbrannt im Keller gefunden."

„Van Haag ist tot? Höchstwahrscheinlich?", fragte Spielmeier ungläubig. Toni Krogmann nickte.

„Wir werden es morgen wissen. Eine zweifelsfreie Identifizierung hätte nicht mal seine Mutter hinbekommen. Woher kannten Sie Tristan van Haag?"

Alfred Spielmeier dachte angestrengt nach. Er schlug die Beine übereinander und antwortete nach kurzer Überlegung: „Ich würde nicht sagen, dass ich ihn kannte. Herr van Haag war lediglich unser Immobilienmakler."

„Wie sind Sie denn ausgerechnet auf ihn gekommen? Sie sind ja nicht gerade Nachbarn."

„Ich habe mich bei meinen Kollegen, die in der gleichen Situation sind oder waren, erkundigt, wie die das mit ihren Häusern gehandhabt haben. Und da fiel auch der Name van Haag. Der blieb in meinem Kopf hängen und ich habe Kontakt zu ihm aufgenommen. Das war's."

„Also haben Sie sich vor dem Kaufauftrag nicht gekannt?", fragte sie. Er verneinte.

„Seit wann sind Sie eigentlich in London?"

„Nächsten Monat werden es sieben Monate", antwortete er nach kurzem gedanklichem Überschlagen der Zeit.

„Haben Sie sich eigentlich nicht gewundert, dass das Haus nicht schon längst verkauft wurde? Ich bin zwar nicht vom Fach, aber für Rondorf war das doch eher ein Preis im Mittelfeld, oder nicht?“ Mit dieser Frage schien sie Alfred Spielmeier erst richtig ins Grübeln gebracht zu haben.

„Selbstverständlich habe ich ab und an bei ihm nachgefragt, warum das so lange dauert. Er hat das immer auf die Interessenten geschoben, denen dieses oder jenes nicht gepasst hätte oder die den Kaufpreis einfach nur unverschämt hätten reduzieren wollen.“

„Und diese Erklärung haben Sie akzeptiert?“

„Ja, sicher. Wissen Sie, aufgrund meiner Tätigkeit im Management eines internationalen Großkonzerns habe ich einfach nur begrenzte Zeit, um mich um private Dinge zu kümmern. Und mit dem Verkauf hatten bzw. haben wir es nicht eilig. Aber ich habe auch mal eine Frage: Was ist eigentlich genau passiert?“

„Darüber kann und darf ich im Augenblick keine Angaben machen, wir ermitteln zurzeit noch in alle Richtungen“, blockte sie geschickt mit ihrer standardisierten Antwort ab.

„Ich frage mich halt, wieso Herr van Haag dort gefunden wurde. Der kennt doch das Haus. Was hatte er dort zu suchen? War er allein?“

Toni Krogmann hob nur die Schultern und sagte immer noch nichts dazu, sondern stellte ihre nächste Frage: „War Ihr Haus eigentlich ausreichend versichert?“

„Da gehe ich mal von aus. Das werde ich aber klären. Ich habe mir noch einen zusätzlichen Tag frei genommen, um einiges in Deutschland zu regeln, jetzt wo ich sowieso schon mal hier bin.“

„Wo waren Sie eigentlich in der Nacht zum Montag?“ Sie musterte ihn. „Reine Routinefrage.“

„Im Bett, bei meiner Frau, falls Sie jetzt fragen wollten, ob das jemand bezeugen kann.“

„Danke, wir werden das überprüfen.“ Sie hatte keine andere Antwort erwartet.

„Darf ich das Haus betreten? Ich würde mir gern mal anschauen, wie es da aussieht."
„Da muss ich Sie leider enttäuschen, der Tatort ist noch nicht wieder freigegeben. Wir sind noch bei der Spurensicherung und Brandermittlung." Keineswegs sollte er die Kabel unter der Kellerdecke und die Blähtonsäcke im Schwimmbad, geschweige denn das ganze Lampensortiment in der Garage entdecken.
„Herr Spielmeier", leitete Toni das Ende der Vernehmung ein, „möchten Sie der Befragung noch etwas hinzufügen, was ich nicht gefragt habe, aber aus Ihrer Sicht wichtig für unsere Ermittlungen sein könnte?"
„Nein", war seine knappe Antwort.
„Gut, dann drucke ich Ihnen die Seiten aus und Sie lesen diese bitte durch. Wenn Sie keine Änderungswünsche mehr haben, bitte ich Sie, auf der letzten Seite da zu unterschreiben, wo Ihr Name steht." Das automatische System protokollierte parallel zum Speicher- und Druckbefehl als Vernehmungsende 20:37 Uhr.

Während der Zeuge die Niederschrift seiner Vernehmung durchlas, vibrierte Krogmanns Mobiltelefon: eine SMS. Toni las den Text:
„Hi, Toni, danke für deine SMS. Habe ich leider erst jetzt gelesen. Bin bei Heidi, warte nicht auf mich. Wir reden morgen. Sorry."
Innerlich kochte Toni Krogmann nach dieser Mitteilung vor Wut, ließ sich aber gegenüber Herrn Spielmeier nichts anmerken. Um 20:55 Uhr hatte dieser das Vernehmungsprotokoll gelesen, genehmigt und unterschrieben. Toni Krogmann begleitete ihn bis zum Ausgang, dankte ihm noch einmal für sein sofortiges Kommen aus London und wünschte ihm einen schönen Abend. Obwohl sie sonst eigentlich zu Fuß in die erste Etage ging, nahm sie diesmal den Aufzug. Gedankenverloren dachte sie an ihre

Frau und Heidi. Schon mehrfach hatte dieses Miststück mit den viel zu dicken Titten, den breiten Hüften und Cellulite an den Oberschenkeln versucht, sich in ihre Beziehung zu drängen. Toni Krogmann wünschte sie zum Teufel, war sich aber im Grunde sicher, dass da nichts lief. Trotzdem ärgerte sie sich, denn nur zu gern hätte sie sich gleich in die Arme ihrer Partnerin sinken lassen.

Wieder im Büro rief sie am Telefon die Liste der unbeantworteten Anrufe auf. Sofort erkannte sie die Rufnummer von Jan van Asperen. Sie drückte auf Rückruf und war mehr als überrascht, dass er um diese Uhrzeit noch auf der Dienststelle war.

„Hi, Jan, so spät noch bei der Arbeit?"

„Das Gleiche könnte ich auch sagen, mein Meisje. Hat das mit den Kennzeichen zu tun, die ich für dich abfragen sollte?"

„Da bin ich mir nicht sicher, aber ich denke schon, dass sich alles irgendwie aneinanderreiht." Sie beschrieb ihm in wenigen Sätzen, was die Tatortbefundaufnahme und die Sektion ergeben hatten.

„Das ist ja höchst interessant, jetzt wird mir einiges klar."

„Nun sag' schon, Jan. Auf wen sind die Autos zugelassen?"

„Der Halter des Mercedes mit dem Kennzeichen PB-DV-54 ist ein gewisser Geert van Fleet. Ist noch ein älteres Modell mit dem bis 1999 verwendeten Sidecode 5."

„Was soll das denn sein?", fragte sie.

„So werden bei uns die Buchstaben-Zahlen-Kombinationen der Kfz-Kennzeichen genannt. Unsere Nummernschilder werden zwar im Gegensatz zu euren deutschen nicht in einer festgelegten Zulassungsregion vergeben, sind aber nach einem bestimmten Schema aufgebaut, das nur über einen bestimmten Zeitraum verwendet wird. Aktuell ist der Sidecode 7 in der Vergabe. Aber das nur am Rande. Der „schöne Geert", wie er von anderen Unterweltgrößen genannt wird, hat sich hier schon quer durchs

Strafgesetzbuch gearbeitet. Er ist zwar erst 38 Jahre alt, aber die meiste Zeit davon hat er in Arrestanstalten verbracht. Bereits als Jugendlicher sind die Behörden aufgrund seiner extremen Brutalität und seines ausgeprägten Hangs zum Sadismus auf ihn aufmerksam geworden. Alle Sozialmaßnahmen sind an ihm abgeprallt wie perlendes Wasser auf einer Ente. Seit ein paar Jahren betreibt er einen Coffeeshop in Maastricht. Die Spelunke heißt „Cool Running" und ist in der Brusselsestraat 35".

„Und wem gehört das Auto mit dem Kennzeichen PB-DV-55?", bohrte Krogmann nach.

„Ach ja, das ist auch auf ihn zugelassen. Auch ein Mercedes."

„Jan, tu mir bitte einen Gefallen und überprüf', ob es irgendeine Verbindung zwischen „dem schönen Geert" und unserem Toten hier gibt."

Sie gab ihm alle erforderlichen Angaben hierfür durch.

„Gute Idee, Toni. Brauchst du das heute noch?"

„Morgen wäre auch okay, ich würde auch ganz gern mal Feierabend machen. Schlafdefizit, du kennst das ja."

„Ruf' mich morgen gegen Mittag an. Dann habe ich bestimmt die Informationen, die du brauchst", beendete van Asperen das Gespräch.

Schnurstracks ging Toni hinüber in Westhovens Büro, der gerade dabei war, sich Tatortfotos anzuschauen, die ihm Dember noch gegeben hatte. Sie erzählte ihm von der fruchtlosen Vernehmung Spielmeiers und von den Informationen, die van Asperen ihr bislang gegeben hatte.

„Gute Arbeit, Toni. Vermutlich sind die beiden ja tatsächlich bekannt – was ja wohl anzunehmen ist. Bestimmt sind die in Streit geraten und da hat dann „der schöne Geert" oder einer seiner Leute das Opfer sprichwörtlich heiß gemacht. Das riecht nach einer Spur, der wir unbedingt nachgehen sollten. Sag' mir bitte

sofort morgen Mittag Bescheid. Und jetzt fahr' nach Hause – Feierabend!" Mit diesen Worten schmiss er sie freundschaftlich raus.
Gemeinsam verließen sie das Kommissariat, gingen zum Parkhaus und fuhren in unterschiedliche Richtungen davon.

***

Anne Westhoven hatte sich einen Elsässer Pinot Blanc geöffnet und schaute die Nachrichten in WDR-Aktuell, als sie Paul nach Hause kommen hörte. Sein Schlüsselbund klapperte und er stöhnte leicht, als er seine modischen, aber etwas zu engen Schuhe auszog. Bis er ins Wohnzimmer kam und sich neben sie setzte, hatte sie schon längst den Fernseher ausgeschaltet und ein zweites Glas auf den Tisch gestellt. Sie berichtete von ihrem Tag im Krankenhaus bei ihrem Vater. Es galt nun, ihn in einer Rehaklinik unterzubringen. Offen war noch die Frage, ob ambulant oder stationär. Bei einer ambulanten Maßnahme würde sich aufgrund der Entfernung zu Odenthal eine Klinik in Bergisch Gladbach anbieten.

***

Toni Krogmann schloss die Tür ihrer Wohnung auf und fühlte sich ziemlich alleine, als sie das Wohnzimmer betrat. Um sich abzulenken, studierte sie die Songtexte für den nächsten Auftritt in der Ubierschänke, der in nicht einmal 24 Stunden stattfinden würde. Ihr fiel es schwer, sich die Textpassagen zu merken, und sie ärgerte sich über sich selbst.

KAPITEL 9

Als Heinz Dember von seinem Radiowecker an diesem Mittwochmorgen aus dem Schlaf gerissen wurde, war sein erster Gedanke: ‚Die Nacht kann doch noch nicht vorbei sein.'
Dreieinhalb Stunden effektiver Schlaf waren selbst für ihn zu wenig. Nur unter extremen Anstrengungen schaffte er es an diesem Morgen ins Büro. Dort saß er bei einer starken Tasse dampfendem Kaffee und versuchte, sich auf das Vernehmungsprotokoll des Zeugen Spielmeier zu konzentrieren, als auch Krogmann pünktlich um 07:30 Uhr im Türrahmen stand. Natürlich tappte Dember ins Fettnäpfchen.
„Du machst ja ein Gesicht wie sieben Tage Regenwetter!" Er erntete sogleich eine Retourkutsche.
„Immer noch besser, als mit deinem Gesicht vor die Tür zu gehen. Schon mal in den Spiegel geguckt? Normalerweise machst du das aus Eitelkeit, heute wäre es aber Mut", gab sie bissig zurück, nahm sich ihre Tasse und holte sich ebenfalls einen Kaffee.
Dember stand auf und ging zu Westhoven, der gerade den letzten Rest eines Schokoriegels in seinem Mund verschwinden ließ.
„Moin, Paul. Ich müsste mal um 11:00 Uhr für eine Stunde weg. Geht das in Ordnung?"
Mit vollem Mund brachte dieser nur ein fragendes „Hmmmh?" zustande.
„Doris hat sich für heute 11:30 Uhr einen Ultraschalltermin geben lassen. Wenn alles klappt, wissen wir heute, ob es ein Junge oder ein Mädchen wird!", erzählte Dember euphorisch.
„Kann sie da nicht allein hingehen? Das Geschlecht ist doch sowieso nicht mehr zu ändern. Sie kann dich doch anrufen und es dir sagen."
Das war wohl nicht die Antwort, die Dember gern von Westhoven bekommen hätte.

„Komm schon, Paul!“, sagte Dember.

„Merkst du eigentlich nicht, dass du ständig ‚Extrawürste‘ beanspruchst?“

Damit spielte Westhoven unter anderem auf den gestrigen vorzeitigen Feierabend Dembers an.

„Mensch, Paul. Man kann sich die Dinge nicht immer aussuchen, das musst du verstehen.“

„Ich weiß nur, dass ich nicht zu 100% auf dich zählen kann. Aber sei es, wie es sei. Fahr' dahin, ich will eurem Glück nicht im Wege stehen.“

Zurück im Büro ließ sich Dember mürrisch auf seinen Schreibtischstuhl fallen und versuchte weiterzulesen, als Toni Krogmann es wagte, ihn anzusprechen:

„Ist dir jetzt zu deinem verknautschten Gesicht zusätzlich auch noch eine Laus über die Leber gelaufen oder sind sieben Tage Regenwetter dazugekommen?“

Die Worte, die Dember nun murmelte, standen in keinem Duden.

***

Die allmorgendliche Frühbesprechung wurde durch Telefonklingeln unterbrochen. Westhoven nahm den Hörer ab und reichte diesen nach wenigen Worten an Dember weiter: „Hier, für dich, LKA.“

„Dember hier“, meldete er sich.

„Hier ist Dr. Antalis vom Dezernat 51 im LKA. Ich habe die Kleidungsstücke untersucht, die Sie mir gestern per Boten haben bringen lassen. Sie lagen richtig mit Ihrer Einschätzung. Ich habe eine gaschromatographische Untersuchung nach der Headspace-SPME-Methode mit massenselektivem Detektor durchgeführt.“

Dember war mit diesen Angaben schlichtweg überfordert und fragte nach, was das heißen solle.

„Ganz einfach. Durch die hier durchgeführte Untersuchung wurde der Dampfraum des Asservates nachhaltig verändert. Und sowohl bei der Brandschuttprobe als auch an den angebrannten Kleidungsstücken habe ich deutliche Anhaftungen eines aromahaltigen Lösungsmittelgemischs nachgewiesen."
„Und welches?"
„Derartige Anhaftungen sind meines Erachtens als Rückstände von Ethanol zu interpretieren und das würde ich ab einer Konzentration von 56 Vol% sehr wohl als Brandbeschleuniger einstufen. Sie bekommen das aber noch alles schriftlich in einem ausführlichen Gutachten. Auf dem Untersuchungsantrag stand ja fett in roter Schrift, dass es sich um ein Kapitaldelikt handele und die Sache daher eilbedürftig sei, daher mein früher Anruf."
„Vielen Dank, Dr. Antalis!" Dember legte auf und blickte in wissbegierige Gesichter.
„Ethanol", sagte er knapp. „Das LKA hat als Brandbeschleuniger Ethanol nachgewiesen."
„Na prima, das Zeug ist doch in zig Flüssigkeiten", meinte Krogmann.
„Habt ihr irgendwas im Bungalow gefunden, wo das drin sein könnte?", fragte Westhoven ernst und erntete nur Kopfschütteln.
„Also, im Keller definitiv nicht. Das hätten Ede und ich ganz sicher gesehen", ergänzte Dember.
„Ihr fahrt trotzdem noch mal gucken. Und zwar heute!", befahl Westhoven.

Wieder in seinem Büro rief Dember augenblicklich Ede Immel an und erzählte ihm von dem Untersuchungsergebnis. Auch diesem war kein Behälter mit Ethanol in Erinnerung geblieben.
Dember erzählte Krogmann vom Ultraschalltermin um 11:30 Uhr und dass er unbedingt dabei sein wollte. Ohne Umschweife bot sie ihm an, dass er sich einfach dorthin absetzen und danach

direkt wieder zum Bungalow kommen solle. Man müsste ja nicht alles an die große Glocke hängen.
Ausstaffiert mit Schuhüberziehern, Spurensicherungsoveralls und Gummihandschuhen fuhr das Ermittlerteam nach Köln-Rondorf. Westhoven nahm sich derweil noch mal den mehrere hundert Bilder unfassenden Stapel von Tatortfotos vor und studierte jedes Detail.

***

Dr. Doris Dember wartete schon ungeduldig im Wartezimmer ihres Gynäkologen. Auch wenn das Ziffernblatt ihrer Armbanduhr erst 11:15 Uhr anzeigte, schaute sie ständig aus dem Fenster, ob Heinz endlich käme. Sie zwang sich zur Ruhe, griff nach einer typischen Zeitung der Yellow Press über Prominente, wie sie seit Jahrzehnten in Lesezirkelausgaben in den Wartezimmern fast aller Ärzte und Frisöre zu finden waren. Die mit vielen Fotos aufgepeppten Artikel über die Schönen und Reichen dieser Welt hatten nun ihre ganze Aufmerksamkeit.
Schlag 11:30 Uhr erschien Dember im Wartezimmer. Er wirkte etwas abgehetzt und löste durch den Brandgeruch, den seine Kleidung verströmte, reflexartigen Würgereiz bei Doris aus.
„Bah, du stinkst total nach Feuer und Rauch!"
„Tut mir leid, Schatz. Wir mussten noch mal in den Bungalow und nach Ethanol suchen"
„Ich hoffe, ihr findet welchen. Kannst dich gleich damit einreiben. Und tu mir einen Gefallen, wenn du nach Hause kommst: Steck die Klamotten bitte sofort in die Waschmaschine, denn ich packe die sicher nicht an."
Dember war erleichtert, als sie endlich aufgerufen wurden und in den Ultraschalluntersuchungsraum kommen durften. Nach dem allgemeinen Vorgespräch legte sich seine Frau auf das me-

dizinische Multifunktionsbett, neben dem das moderne 3D-Ultraschallgerät stand. Weil eine medizinische Indikation für ein dreidimensionales Bildgebungsverfahren nicht vorlag, hatte der Gynäkologe den beiden grundsätzlich von einer 3D-Sonografie abgeraten. Aber sie waren sich einig, dass sie die hiermit verbundenen Kosten, sollte die Krankenkasse diese nicht übernehmen, dann eben selbst bezahlen würden.
Der Gynäkologe verteilte das Gleit- und Kontaktgel auf dem Ultraschallkopf und dem Bauch von Doris. Nach wenigen Augenblicken hatte er ein eindeutiges Ergebnis.

***

Toni Krogmann zog die Gummihandschuhe aus, nahm ihr Mobiltelefon in die Hand und las die Nachricht:
„Ist spät geworden. Habe bei Heidi übernachtet. Mach dir keine Sorgen. Bis heute Abend dann in der Ubierschänke."
Sofort wählte Toni die Rufnummer ihrer Frau. Es meldete sich jedoch nur die Mailbox.

***

Zum Mittagessen ging Westhoven mit Arndt Siebert in die Polizeikantine. Für 3,70 € hatte er sich an das so genannte Stammessen, ein gedünstetes Fischfilet mit Senfsauce und Salzkartoffeln, herangewagt. Eigentlich machte er sich nichts aus der Kantine, aber als Arndt an seinem Zimmer vorbeigekommen war, war er spontan auf dessen Aufforderung hin mitgegangen.
Mitten in einem Schluck Cola aus der Flasche vibrierte sein Mobiltelefon. „Frau Steinmann", erklärte er seinem Chef und nahm das Gespräch an.
„Hallo, Herr Westhoven. Gibt's Neuigkeiten in Sachen Brandlei-

che? Ist der Tote nun Tristan van Haag oder nicht?"
„Auf jeden Fall wissen wir, dass ein Brandbeschleuniger mit Ethanol verwendet wurde."
„Und was genau?"
„Tja, das fragen wir uns auch. Bei der Tatortaufnahme haben wir jedenfalls nichts gefunden. Meine beiden Ermittler sind aber schon wieder im Haus und suchen noch mal gezielter."
„Okay. Und wann rechnen Sie mit der Identifizierung?"
„Ich denke, dass ich gleich mal Frau Dr. Dember anrufe." Aber er wusste, dass diese sicherlich gerade jetzt nicht im Institut war. „Ich halte Sie auf dem Laufenden", beendete er das Gespräch.

***

Valerie van Haag wählte die Rufnummer ihres Bruders Koen de Boen.
„Hallo Koen". Sie brach sofort in Tränen aus.
„Valie, was ist los. Hat er dich wieder geschlagen?"
Ihr Bruder hatte deswegen schon lange das Messer für seinen Schwager gewetzt. Doch stets hatte Valerie ihn davon abgehalten, sich einzumischen. Offiziell durfte er es noch nicht einmal wissen.
„Nein, das ist es nicht, die Kripo war vorgestern hier und hat gesagt, dass er wahrscheinlich tot sei – verbrannt", schluchzte sie.
„Was?", brüllte ihr Bruder in den Hörer. „Verbrannt? Wo denn?"
„In einem Haus, das er vermakeln sollte. In Köln-Rondorf."
Bei dieser Aussage lief Koen de Boen ein heißkalter Schauer über den Rücken. Er wusste ganz genau, von welchem Haus seine Schwester sprach, war er doch noch vor ein paar Tagen mit dem „schönen Geert" dort gewesen.
„Was hat er da nur gemacht?", fragte sie Koen.
Koen wich einer konkreten Antwort aus: „Keine Ahnung. Wann wirst du denn wissen, ob es wirklich Tristan ist, der in dem Haus gefunden wurde?"

Sie schluckte: „Die haben gesagt, dass sie mich anrufen oder herkommen. Die Kripo, meine ich."
„Soll ich zu dir kommen?"
„Nein, das ist total lieb von dir. Es geht schon. Außerdem ist es doch ein gutes Zeichen, dass sich die Bullen noch nicht wieder gemeldet haben. Bestimmt ist das gar nicht Tristan, der da verbrannt ist." Wieder versagte ihr die Stimme.

***

„Herzlichen Glückwunsch, Frau und Herr Dember. Es ist ein Junge."
Dember standen augenblicklich Freudentränen in den Augen. Außer sich vor Glück warf er sich halb auf das Untersuchungsbett, umarmte seine Frau und küsste sie.
„Ein Junge, es wird ein Junge! Ich habe es gewusst. Ein Junge, ein Junge!", verfiel er in buchstäblichen Singsang. Doris freute sich für ihren Mann. Ihr wäre eine Tochter genauso lieb, vielleicht sogar noch lieber gewesen. Sie hätte es nur gegenüber Heinz nie zugegeben. Glücklich hielt Doris ein 3D-Ultraschallfoto in der Hand, während ihr Arzt mit dem Zeigefinger auf die entscheidende Stelle tippte. Sie bekam noch weitere Fotos und auf einem Ausdruck war relativ klar das Gesicht des Ungeborenen zu erkennen. *`Es sieht ja doch schon ein bisschen aus wie Heinz´*, waren ihre Gedanken.
„Schatz, ich muss zurück nach Rondorf…" Er kam nicht weiter, denn sie unterbrach ihn: „Fahr' schon, wir sehen uns später."
Während der Rückfahrt nach Rondorf träumte Dember bereits von einer Fußballerkarriere seines Sohnes beim 1. FC Köln.

***

Nach der Mittagspause zurück im Büro rief Westhoven im Institut für Rechtsmedizin an. Nachdem er die Durchwahl von

Dr. Doris Dember gewählt hatte, wurde er zur Zentrale umgeleitet. „Institut für Rechtsmedizin der Universität zu Köln, Müller am Apparat. Was kann ich für Sie tun?"
„Hallo Karin." Westhoven kannte sie von etlichen gemeinsamen Feiern auf dem legendären Frühlingsfest des KK 11, wo unter anderem neben der Staatsanwaltschaft selbstverständlich auch die Rechtsmedizin eingeladen war.
„Ist Doris noch immer nicht von ihrem Termin zurück?", fragte er sie.
„Wieso? Der Termin war doch noch gar nicht."
„Hä, ich dachte, der wäre längst gewesen! War das nicht um 11:30 Uhr?"
„Nee, der Chef kann nicht vor 14:00 Uhr."
„Chef?" Sie redeten offenbar aneinander vorbei.
„Ja, was meinst du denn?" Karin war auch langsam verwirrt. „Ach, du hast Glück. Sie kommt gerade herein." Sie holte Dr. Dember sofort an den Apparat.
„Hallo Paul, was gibt's?", fragte sie.
„Wie sieht es aus mit der Identifizierung unserer Brandleiche?"
„Das kläre ich gleich. Heute Morgen kam Post von dessen Zahnarzt und unsere DNA-Abteilung wollte auch einen Rückruf. Ich rufe dich nachher zurück, okay?"
„Gut, mach das. Ich bin im Büro und warte darauf."

***

„Toni – Toooni!", rief Dember, als er wieder in Rondorf eintraf.
„Ich bin hier hinten im Schlafzimmer. Warum brüllst du denn so?"
Er eilte zu ihr und nahm sie so überschwänglich in den Arm, dass beide das Gleichgewicht verloren und auf das verrußte Bett fielen. Krogmann musste davon stark husten und reagierte sauer.
„Sag mal, bist du bescheuert?! Was sollte das denn? Tickst wohl nicht

ganz sauber! Bist du an einem Zombie vorbeigelaufen oder was?"
„Tut mir leid, mit mir gehen gerade die Pferde durch." Wieder verfiel er in seinen Singsang, mit dem er schon die Leute in der Arztpraxis genervt hatte.
„Es wird ein Junge, ein Junge, ein Juuuunge…"
Toni Krogmann, die durch den Sturz aufs Bett wie ein Schornsteinfeger nach Feierabend aussah, versuchte sich den Ruß aus dem Gesicht zu wischen.
„Meine Güte, du bist ja außer Rand und Band. Herzlichen Glückwunsch euch beiden! Ich freue mich für euch. Darauf müssen wir unbedingt anstoßen. Kommt doch einfach heute Abend zu meinem Konzert in die Ubierschänke. Es fängt um 20:30 Uhr an."
„Super Idee." Da fiel ihm ein, dass er damals im Suff die Schwangerschaft – trotz des ausdrücklichen Verbots von Doris – gegenüber Westhoven und Krogmann ausgeplaudert hatte. „Ich muss Doris nur beichten, dass ihr schon Bescheid wisst."
„Komm, lass' uns erstmal gemeinsam nach Ethanol suchen. Paul ruft bestimmt gleich an und will ein Ergebnis", sagte Krogmann.
„Hast Recht. Na, dann los."

***

Dr. Dember rief wie versprochen Westhoven zurück. „Bingo. Unsere Brandleiche ist Tristan van Haag. Das Zahnschema passt. Glücklicherweise hatte er wegen akuter Zahnschmerzen vor zwei Wochen einen Notfalltermin. Und an diesem Tag sind Ober- und Unterkiefer geröntgt worden. Besser geht es nicht."
„Prima Arbeit, Doris. Und was ist mit dem DNA-Ergebnis?"
Er wollte noch mehr Gewissheit, denn er wusste von Fällen, wo das Zahnschema zwar übereinstimmte, aber nicht die DNA. Westhoven beharrte bei Identifizierungen unkenntlicher Leichname auf doppeltem Boden mit dreifachem Netz.

„Die Haare aus der Bürste, die ihr aus seiner Wohnung mitgenommen habt, stimmen auch mit den Überresten überein. Da gibt's überhaupt keinen Zweifel. Der Tote ist Tristan van Haag."
„Danke, Doris. Du schickst es wie immer schriftlich, nehme ich an?"
„Mach ich, tschüss Paul." Sie wollte gerade auflegen, als Paul sie unterbrach.
„Moment noch, bitte. Du klingst so überaus freudig, habe ich etwa deinen Geburtstag vergessen?", flunkerte er.
„Ach, was soll's, ich kann es sowieso nicht mehr lang verbergen. Heinz und ich werden Eltern – es wird ein Junge!"
„Nein, nicht doch – schwanger? Und wann ist es soweit?" Er tat überrascht, um Heinz nicht in die Pfanne zu hauen.
„Ausgerechnet bin ich für Anfang/Mitte November" Sie hoffte jedoch auf Ende November, dann wäre die Vaterschaft von Heinz wahrscheinlicher als die ihres Ex-Freundes, mit dem sie damals auch noch Sex hatte.
„Hast du deinen Institutsleiter schon informiert? Du solltest dich nicht mehr an solchen giftigen Tatorten wie Rondorf herumtreiben".
„Weiß ich auch. Habe gleich noch einen Termin bei ihm. Werde mich wohl bis zum Mutterschutz in den Innendienst zurückziehen müssen." Sie klang überhaupt nicht zufrieden.
„Das finde ich sehr vernünftig, Doris."
„Na ja", war ihre Reaktion, ehe sie das Gespräch beendete.

***

Bevor Westhoven Staatsanwältin Steinmann zurückrief, erkundigte er sich bei seinem Ermittlerteam nach dem letzten Stand und erfuhr, dass sie weder im Bungalow, noch in der Garage, noch auf dem Grundstück Hinweise auf Behältnisse mit Ethanol gefunden hatten. Selbst die Hausbar war leer gewesen.

„Das wäre ja auch zu schön“, kommentierte er. „Gib mir mal bitte Heinz.“
Als Heinz sich meldete, gratulierte er ihm herzlich.
„Danke, Paul. Ich bin ja so glücklich! Ein Junge, es wird ein Junge, ich bekomme einen Sohn!“ Abrupt stutzte er. „Äh, Moment mal, woher weißt du das denn schon?“
„Schon vergessen? Ich bin Kriminalist und höre das Gras wachsen“, scherzte Westhoven.
„Nein, komm, jetzt sag' mal ehrlich. Hast du etwa Doris darauf angesprochen?“
„Quatsch, natürlich nicht. Sie hat es mir von sich aus erzählt, als wir vorhin gesprochen haben. Jetzt wissen wir es alle offiziell. Und übrigens, sag' bitte auch Toni, dass der Tote tatsächlich dieser Tristan van Haag ist.“
„Paul, haben du und Anne auch Lust, heute Abend in die Ubierschänke zu kommen? Toni spielt dort heute mit ihrer Band und hat vorgeschlagen, dass wir alle gemeinsam auf den zukünftigen Erdenbürger anstoßen.“
„Klar, ich frag' Anne gleich, ob sie mitkommt. Zurzeit ist ihr wegen der Sorgen um ihren Vater nicht so nach Feiern, aber vielleicht lenkt sie das ein wenig ab. Wann geht es denn los?“
„Um 20:30 Uhr“, antwortete Heinz Dember und beendete das Gespräch.
Westhoven beschloss, vor dem Telefongespräch mit Staatsanwältin Steinmann zuerst Anne anzurufen. Er wählte die Nummer ihres Mobiltelefons.
„Hallo Paul!“, schallte es ihm erfreut aus dem Hörer entgegen. „Schön, dass du anrufst. Tut gut, deine Stimme zu hören. Papa geht's schon viel besser. Vorhin haben wir erfahren, dass er ab morgen einen Platz in der ambulanten Reha bekommen kann. So braucht er nur jeden Tag in die Kardiologie ins Evangelische Krankenhaus in Bergisch Gladbach zu fahren.“

„Das ist doch klasse. Da freut sich deine Mutter bestimmt."
„Mama ist glücklich, dass Papa nicht für Wochen irgendwo stationär versorgt werden muss. Sie fährt zwar nicht so gern Auto, aber sie wird Papa bestimmt mit Vergnügen jeden Tag dorthin bringen und wieder abholen. Am Wochenende ist er sogar komplett zuhause. Und im Notfall können wir sicher auch mal beim Fahrdienst einspringen."
„Schatz, es gibt eine Neuigkeit: Doris und Heinz bekommen ein Baby – einen Jungen. Sie wollen heute Abend mit uns im kleinen Kreis darauf anstoßen. Hast du Lust?"
„Wow, natürlich, die zwei haben es wirklich eilig. Heute Abend, das müsste gehen, ich rede gleich mit Mama. Wann und wo findet der Umtrunk denn statt?"
„Um halb neun in der Südstadt. Toni tritt dort in der Ubierschänke auf."
Nachdem das geklärt war, rief Westhoven endlich Sarah Steinmann an und fragte, ob sie zuerst die gute oder die schlechte Nachricht hören wollte. Er berichtete, dass der Tote nunmehr eindeutig identifiziert sei, am Brandort aber keinerlei Hinweise auf brandfähiges Ethanol gefunden worden waren.

KAPITEL 10

Nachdem Toni Krogmann und Heinz Dember wieder ins Präsidium zurückgekehrt waren, konnte sie endlich Jan van Asperen zurückrufen.
„Hallo, Jan, ich konnte nicht früher", entschuldigte sie sich.
„Ist doch nicht schlimm, Meisje. Ich habe die Informationen, um

die du mich gebeten hast. Euer Tristan van Haag ist vor Jahren bei einer Kontrolle in einem Etablissement des „schönen Geert" überprüft worden. Er war aber nicht allein in dem Bordell. Mit von der Partie waren noch ein Koen de Boen und ein paar Touristen aus Peking. De Boen ist unserer Erkenntnis nach ein Handlanger des „schönen Geert". Er erledigt für ihn die Drecksarbeit."
„De Boen?", fragte sie überrascht. „Die Ehefrau, äh, Witwe von unserem Opfer ist eine geborene de Boen. Kannst du erfahren, ob Valerie van Haag mit diesem Koen verwandt ist?"
„Mach ich, Meisje. Diesmal ruf' ich dich zurück."
Toni Krogmann ging zu Westhoven und erzählte ihm, was Jan van Asperen ihr gerade mitgeteilt hatte. Westhoven fand diese Verbindung mehr als interessant und legte diese als weitere zu ermittelnde Spur an.
Da die Uhr mittlerweile 17:30 Uhr zeigte und ein gemeinsamer Abend anstand, entließ Westhoven seine Kollegen, damit sie sich noch duschen konnten.

***

Als Dember nach Hause kam, saß Doris auf der Couch. Sie war unübersehbar sauer.
„Was ist los, Schatz?", fragte er, beugte sich von hinten über die Lehne, legte seine Arme um sie und küsste sie auf die Wange.
„Ach, dieser blöde Arsch, er hat sich total darüber aufgeregt, dass ich ihn nicht schon früher informiert habe. Ich sei unverantwortlich, bla bla bla."
„Dann warst du tatsächlich bei deinem Chef. Und? Wie geht's weiter?"
„Der Professor hat, wenn ich das richtig verstanden habe, gesagt, es gäbe keine offizielle Regelung im Institut. Ich dürfe im Grunde alles machen."

„Gibt's denn da keine eindeutigere Regelung? Was heißt denn das, du darfst im Grunde alles machen?"
„Eben nicht. Es gibt ja schließlich das Mutterschutzgesetz. Ich darf alles - außer Leichen obduzieren, Umgang mit gefährlichen Chemikalien, Nachtarbeit, Überstunden, Außendienst..... Mit anderen Worten: Schreibtisch, Akten und Verwaltungskram. Dafür bin ich nicht Pathologin!", antwortete sie missmutig.
„Wusstest du das nicht? Das ist bei uns genauso."
„Nein, Heinz. So oft kommt es ja auch nicht vor, dass ich schwanger bin", antwortete sie ein wenig sarkastisch.
„Aber du hast doch noch mehr Kolleginnen."
„Ja, die stehen aber nicht am Seziertisch. Wie ich den Laden kenne, werde ich aber sicher im Notfall trotzdem das Skalpell in die Hand nehmen und am ‚Tisch' einspringen müssen." Dember schien mit dieser letzten Antwort seiner Frau offenbar zufrieden.
„Schatz, lass uns heute Abend in die Ubierschänke fahren und auf unser „Jungenglück" mit den anderen anstoßen."
„Wen meinst du?"
„Toni, Paul und Anne. Die sind heute Abend dort. Toni tritt mit ihrer Band auf. Sie würden sich freuen." Er grinste sie an und verschwieg, dass er die drei schon längst eingeladen hatte.
„Na, meinetwegen. Paul weiß es sowieso schon von mir, die anderen können es auch wissen. Aber lange bleibe ich nicht, ich habe seit Stunden pochende Kopfschmerzen und darf keine Tablette nehmen. Mir platzt fast der Schädel!"

***

Toni sang die letzten Zeilen von „Hard Rock Cafe" von Carole King unkonzentriert, während ihr glatzköpfiger Gitarrist lässig auf dem Barhocker saß. Ihre Gedanken waren die ganze Zeit bei Anja. Nach einigen Liedern machte „Live-Probe" eine Pause.

Toni kam an den Tisch, an dem Doris, Heinz, Paul und Anne saßen.
„Klasse, Frau Kollegin", lobte Westhoven, dem aber auch nicht entgangen war, dass sie die letzte Strophe textlich vergeigt hatte.
„Kommt Leute, lasst uns anstoßen!" Dember füllte vier Sektgläser mit Mumm und das fünfte mit Orangensaft. Gemeinsam stießen sie auf den „Stammhalter" an. Toni Krogmann schaute aber unaufhörlich zum Eingang, denn sie hoffte, dass ihre Frau noch kommen würde. Den ganzen Tag hatte sie vergeblich versucht, sie zu erreichen.
Der Gitarrist rief sie wieder auf die Bühne und während sie gefühlvoll „I'm yours" sang, lenkte das Vibrieren ihres Mobiltelefons sie ab. Prompt rutschte ihr der nächste Ton weg. Ihre Stimmung war endgültig hinüber, als sie zwischen den nächsten Liedern die eben eingegangene SMS las: „Tut mir leid, Toni. Heidi hat Fieber. Ich kann nicht kommen. Lass uns später telefonieren. Kuss."
Nach weiteren Liedern, die eher nach Karaoke klangen, war der Auftritt an diesem Abend endlich vorbei. Sie war unzufrieden mit sich selbst, und als sie wieder am Tisch saß, kippte sie drei Stangen Kölsch hintereinander weg. Ihre Tischnachbarn sagten nichts.
Gegen 22:30 Uhr wollte Doris nach Hause. Ihre Kopfschmerzen hatten endgültig gewonnen und sie hielt es nicht mehr aus. Außerdem war ihr schlecht. Heinz, der bis zu dem Moment schon mehr als 10 Kölsch intus hatte, wollte aber partout noch nicht gehen. Er führte sich auf wie ein kleiner Junge, der ins Bett sollte. Bevor die Situation zwischen den beiden eskalieren konnte, meldete sich Anne zu Wort und bot an, Doris nach Hause zu bringen. Sie müsse morgen früh aufstehen und ihre Mutter zur Uni-Klinik fahren. Westhoven schloss sich den beiden an und ermahnte seine Ermittler, am nächsten Morgen pünktlich um 07:30 Uhr im Büro zu sein.

Auf der Fahrt nach Hause schwärmte Doris trotz des Vorfalls von eben von ihrem Heinz. Er sei so „erwachsen" geworden und wirke verantwortungsbewusst. Und dass sie glücklich sei, dass er sich so sehr auf das Kind freue.
Es war schon nach Mitternacht, als Dember mit leichter Stimmbandlähmung zu seiner Kollegin sagte: „Hör mal, Toni. Mir fällt grad auf - wo ist eigentlich deine Frau, wollte die nicht auch kommen?"
„Ach, die kann nicht. Sie muss noch arbeiten."
Sie wollte ihm nicht erzählen, dass sie innerlich vor Wut kochte, weil ihre Liebste bei der verhassten Heidi war und sich womöglich von deren wehleidigem Jammern einlullen ließ. *'Diese Hexe lässt doch keine Gelegenheit aus, sich an Anja ranzumachen. Dazu ist ihr jeder billige Trick recht – und wenn sie sich todkrank stellen muss!'*
„Toni", lallte Dember und trank mit einem Schluck das volle Glas leer. „Stehst du eigentlich schon immer auf Frauen oder hattest du auch schon mal einen richtigen Mann?"
„Sag' mal, spinnst du jetzt?", fragte sie gereizt.
„Jetzt sag' doch mal. Hattest du oder hattest du nicht?"
„Mit euch Kerlen - das bringt doch nichts. Ihr denkt doch nur mit dem Schwanz und nur an Euer Vergnügen!"
„Ich bin anders, ich bin nicht so einer."
Damit rückte er seinen Stuhl näher an Toni heran.
„Jetzt pass mal auf, Heinz!" Toni riss nun endgültig der Geduldsfaden. „Deine Frau mit deinem Kind im Bauch ist mal grad nicht dabei und schon rückst du mir hier auf die Pelle. Beherrsch' dich oder lass' den Alkohol weg, wenn du ihn nicht verträgst!"
Damit knallte sie ihr Kölschglas auf den Tisch, so dass der Rest des Gebräus im hohem Bogen herausschwappte und auf Dembers Hemd landete. Abrupt stand sie auf und verließ verärgert die Ubierschänke.

„Blöde Lesbe“, rief er ihr hinterher, was aber aufgrund der lauten Musik und seiner lallenden Aussprache zum Glück niemand außer ihm hören konnte.
Beim Bezahlen stierte er der Bedienung hirnlos in den Ausschnitt, steckte den bezahlten Deckel in seine Jackentasche, schwankte aus dem Lokal und suchte sein Auto.

***

Der Blutprobenarzt erschien gegen 01:30 Uhr in der Polizeiinspektion 1 in der Stolkgasse 47. Heinz Dember saß mit glasigen Augen wie ein geprügelter Hund im Blutprobenraum.
Nachdem er am Chlodwigplatz sein Auto gefunden hatte, war er losgefahren. Am Karolingerring fiel er einer Streifenwagenbesatzung auf, als er eine dortige Ampel bei Rot passierte. Danach folgte das übliche Prozedere. Er wurde gebeten, einen Alkotest zu machen. Wenige Augenblicke später zeigten die Ziffern des Messgerätes eine Atemalkoholkonzentration von 0,55 mg/L, also rund 1,1 Promille.
Dember spürte den Einstich der kalten Nadel in seine Vene und beim Anblick seines eigenen Blutes im Röhrchen wurde ihm übel. Ihm war klar, dass durch sein Verhalten nun eine Menge Ärger auf ihn zukommen würde. Bislang wusste zwar niemand, dass er Polizist war, doch spätestens gegenüber seinem Kommissariatsleiter würde er sich am nächsten Tag erklären müssen, um nicht noch weitere Dienstvergehen zu begehen. Wie sollte er sonst gegenüber seinen Kollegen begründen, dass er keine Dienstwagen mehr fahren durfte? Er bat den Wachdienstführer, ihm ein Taxi zu rufen. Als er vor der Tür wartete und wenig später die Nummer des Taxis sah, schwante ihm Böses. Auf dem ankommenden Taxi prangte deutlich die Nummer 1022. Dieses Taxi 1022 wurde nur von einer Person gefahren - Katrin Oehmchen,

Ur-Kölnerin, des Hochdeutschen nicht mächtig, mit viel zu grell geschminktem Gesicht, die Haare stets zu einer Bergheimer Palme hochgebunden, einer Revolverschnauze mit der Sprechgeschwindigkeit eines Maschinengewehrs, das man scheinbar nie nachladen musste, und einer unbändigen Gier nach männlichem Frischfleisch.

„Jo, dat es evver ens en Üvverraschung. Joden Ovend, Här Kommissär. Oder wie Ihr ussüht, wööd isch leever jode Naach sage. Ihr hatt wohl jett zu vill jefiert und e Pittermännsche jeknutsch.[8]“ Dabei klatschte sie ihm ihre rechte Hand auf den linken Oberschenkel, als er neben ihr auf dem Beifahrersitz Platz nahm.

„Hatt Ihr he en Fier jehatt un dä letzte jroße Fall jefiert?“[9], fragte sie neugierig.

„Och, do wör isch jo jään dobei jewäse. Su ene nette junge Schutzmann wör hück Ovend jenau dat Rischtije für dat Oehmschens Katrin jewäse.“[10]

Dember war psychisch am Ende.

„Fahren Sie mich einfach nach Hause und lassen Sie mich in Ruhe, Sie wissen ja die Adresse.“

Jetzt hatte er ihre Neugierde jedoch erst recht geweckt. Er bereute, dass er sich nicht nach hinten gesetzt hatte, aber er wusste auch, dass es auf diesem engen Raum sowieso kein Entkommen gab.

---

8 *„Ja, das ist aber mal eine Überraschung. Guten Abend, Herr Kommissar. Oder wie Sie aussehen, würde ich lieber Gute Nacht sagen. Sie haben wohl ein bisschen zuviel gefeiert und ein Bierfässchen umarmt.“*

9 *„Haben Sie hier eine Feier gehabt und den letzten großen Fall gefeiert?“*

10 *„Ach, da wäre ich gerne dabei gewesen. So ein junger Polizist wäre heute genau das Richtige für Katrin Oehmchen gewesen.“*

„Jetz sagen Se doch. Wat es loss? Isch sinn doch, dat jet nit stemp. Hatt Ihr Krach met Ührer Frau oder hat Ihr jrad ene ümjelad?"[11]
„Das geht Sie nichts an, fahren Sie mich nur nach Hause oder soll ich mir ein anderes Taxi rufen, wo ich nicht zugetextet werde?"
„Här Dember, su jefallt Ihr mir üvverhaupt nit. Ihr wesst doch, dat Ihr mir avsolut Ühr Vertraue schenke künnt oder nit?"[12]
Wieder fand ihre rechte Hand seinen Oberschenkel, den sie liebevoll tätschelte. Schon vor Monaten, als sie ihm zum ersten Mal begegnet war, hatte sie versucht, ihn anzubaggern. Aber mit ihm würde nichts mehr laufen. Er war jetzt verheiratet und sie kannte seine Frau. Sie hatte die beiden sogar zur Kirche gefahren. Ansonsten sah Katrin Oehmchen so etwas nicht so eng, eher breitbeinig, wie sie selbst sagte. Aber auch sie hatte moralische Prinzipien. Als er ihre ehrliche Anteilnahme spürte, brach es aus ihm heraus: „Es war einfach alles Scheiße!"
„Mensch, Jung, loß dr doch nit die Wööt enzeln us dr Noos trekke. Dat ben isch vun minge Fahrjäss nit jewöhnt. Isch ben off, wenn isch durch die Jäjend fahre, mieh Pastur als Schafför, su ne art Terrapäut met Fahrjelejenheit."[13]

---

11 *„Jetzt sagen Sie doch. Was ist los? Ich sehe doch, dass etwas nicht stimmt. Haben Sie Krach mit Ihrer Frau oder haben Sie gerade jemanden erschossen?"*

12 *„Herr Dember, so gefallen Sie mir überhaupt nicht. Sie wissen doch, dass Sie mir absolutes Vertrauen schenken können oder nicht?"*

13 *„Mensch Junge, lass Dir doch die Wörter nicht einzeln aus der Nase ziehen. Das bin ich von meinen Fahrgästen nicht gewöhnt. Ich bin oft, wenn ich durch die Gegend fahre mehr Pastor als Chauffeur, so eine Art Therapeut mit Fahrgelegenheit."*

„Kann ich Sie eigentlich auch direkt anrufen, wenn ich mal wieder ein Taxi brauche, um von A nach B zu kommen oder muss ich immer über die Nummer der Taxizentrale gehen?"
„Jo, natürlisch han isch och en direkte Nummer, die vun mingem Händie. Evver dat es nit die Antwoot op ming Froch."[14]
„Doch, das ist die Antwort. Meine Güte, ich bin eben meinen Lappen losgeworden."
Er verstummte sofort wieder.
„Oh Jott oh Jottt! Un dat als Schutzmann oder Kommissar vun der Krim. Dat jitt Ärjer, un nit ze knapp."[15]
Sie war sichtlich überrascht. Ein bisschen tat Dember ihr zwar leid. Andererseits hieß es für sie als Berufsfahrerin am Steuer immer Null Promille und abends in Köln lebte sie davon, angetrunkene Zecher sicher nach Hause zu kutschieren. Außerdem witterte sie eine Chance, ihren Kommissar öfter zu sehen, in allen Ehren natürlich.
„Wesst Ihr wat? Isch wede Üsch in der nächsten Zick kutschiere. Et wör jo besser jewese, wenn Ihr misch letzte Naach direck jerofe hätt. Dat wör billijer jewode!"[16]

---

14 *„Ja, natürlich habe ich auch eine direkte Nummer. Das ist die Nummer meines Mobiltelefons. Aber das ist nicht die Antwort auf meine Frage."*

15 *„Oh Gott, oh Gott! Und das als Polizist oder Kommissar der Kriminalpolizei. Das gibt Ärger und das nicht zu knapp."*

16 *„Wissen Sie was? Ich werde Sie in der nächsten Zeit fahren. Es wäre besser gewesen, wenn Sie mich letzte Nacht direkt gerufen hätten. Das wäre billiger geworden."*

„Wie meinen Sie das?"
„Janz einfach. Isch fahre Üsch, wann immer Ihr misch bruche dot. Bis Ihr dä Lappe widderhatt. Dat mache isch für janz klein Jeld, su mie us Fründschaff. Worüm jing dat eijendlisch bei dr Sufferei?" [17]
Als Dember ihr den Grund verriet, platzte ihr jedoch der Kragen.
„Leeven Här Dember, Ihr hat en Frau zo Hus! Die kritt bald e Kind. Dä Puut bruch ene Vatter un kei Foto vun enem Kommissar, dä sisch im besoffene Kopp öm en Latän jewickelt hätt. Un als einer vun dr Krim mööt Ihr Vürbild sin. Un dann noch dat Toni anbaggere! Ihr wesst doch, die steht nit op Kääls. Dat Ihr dat nit bejriefe dot! Minsch, dat hätt isch nit vun Üsch jedaach."[18]
Als er ausstieg, gab sie ihm dennoch ein paar aufmunternde Worte mit:
„He hat Ihr ming Kaat. Ihr künnt misch immer anrofe. Och, wenn Ihr einer zom Schwade brucht. Isch kann zohüre un han

17 *„Ganz einfach. Ich fahre Euch, wann immer Sie mich brauchen. Bis Sie den Führerschein wiederhaben. Das mache ich für ganz kleines Geld, so mehr aus Freundschaft. Worum ging das eigentlich bei der Sauferei?"*

18 *„Lieber Herr Dember, Sie haben eine Frau zu Haus, Die bekommt bald ein Kind! Wo bleibt Ihre Verantwortung? Das Kind braucht einen Vater und kein Foto eines Kommissars, der sich im betrunkenen Zustand um eine Laterne gewickelt hat. Und als einer von der Kriminalpolizei müssen Sie Vorbild sein. Und dann noch die Toni anbaggern. Sie wissen doch, die steht nicht auf Männer. Dass Sie das nicht begreifen! Mensch, das hätte ich nicht von Ihnen gedacht."*

dä eine oder andere Rot. Un isch kann de Schnüss halde."[19] Sie zwinkerte ihm wie gewohnt zu.

***

Dember rüttelte Doris an der Schulter, die mit einer schwarzen Schlafmaske über den Augen im Bett lag. „Du, Schatz. Ich habe großen Mist gebaut."

Schlagartig wurde sie bei diesen Worten wach. Was dann folgte, war der schlimmste Albtraum, den Dember jemals erlebt hatte. In den nächsten fünf Minuten ergoss sich ein Redeschwall über ihn, den er niemals vergessen würde. Doris nahm kein Blatt vor den Mund. Sie putzte ihn so runter, dass sein immenser Kater nur noch eine kleine Randerscheinung war. Ihr Resümee zum Schluss war: „Und glaub ja nicht, dass ich dich jetzt jeden Tag zum Präsidium fahre! Kannst dich schön in die Bahn setzen oder nachts, wenn die nicht fährt, mit deinem alten Fahrrad zur Dienststelle fahren. Du bist so ein ..."

Damit brach sie abrupt ab, um dann noch den Satz hinzuzufügen: „Deinen Rausch kannst du im Wohnzimmer auf der Couch ausschlafen!"

Dember versuchte, die letzten Stunden bis zum Morgen noch zu schlafen. Als der Wecker läutete, war er sich nicht sicher, ob er überhaupt ein Auge zugemacht hatte. Die Gedanken kreisten unaufhörlich in seinem Kopf. Als er ins Bad ging, erkannte er den Mann im Spiegel nicht. Seine pochenden Kopfschmerzen waren unerträglich. Trotz allem musste er heute unbedingt ins Büro. Er musste sich heute erklären, ehe die Sache auf andere Art ans Licht kam.

---

19 „Hier haben Sie meine Karte. Sie können mich immer anrufen. Auch, wenn Sie jemanden zum Reden brauchen. Ich kann zuhören und habe den einen oder anderen Rat. Und ich kann schweigen."

KAPITEL 11

Es war 8:45 Uhr, als Dember auf der Dienststelle eintraf. An diesem Morgen war bereits alles schiefgegangen. Erst hatte er die Straßenbahn in die falsche Richtung genommen und sich gewundert, dass er plötzlich die Haltestelle nicht mehr kannte. Bis er dann mit der Gegenbahn an der Kalker Post angekommen war, hatte er über eine Stunde verloren.

Paul Westhoven kochte, als Dember zur Tür des Besprechungsraumes hereinkam. Er bat ihn sofort in sein Büro.

Nachdem er die Tür mit einem Knall ins Schloss geworfen hatte, brüllte er Dember an, dass es wohl das Beste sei, wenn er sich endgültig eine andere Dienststelle, mindestens aber einen Platz in einer der Mordkommissionen 1 bis 5 suchen würde. In seiner MK 6 hätte er für solche Leute jedenfalls keine Verwendung. „Am besten gehst du zum Pitter und seiner bekloppten MK 3! Zu dem verlotterten Sauhaufen würdest du verdammt gut passen!" Er dachte er an KHK Peter Merzenich[20], der nicht gerade den Ruf hatte, es mit den Dienstvorschriften allzu genau zu nehmen, und der mit seiner Truppe, vor allen Dingen seinem vollkommen missratenen Aktenführer Andríkos Vikelas, nur zu gerne um die Häuser zog und einen über den Durst trank. Er hatte Pitter noch nie ausstehen können, diesen Kalker Proleten, der jedoch wie er etliche Erfolge als langjähriger Todesermittler verbuchen konnte und bei der Dienststellenleitung – aus seiner Sicht völlig unverdient – einen Stein im Brett hatte.

20 s. Krimi Peter Merzenich-Reihe „Nachts in Kalk" von Gereon A. Thelen

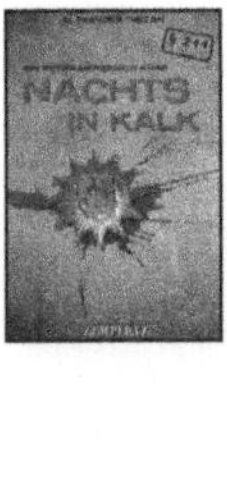

„Es tut mir leid, Paul. Wirklich. Glaub' mir, ich habe jetzt größere Sorgen." Dember standen Tränen in den Augen.
„Was ist passiert? Ist was mit dem Baby? Red' schon!"
„Die Kollegen aus der PI 1 haben mich gezapft", sagte Dember kleinlaut.
„Das glaub' ich jetzt nicht! Sag' mal, hast du noch alle Tassen im Schrank? Du bringst hier das ganze KK 11 in Verruf! So was hat ja noch nicht mal der Suffkopp Vikelas bislang fertig gebracht! Du bist so ein Idiot! Na, dann viel Spaß mit der Personalstelle, das Disziplinarverfahren lässt grüßen! Deine Beförderung zum Oberkommissar kannst du dir erstmal abschminken. Meine Güte, wie kann man nur so bescheuert sein? Du bist echt zu dumm, um aus dem Bus zu gucken! "
Mitten in diese Standpauke hinein klopfte es an der Tür. Arndt Siebert hatte Westhovens Gebrüll gehört und wollte wissen, was passiert sei.
Natürlich war auch er alles andere als begeistert: „Tja, Heinz, da musst du jetzt durch. Jetzt wird sich zeigen, ob du einen Arsch in der Hose hast. Wehe, du meldest dich jetzt krank, so wie die meisten anderen Kollegen, die Mist gebaut haben und erwischt werden. Dann hast du einen Jeck am Hals, klar?!"
Arnd Siebert verließ das Büro ohne weiteren Kommentar.
„Du hast es gehört. Geh in dein Büro und stell' endlich die Fotomappe fertig. Wie du mal wieder aussiehst, kann ich dich keinem Bürger zumuten. Wir reden später weiter. So eine Scheiße, Dember, du bist ein absoluter Vollpfosten!"

***

Es war gegen 10:00 Uhr, als Toni Krogmann und Westhoven bei Valerie van Haag vor der Tür standen und klingelten. Im Aufzug schloss Westhoven die Augen und hoffte, dass die Fahrt bald vorbei wäre. Das Ermittlerduo hatte nun eine der schwierigsten Aufgaben zu erledigen, die der Job des Todesermittlers mit sich brachte: Sie mussten die Todesnachricht überbringen. Im Rahmen der Fortbildung und in verschiedenen Seminaren der Polizeiseelsorge war ihnen zwar das notwendige Handwerkszeug dafür vermittelt worden, aber die Realität war stets anders als die nachgespielten Situationen vor laufender Videokamera und unter den Augen der Gruppe. Der Polizeiseelsorger der Kölner Polizei, der sie bei dieser Aufgabe hätte unterstützen können, war ausgerechnet in dieser Woche als Referent auf einem Seminar. Westhoven erinnerte sich noch an das kleine, gelbe Faltblatt zum Thema „Todesnachricht“: Nicht telefonisch! Nicht an der Haustür! Nicht im Stehen!

Valerie van Haag stand mit nackten Füßen in ihren gelben Crocs im Türrahmen. Die schlabberige türkisfarbene Jogginghose ließ ihre Figur nur erahnen. Ihre lockigen Haare waren zu einem Zopf nach hinten gebunden und fielen auf das weiße Nylon-Spaghetti-Top. Die dunklen Ränder unter ihren Augen ließen sie älter erscheinen als sie tatsächlich war.
Während sich hinter ihnen die Fahrstuhltür quietschend schloss, ergriff Westhoven beherzt das Wort:
„Guten Morgen, Frau van Haag, können wir hereinkommen? Wir müssen noch etwas mit Ihnen besprechen.“
Die Holländerin machte wie in Trance die Tür frei. Die Ahnung stand ihr ins Gesicht geschrieben. Er ging sofort durch ins Wohnzimmer. Valerie van Haag folgte ihm, dahinter kam Krogmann. Als sei er der Gastgeber, bat Westhoven die beiden Frauen, Platz zu nehmen. Er selbst setzte sich den beiden gegenüber. Genau so hatten sie es im Seminar geübt.

„Frau van Haag, um sofort zu unserem Besuchsgrund zu kommen: Wir haben den aufgefundenen Toten einwandfrei identifiziert. Ein Irrtum ist ausgeschlossen. Es handelt sich um ihren Mann."
Valerie van Haag stützte sich am Tisch ab.
„Nein, bitte. Das kann nicht sein. Mein Tristan soll tot sein?"
„Es gibt keinen Zweifel an der Identität", sagte Westhoven. „Es tut mir leid."
Valerie van Haag nickte. Tränen liefen ihr übers Gesicht, die dunklen Augenränder waren nun noch dunkler geworden. Ihre Hände zitterten.
„Hat das mit dem Brand in Rondorf zu tun? Ich hab' das im Kölner Stadtanzeiger gelesen."
Als Antwort bekam sie ein Kopfnicken des Ermittlerteams.
„Kann ich ihn noch mal sehen?", schluchzte sie kaum hörbar.
„Sie sollten das nicht tun. Behalten Sie ihren Mann so in Erinnerung, wie Sie ihn kannten und ihn das letzte Mal gesehen haben", sagte Krogmann einfühlsam.
„Ist es so schlimm?"
„Schlimmer."
„Wissen Sie denn schon, ob es ein Unfall war?"
„Von einem Unfall gehen wir nach unseren bisherigen Erkenntnissen nicht mehr aus", antwortete Westhoven.
Valerie van Haag schaute ihn durch einen Tränenschleier an und flehte förmlich: „Bitte sagen Sie mir, was passiert ist."
„Das ist leider nicht möglich. Ich kann Ihnen noch keine Fakten nennen. Wir sind noch am Anfang der Ermittlungen. Tatsache ist aber, dass Ihr Mann keinen Suizid begangen hat und es auch kein Unfall war."
Westhoven belehrte sie zeugenschaftlich und wies darauf hin, dass über dieses Gespräch zunächst ein Aktenvermerk geschrieben und sie später noch einmal im Präsidium vernommen werden würde.

„Hatte Ihr Mann eigentlich Feinde, Frau van Haag?", fragte er sie direkt.
Valerie van Haag überlegte einen Moment, bevor sie antwortete: „Mein Mann ist Immobilienmakler." Sie sprach noch immer von ihm, als ob er noch lebte. „Wir führen ein ganz normales Leben, wir haben nicht viele Freunde und gehen auch nicht viel weg. Feinde? Nein, nicht, dass ich wüsste."
„Wie lange kannten Sie Ihren Mann?"
Sie rechnete nach. „Das werden jetzt im August 11 Jahre."
„Und bevor Sie sich kennen lernten? Wissen Sie, ob er mal etwas mit Drogen zu tun hatte?"
Ihr kam seine Frage wie eine schallende Ohrfeige vor. „Wie kommen Sie denn darauf? Die Antwort lautet nein."
Sie schien sich einigermaßen gefangen zu haben. Toni Krogmann übernahm die Gesprächsführung. „Sie sind doch eine geborene de Boen. Kennen Sie zufällig einen Koen de Boen oder einen Geert van Fleet?"
„Ich habe einen Bruder, der Koen de Boen heißt, warum fragen Sie mich das?"
„Und Geert van Fleet, sagt Ihnen der Name auch etwas?"
„Der Geert ist ein Jugendfreund meines Bruders, die kennen sich schon seit der Primarschule in den Niederlanden."
Toni Krogmann wirkte auf Westhoven sehr zufrieden mit sich, hatte sie es doch gerade geschafft, eine Verbindung zwischen Rondorf, den holländischen Kennzeichen und dem Toten herzustellen.
„Frau van Haag, kam es eigentlich öfter vor, dass Ihr Mann sich nicht meldete oder länger von zuhause fernblieb?", fragte Westhoven.
„Ja, das ist absolut nicht ungewöhnlich. Wir kontrollieren uns doch nicht ständig – wir vertrauen uns. Und wenn ich Nachtschicht habe, sehen wir uns fast eine Woche gar nicht oder geben uns höchstens am Morgen die Klinke in die Hand."

„Als Sie an dem Abend vor seinem Tod zur Nachtschicht gingen, wo wollte er da noch hin?“ „Ich weiß es nicht. Er hat mich doch sogar noch gegen Mitternacht in der Klinik angerufen und gesagt, dass er jetzt schlafen geht.“
„Ach? Er hat Sie angerufen? Das haben Sie bei unserem ersten Besuch aber nicht erwähnt“, sagte Westhoven.
„Das war doch auch nicht wichtig.“
„Für uns ist alles erst einmal wichtig. Und Sie sagen, er war definitiv zuhause, als er Sie angerufen hat?“ Valerie van Haag nickte.
„Er hat gesagt, dass er jetzt ins Bett geht, weil er morgens ganz früh zu einem Geschäftstermin verabredet war. Deswegen habe ich mir auch nichts dabei gedacht, als ich feststellte, dass er nicht da war. Und dann kamen Sie.“ Tränen erstickten die weiteren Sätze.
„Sollen wir jemanden für Sie anrufen, damit Sie jetzt nicht allein sind?“, bot Krogmann Valerie van Haag an. Die Witwe schüttelte verneinend den Kopf.
Als das Ermittlerteam längst im Aufzug stand und Westhoven auf Grund seiner Klaustrophobie wieder Blut und Wasser schwitzte, nahm Valerie van Haag ihr Telefon und wählte die Nummer ihres Bruders.

***

Zur gleichen Zeit, gegen 11:30 Uhr, stand Wim de Bruin in Den Haag im großen Vortragssaal der Europol am Mikrofon und stellte den anwesenden Beamten seiner und der anderen beteiligten Dienststellen den bevorstehenden Schlag gegen die Filali-Brüder vor. Sachlich und bestimmt avisierte er, dass in den nächsten Tagen „Haschblöcke“ mit einem Gewicht von über 150 kg aus dem Rifgebirge in Marokko über das südwestliche Drehkreuz in Sevilla und von dort aus zum nordwestlichen Drehkreuz in die Niederlande und nach Belgien geschleust werden sollten.

„Meine Damen und Herren, wir reden hier von rund 450.000 €, die die illegale Ware ohne Fracht- und Zollpapiere für die Großhändler wert ist. Einer unserer Kontakte hat uns den Hinweis gegeben und unsere verdeckten technischen Maßnahmen haben dies größtenteils bestätigt. Wie Sie sich vorstellen können, sprechen die Herren nicht offen darüber, aber aufgrund unserer gesamten Erkenntnislage können wir davon ausgehen, dass es so ist, wie ich es eben präsentiert habe."
Wim de Bruin konnte die spanische und die niederländische Polizei von einem mehrtägigen Einsatz ihrer Kräfte überzeugen. Rund um die Uhr würden nun die Küste und sämtliche Straßen im Binnenland überwacht. Er bedankte sich und sicherte den Kollegen zu, ihnen weitere Details mitzuteilen, sobald er sie habe.

***

Wieder im Auto wandte sich Westhoven an seine Kollegin: „Toni, besorgst du gleich die Verbindungsdaten von Tristan van Haags Mobiltelefon? Außerdem solltest du routinemäßig das Alibi von Valerie van Haag in der Uni-Klinik überprüfen."
„Was war eigentlich heute Morgen mit Dember? Du hast ihn ja ganz schön zusammengefaltet."
„Du erfährst es ja sowieso. Der Vollidiot ist gestern von den Kollegen der PI 1 gezapft worden." Westhoven fühlte schon wieder den Ärger in sich hochkochen.
„Was? So ein Blödmann!" Um ihn nicht noch weiter reinzureißen, vermied sie es, gegenüber Westhoven auch noch von dessen idiotischen Anmachversuchen zu erzählen.
„Und jetzt?"
„Jetzt kriegt er eine Breitseite: Strafverfahren, Lappen weg, Disziplinarverfahren, Beförderungsstopp, Spott der Kollegen, und so

weiter und so weiter. Und: Er muss Bahn fahren, und das hasst er wie die Pest. Wann bist du eigentlich weg? Hättest du ihm nicht die Schlüssel abnehmen können?"

„Als ich ging, laberte er nur doof rum. Ich hätte doch nie gedacht, dass der noch so dämlich ist und sich ins Auto setzt. Außerdem bin ich nicht sein Kindermädchen, der ist doch alt genug", antwortete sie schroff.

„Ist ja schon gut, ich wollte dir nicht die Schuld geben."

„Klang aber fast so."

„Toni, lass uns für ihn die Daumen drücken, dass es nicht über 1,1 Promille sind."

„Wieso?"

„Weil das genau die Grenze ist, wo es richtig Ärger gibt. Ab da kannst du locker mit 30 Tagessätzen Geldbuße rechnen. Das ist ein gesamtes Monatsgehalt. Dazu noch die Chance auf sechs bis neun Monate Fußgänger mit anschließender MPU[21]."

„Und was erwartet ihn unter 1,1 Promille? Sorry, dass ich nachfrage, aber mit diesen Verkehrssachen kenne ich mich überhaupt nicht aus."

„Dann hätte unser Demberlein richtig Glück. Bei einem Erstverstoß zahlt er 250 €, kann einen Monat zu Fuß gehen und kassiert obendrein vier Punkte in Flensburg."

„Ui, ui, ui. Dann drücke ich ihm echt mal die Daumen, dass er nicht zu viel getankt hatte." *'Auch wenn ihn ein Schuss vor den Bug mal wachrütteln würde*', dachte sie sich.

***

21 *Medizinisch Psychologische Untersuchung*

Dember hatte sich aus dem Büro gewagt und war in die Kantine gegangen. Er hatte schon die Hälfte seiner Currywurst mit Pommes Mayo gegessen, als hinter ihm jemand wie wild gegen die Scheibe klopfte und seinen Namen rief. Katrin Oehmchen hatte ihn im Vorbeifahren gesehen und angehalten. Sie war eigentlich auf dem Weg zu den Köln-Arcaden. Mit dem Zeigefinger deutete sie auf sich und gab Dember und den anderen Gästen der vollbesetzten Kantine zu verstehen, dass sie hereinkommen würde. Am liebsten wäre Dember jetzt im Boden versunken, aber da hallte auch schon Oehmchens Stimme quer durch die Kantine:
„Hu hu, Här Kommissar Dember, widder klor em Kopp - alles fit?“[22]
In der Kantine wurde es ungewöhnlich still. Einige der Kolleginnen und Kollegen, die Dember kannten, fragten sich offenbar, was er mit dieser aufgetakelten, nicht mehr taufrischen Frau zu schaffen hatte, die in Leopardenhose, roten Stöckelschuhen und einer pinkfarbenen Samtjacke mit grünen Knöpfen wild gestikulierend auf ihn zulief.
„Geht's vielleicht noch lauter?“, zischte er sie an, während sie ungefragt auf dem Stuhl ihm gegenüber Platz nahm und ihren Oberkörper über die Tischplatte lehnte. Der junge Kommissar mochte zwar tiefe Ausschnitte, aber auf diesen hätte er gern verzichtet. Und hier und jetzt sowieso.
„Jetz kumme Se widder runger un räjen sich nit op. Sid fruh, dat isch Sie jesinn han. Isch han Ihne letzte Naach versehentlisch die Nummer vun minger Mamm jejovve. He han Se ming Kaat met

---

22 Huhu, Herr Kommissar Dember, wieder klar im Kopf- wieder fit?“

minger Nummer. Domit künne Se misch immer krieje."[23]
Sie reichte ihm eine Karte herüber und die Peinlichkeit war perfekt. Hinter vorgehaltener Hand machten sich die Kolleginnen und Kollegen lustig und dachten sich ihren Teil. Einige hielten die Taxifahrerin sogar für eine «Professionelle».
„Kommen Sie!"
Er nahm sein Tablett und ging zum Ausgang, den Blick zu Boden gerichtet, um nur ja keinen Kollegen ansehen zu müssen. Katrin Oehmchen stöckelte hinter ihm her.
„Nit esu flöck, Här Kommissar. Su schnell kann isch met minge huhe Hacke nit loofe. Ihr sit doch och sons nit einer von dä schnelle Zoot"[24], sagte sie in Anspielung auf seine Kölschkenntnisse. Die Gedanken der anderen Kantinengäste gingen jedoch in eine ganz andere Richtung.
„Liebe Frau Oehmchen, ich find das ja im Grunde toll, dass Sie sich um alles kümmern und Sie haben uns ja auch schon ein paar Mal gute Hinweise in den Ermittlungen gegeben. Aber…"
Er konnte seinen Satz nicht beenden, denn sie unterbrach ihn.

---

23 *Jetzt kommen Sie wieder runter und regen sich nicht auf, Seien Sie froh, dass ich Sie gesehen habe. Ich habe Ihnen in der letzten Nacht versehentlich die Nummer meiner Mutter gegeben. Hier haben Sie meine Karte mit meiner Nummer. Damit können Sie mich immer erreichen."*

24 *„Nicht so schnell, Herr Kommissar. So schnell kann ich mit meinen hochhackigen Schuhen nicht laufen. Sie sind doch sonst nicht von der schnellen Sorte."*

„Jetzt kümmere isch misch persönlich öm Üsch. An welchem Fall sit Ihr jrad draan?"[25]
„Sie haben bestimmt im Express gelesen, dass in Rondorf ein Haus gebrannt hat, in dem wir eine Leiche gefunden haben."
Angewidert nahm sie vor Schreck eine Hand vor den Mund.
„Hürt op, isch will dat jo alles janit esu jenau wesse. Wenn Ihr jetz wigger schwad, weet et mir schläsch. Un helfe kann isch in däm Fall och nit. Rondorf es für misch irjendwie „terra incognita", wie die Jresche sage. Han Se sisch dat Angebot vun mir ens üvverlaat?"[26]
„Was würde das denn kosten? Können wir einen Pauschalpreis aushandeln?"
„Vun mir us, evver et kütt bestemp ens öfter vür, dat isch net stante pede kumme kann, weil isch jrad en Faaht han. Wat meint Ihr üvver fuffzisch Euro?"[27] schlug sie ihm vor.
„In der Woche?"
„Nä, em Mond natürlisch. Isch sage nit ömesöns Sonderpreis. Dat es schleßlisch ming Tax. Un isch ben met mingem Salär nur mir verantwortlich. Un für su ene nette Kommissar dunn isch

---

25 Jetzt kümmere ich mich persönlich um Sie. An welchem Fall arbeiten Sie gerade?"

26 Hören Sie auf, ich will das alles gar nicht so genau wissen. Wenn Sie jetzt weiter reden, wird mir schlecht. Und helfen kann ich in diesem Fall auch nicht. Rondorf ist für mich irgendwie "unbekanntes Land", wie die Griechen sagen. Haben Sie sich mein Angebot einmal überlegt?"

27 „Von mir aus, aber es kommt bestimmt öfter vor, dass ich nicht sofort kommen kann, weil ich gerade eine Fahrt habe. Was halten Sie von 50 Euro?"

dat doch jän, dat es doch für et Katharina Ihrensaach."[28]
„Okay, abgemacht", sagte Dember und machte sich keine Gedanken darüber, dass dieser Sonderpreis schnell zu einem Fall bei den Internen vom Kriminalkommissariat 32[29] werden konnte, sofern sie die Nase daran bekämen.
„Bes dann, ming Leevje."[30] Sie drückte ihn fest an sich.
„Un anrofe."[31]
Sie formte ihre Hand zu dem allgemein bekannten Telefonzeichen, während sie das Foyer durch die Schiebetüren des Windfangs verließ.
Ede Immel, der die Szene aufmerksam verfolgt hatte, klopfte Dember auf die Schulter.
„So eine scharfe Braut hätte ich dir gar nicht zugetraut." Er ging lachend weiter.
„Du mich auch", murmelte Dember.

***

Während Krogmann den Antrag für die Offenlegung der Telefonverbindungsdaten formulierte, kündigte Westhoven diesen

---

28 *„Nein, im Monat natürlich. Ich sage nicht umsonst Sonderpreis. Das ist ja schließlich mein Taxi. Und ich bin mit meinen Preisen nur mir verantwortlich. Und für einen so netten Kommissar mache ich das doch gerne, das ist doch Ehrensache für die Katharina."*

29 *u. a. Fachkommissariat für Amtsdelikte*

30 *„Bis dann, mein Lieber."*

31 *„Und anrufen."*

vorab bei Staatsanwältin Steinmann an. Er erzählte ihr von dem Besuch bei Valerie van Haag und der Verbindung zwischen deren Bruder, Geert van Fleet und dem Opfer. Steinmann regte an, zunächst in diese Richtung weiter zu ermitteln und auch die holländischen Kollegen um Hilfe zu ersuchen. Nach dem Telefonat ging Westhoven hinüber zu Krogmann und Dember ins Büro.
Sie tippte den Bericht, während Dember mit finsterer Miene weiter die Fotomappe erstellte.
„Heinz, wann kann ich von dir den Tatortbefundbericht haben? Du hast doch jetzt Kapazitäten dafür."
„Ich habe eben erst die Datei bekommen. Du weißt doch, dass unsere Schreibkraft einen Tag frei hatte. Spätestens morgen hast du ihn auf dem Tisch, okay?"
Westhoven nickte und bat Krogmann, ihren Kontaktmann van Asperen anzurufen. Der MK-Leiter hatte beschlossen, mit ihr nach Maastricht zu fahren, um dort Koen de Boen und den „schönen Geert" zu vernehmen.
„Dafür kümmere ich mich um den Dienstplan in der Uni-Klinik", versprach Westhoven, als er das Büro wieder verließ.

***

Gegen 18:00 Uhr saßen alle Ermittler zusammen zur Tagesabschlussbesprechung in Westhovens Büro. Dember teilte mit, dass er die Fotomappe so gut wie fertig und auch schon mit der Korrektur des Tatortbefundberichtes begonnen hatte. Westhoven hatte bei der Stationspflegedienstleitung in der Uni-Klinik in Erfahrung bringen können, dass Valerie van Haag zur mutmaßlichen Tatzeit tatsächlich Nachtschicht hatte und auch gesehen worden war.
Von Krogmann erfuhren die beiden, dass Jan van Asperen mit der Polizei in Maastricht gesprochen hatte. Es wäre kein Problem, de

Boen und van Fleet auch ohne großartiges Rechtshilfeersuchen dort zu vernehmen. Er käme sogar selbst dorthin, wenn sie ihn rechtzeitig anrufen würden. Darüber hinaus hatte er schon ermittelt, dass die beiden Autos vor dem „Cool Running" standen. Und das bedeutete, dass zumindest einer der Männer da wäre.
„Okay. Danke, Toni. Dann pack' schon mal heute deine Sachen. Ich schreibe gleich noch den Dienstreiseantrag für morgen und kümmere mich um eine Unterkunft. Ach so, hast du der Steinmann den Antrag zukommen lassen?"
„Ich habe ihn ihr per E-Mail geschickt, sie wollte ihn so haben."

***

Wieder im Büro wählte Dember die Rufnummer, die er mittags von Katrin Oehmchen bekommen hatte. Sie hatte eben noch einen Fahrgast zur Sünner Brauerei zu fahren und würde ihn direkt danach nach Hause bringen können.
Als Heinz zuhause ankam, stellte er fest, dass sich die Stimmung bei Doris kaum gebessert hatte. Der Haussegen hing immer noch schief. Keineswegs wollte er an diesem Abend noch mit Doris streiten. Mit einem kurzen „Hallo" verabschiedete Dember sich ins Badezimmer. Als er auf der Matratze lag, spürte er mehr denn je sein Schlafdefizit. Trotz seines schlechten Gewissens schlief er relativ schnell ein. Nach einigen Stunden schlug er entsetzt die Augen auf. In einem Albtraum hatte Doris den Jungen soeben entbunden und an die Brust gelegt bekommen, aber es war nicht er, den er dort neben ihr im Kreissaal stehen sah.

KAPITEL 12

Sofort zu Dienstbeginn stellte Westhoven den „Antrag auf Genehmigung einer Dienstreise“ nach Maastricht auf dem sogenannten Dienstweg. Schon der Name des Formulars und das Procedere – Paraphe des Dienstellenleiters, danach Unterschrift des Kriminalinspektionsleiters 1 – erinnerte ihn wieder daran, dass er Beamter in Deutschland war. Das Formular mit den Paraphen von Arndt Siebert und seinem Kriminalinspektionsleiter war noch druckfrisch, als er schon beim „NH Maastricht“ zwei Einzelzimmer buchte. Er vereinbarte ausdrücklich die Option, eventuell auch zwei Nächte dort bleiben zu können, falls die Ermittlungen nicht an einem Tag abgeschlossen werden konnten. Er hoffte, dass dies jedoch nicht der Fall sein würde, denn dadurch hätte er sich und Anne den Samstag verhagelt. Dafür würde Anne vermutlich wenig Verständnis zeigen. Immerhin hatten sie ein gemeinsames sportliches Wochenende geplant. Die Ermittlungen in diesem Mordfall waren für ihn aber ebenso wichtig. Gedankenverloren schob er zwei Schokoriegel nacheinander in den Mund. Die Unterkunft hatte er eigens nach den engen Budgetvorgaben der Polizeiverwaltung im Internet herausgesucht. Das „NH Maastricht“ lag am Rande der historischen Altstadt, direkt neben dem Messezentrum in der Nähe des Bahnhofs Randwyck. Mit dem Auto würden sie die knapp 6 Kilometer bis zum „Cool Running“ nach Auskunft von Google Maps in weniger als 15 Minuten schaffen. Das große, moderne Polizeigebäude in der Sint Hubertuslaan 54 war sogar nicht einmal acht Minuten entfernt. Besonders erfreut war Westhoven über den kostenlosen WLAN-Zugang. So könnte er wenigstens abends nach den Ermittlungen mit Anne skypen.

Es war gerade 08:30 Uhr, als Westhoven und Toni Krogmann im zivilen Opel Insignia die Tiefgarage des Präsidiums verließen

und sich auf den Weg nach Maastricht machten. Toni rief van Asperen an und teilte ihm mit, dass sie laut Navigationssystem gegen 10:15 Uhr am Hotel ankommen würden. Der niederländische Kollege machte sich daher auch sofort auf den Weg nach Maastricht.
Dember hielt derweil in der MK 6 „Stallwache“ und stand für Rechercheaufträge für seine Kollegen zur Verfügung. Zudem hatte ihm Westhoven den Auftrag gegeben, van Haags Kundendatei zu sichten und die Personen allesamt zu überprüfen. Vielleicht sei ja ein unzufriedener Käufer oder Verkäufer dabei.

***

Koen de Boen saß an diesem heißen Freitagmorgen im „Cool Running“ und biss genüsslich in sein Matjesbrötchen, während sich der „schöne Geert“ einen Latte Macchiato zubereitete.
„Hör’ mal, Geert.“ Dieser schaute auf und bedeutete de Boen mit einer aufmunternden Kopfbewegung, dass er reden solle.
„Valerie hat mich angerufen.“
„Deine Schwester? Was wollte die denn?“
„Die Bullen waren bei ihr.“ Mit diesen Worten hatte er van Fleets volle Aufmerksamkeit.
„Was wollten die denn von ihr?“
„Tristan ist tot – verbrannt“, sagte de Boen und biss wieder in sein Matjesbrötchen.
„Scheiße!“, schrie der „schöne Geert“. „Scheiße, Scheiße, Scheiße, diese verdammten Schweine!“ Außer sich vor Wut schmiss er seinen Latte Macchiato auf den Boden und zog seinen Revolver. Er fuchtelte mit der Waffe in der Luft herum und drohte, dass er sie einen nach dem anderen abknallen würde.
„Wen?“, fragte de Boen, der nicht wusste, dass die Filali-Brüder eine eindeutige Warnung übermittelt hatten: Jemand hatte die

schwarze Perserkatze des „schönen Geert" aufgeschlitzt und mit allen vier Pfoten an seine Haustür genagelt. Direkt nachdem er sie gefunden hatte, bekam er einen Anruf. Vermutlich war es Mostafa Jabri, der zwar keinen Namen nannte, ihm aber unmissverständlich klar machte, dass er nur über ihn seinen Stoff zu beziehen hätte. Die Katze sei nur eine Warnung gewesen. Er solle sich überlegen, ob er auch so aussehen wolle.

„Die Filali-Brüder. Ich hab' denen gesagt, dass ich ihr Zeug künftig nicht mehr brauche und den Stoff anderweitig beziehen werde. Wahrscheinlich sind die uns nach Köln gefolgt und haben Tristan liquidiert."

„Oh, Mann. Und was jetzt?"

„Nix und jetzt! Wir bleiben erst mal hier und warten ab – und wenn einer von denen wagt, den Kopf durch die Tür zu stecken, puste ich ihm die Birne runter." Er gab sich sichtlich entschlossen.

„Das klingt nicht gut."

„Das klingt nicht gut, das klingt nicht gut", äffte Geert Koen nach. „Halt' gefälligst die Fresse und mach', was ich dir sage." Er hielt Koen drohend die Mündung seines Revolvers vors Gesicht.

„Und was ist mit den Bullen?"

„Halt' einfach die Schnauze!"

***

Als das Ermittlerteam etwas verspätet gegen 10:30 Uhr am „NH Maastricht" eintraf, wurden sie bereits von ihrem niederländischen Kollegen erwartet. Toni Krogmann sprang aus dem Auto und stürmte auf van Asperen zu. Wenn Westhoven nicht um die Neigung seiner Kollegin gewusst hätte, hätte er leicht glauben können, dass sie soeben ihre große Liebe in die Arme geschlossen hatte. Krogmann nahm van Asperen an die Hand und zog ihn zu

Westhoven, der noch eingeparkt hatte und jetzt ausgestiegen war. „Das ist Jan van Asperen", stellte Krogmann vor. Westhoven begrüßte ihn per Handschlag.
„Hallo Jan, ich bin Paul. Schön, dich kennen zu lernen. Toni hat mir schon viel von dir auf der Fahrt hierher erzählt."
„Freut mich auch, Paul. Ich hoffe, nur Gutes." Sein Deutsch war mit starkem holländischem Akzent gefärbt.
„Klar", grinste Westhoven.
„Wollt ihr eben einchecken?", fragte der Leitende Wijkagent. „Ich setze mich so lange da hinten auf die Couch."
Er zeigte auf die hintere Ecke der hellen, großzügigen Empfangshalle. Nachdem Westhoven und seine Kollegin ihre Reisetaschen in ihren Zimmern abgestellt hatten, gingen sie zu Jan van Asperen, der gerade telefonierte. Von seinem niederländischen Redeschwall verstanden sie kein Wort. Toni setzte sich neben ihn auf das gestreifte Sofa und Westhoven nahm gegenüber auf einem Sessel Platz.
„So, es sieht gut aus", sagte er, als er das Gespräch beendet hatte. „Meine Kollegen, die gegenüber im Tattoostudio sind, haben die beiden schon im Laden gesichtet. Sie scheinen sich über irgendetwas zu streiten. Die beiden Mercedes mit den Kennzeichen PB-DV-54 und PB-DV-55 sind auch da und stehen direkt vor dem Laden. Zwei weitere Kollegen sind als „Kunden" in der Metzgerei nebenan und warten auf uns. Wir treffen Albert Kuipers an der Ecke Groote Gracht/Brusselsestraat vor dem Café. Er ist ein alter Lehrgangskollege von mir. Wir helfen uns immer, wenn es nötig ist."
„Läuft ja super", sagte Westhoven begeistert. „Wenn alles weitere auch so gut klappt, lade ich euch heute Abend zu mehreren Heineken ein."
„Habt ihr eigentlich Waffen dabei?", fragte van Asperen.
„Nein, selbstverständlich nicht. Dafür haben wir ja euch", sagte Krogmann.

***

Als sich Jan van Asperen und sein Kollege Kuipers zusammen mit dem deutschen Ermittlerteam dem „Cool Running" näherten, kamen seine Observationsteams sowie zwei uniformierte Beamtinnen ebenso zum Eingang. Albert Kuipers ging voraus und öffnete die weiße Eingangstür mit Glaseinsatz.
Der polizeierfahrene „schöne Geert" reagierte provozierend gelassen: „Tut mir leid, Bullen haben hier keinen Zutritt. Haben Sie das Schild nicht gesehen? Hunde müssen draußen bleiben."
Koen de Boen verfiel in kicherndes Gelächter.
Albert Kuipers blieb unbeeindruckt und verkündete, dass die deutsche Polizei einen Mord bearbeite und die Spur hierher führen würde.
„Dann rufe ich jetzt erst mal meinen Anwalt an", tönte van Fleet. „Ich weiß nix über einen Mord in Deutschland. Was soll die Scheiße?" Er wurde zunehmend ungehaltener.
Die Beamten vom Observationsteam standen im Hintergrund und behielten die beiden Kriminellen im Auge. Ihre Hände lagen schussbereit um die Griffe ihrer Waffen. Sie wussten genau, wie skrupellos der „schöne Geert" war und wie oft er schon mit einer Waffe erwischt worden war.
„Jetzt halt' mal die Luft an und spuck' nicht so große Töne. Meine deutschen Kollegen haben erstmal nur ein paar Fragen. Es gibt bislang keinen Grund, nervös zu werden, okay?"
Er schaute van Fleet durchdringend in die Augen. Dieser beruhigte sich langsam.
„Was wollt ihr?"
„Ich will, dass ihr beide freiwillig mitkommt."
„Na, dann komm schon, Koen. Tun wir diesen Schwachköpfen den Gefallen. Umso eher sind wir wieder hier und können unsere Weiber vögeln", prahlte van Fleet und breitete seine Arme aus. „Wollen

Sie mich nicht durchsuchen? Ich bin gefährlich und bewaffnet!"
Er wollte von seinem Revolver ablenken, den er gerade noch mit dem Fuß unter die Heizung geschoben hatte, als die Beamten hereingekommen waren.
Koen de Boen kopierte das Getue seines Chefs.
Van Asperen ließ sich nicht provozieren.
„Es reicht jetzt, lasst den Quatsch."

***

In der 3. Etage des Polizeigebäudes in der Sint Hubertuslaan 54 teilten sich die Ermittler in zwei Vernehmungsteams auf. Krogmann verhörte zusammen mit van Asperen den als Handlanger eingestuften Koen de Boen. Gleichzeitig vernahmen Westhoven und Kuipers Geert van Fleet.

***

Geert van Fleet hatte schon reichlich Erfahrung mit der Polizei und der Justiz und gehörte zu den Straftätern, die nichts, aber auch rein gar nichts zugaben, was ihnen nicht zweifelsfrei nachgewiesen worden war. Und selbst dann würde er noch versuchen, alles zu bestreiten. Van Fleet war mit allen Wassern gewaschen, seine kriminelle Karriere füllte ganze Aktenordner in der Kriminalaktenhaltung der niederländischen Polizei. Er verlangte Westhoven all sein Vernehmungsgeschick ab. Nach mehr als 45 Minuten Ausflüchten und Lügen seines Gegenübers platzte Westhoven der Kragen. Allmählich bewegte er sich haarscharf am Rande der Legalität:
„Was würden Sie sagen, wenn ich Ihnen ein Radarfoto mit Ihrem Auto zeige? Oder eine Notiz unserer Verkehrsüberwachung, dass Ihr Mercedes in Rondorf falsch geparkt war?" Westhoven glaub-

te, ein unruhiges Blinzeln in den Augen seines Gegenübers zu erkennen. Er ließ ihm keine Zeit, sich zu sammeln.
„Noch sind Sie Zeuge, Herr van Fleet. Sie wollen doch sicher, dass es so bleibt. Hatten Sie nicht gesagt, Sie wollten früh wieder zuhause sein, um die Weiber zu vögeln, um es mit Ihren Worten zu sagen?"
Westhoven hätte gern weitergeredet, aber sein Bauchgefühl sagte ihm, dass die Taktik, nun zu schweigen, bei einem Kaliber wie van Fleet sinnvoller wäre.
Der „schöne Geert" rutschte nervös auf dem Holzstuhl herum. Mit der rechten Hand strich er sich eine blonde Strähne aus dem Gesicht. Seine blauen Augen leuchteten, als er Westhoven antwortete: „Zeigen Sie mir das Foto und ich sage etwas dazu, sonst hören Sie von mir gar nichts – Bulle." Er machte eine Geste, als ob er auf den Boden spucken wollte.
„Aha, Sie geben also zu, dass es ein Foto geben könnte." Westhoven glaubte, ihn am Wickel zu haben, denn van Fleet hatte dies soeben unterschwellig bejaht.
„Hör' zu, Kartoffelfresser, ich habe gar nichts zuzugeben. Kann ich jetzt gehen oder muss ich doch meinen Anwalt anrufen?"
Er blickte Albert Kuipers an. Dieser bedeutete ihm, dass er gehen könne.
„Ach, eine Frage habe ich noch", sagte Westhoven. Van Fleet hielt inne. „Ist schon blöd, wenn einem die Hanfplantage plötzlich fehlt und der Geschäftspartner verschmort in der Rechtsmedizin liegt, oder?"
Der „schöne Geert" machte einen Schritt auf ihn zu und fixierte den Kölner Ermittler mit einem verächtlichen Blick. Dann drehte er sich um und verschwand durch die Tür. Er war schon längst auf dem Flur, als Albert Kuipers und Westhoven noch laut und deutlich das gebrüllte Wort „Klootzak[32]" hörten.

---

32 „Arschloch"

„Was für ein Drecksack! Der lügt doch, wenn er den Mund aufmacht“, sagte Westhoven zu Kuipers.

„Dafür ist er bekannt, aber Sie haben ihn gut aus der Reserve gelockt. Ich persönlich glaube zwar nicht, dass er Tristan van Haag umgebracht hat, aber er weiß mehr, als er zugibt. Ich werde ihn mal ein paar Tage observieren lassen und gucken, was er macht. Er wird damit rechnen, aber wir versuchen es trotzdem.“
„Irgendwie bin ich auch nicht davon überzeugt, dass er seinen Geschäftspartner und langjährigen Freund umgebracht hat. Das ergäbe keinen Sinn. Dieser Kerl mauert aber gewaltig. Ich könnte mir auch vorstellen, dass er ziemliche Probleme mit seinem Stofflieferanten bekommen haben könnte, vorausgesetzt, der wusste von seinen Plänen.“

***

Die Befragung von Koen de Boen war ebenso ergebnislos verlaufen. Er war gegenüber den Beamten zwar nicht ausfallend geworden, aber auch er sagte nichts zur Sache. Er räumte lediglich ein, dass seine Schwester ihn angerufen und von dem Brand erzählt hatte. In Rondorf wollte er nicht gewesen sein und mit dem Tod seines Schwagers hätte er erst recht nichts zu tun.

***

Nachdem sich alle Ermittler in Albert Kuipers Büro einen Kaffee eingeschüttet hatten, griff Westhoven zum Telefon und informierte den Leiter des KK 11 über die Ergebnisse.
„Kommt ihr heute schon zurück?“, fragte Siebert, weil es gerade mal 15:00 Uhr war.
„Wir bleiben die nächste Nacht noch hier. Die Kollegen hier

observieren die beiden im Augenblick. Wir wollen das Ergebnis noch abwarten. Vielleicht ergibt sich daraus noch etwas. Ansonsten kommen wir gleich morgen früh nach dem Auschecken."

„Okay, Paul. Grüß mir Toni und richte meinen Dank an die niederländischen Kollegen aus. Ich sage noch unserem werten KIL[33] Bescheid."

„Was ist jetzt mit dem versprochenen Heineken?" Van Asperen hatte Westhovens Angebot nicht vergessen.

„Machen wir. Sollen wir auch zusammen Abend essen? Ich würde nur gern vorher noch mal ins Hotel, duschen und kurz mit meiner Frau skypen."

„Wenn ihr nichts dagegen habt, hole ich euch um 18:30 Uhr ab und reserviere uns einen Tisch im Mestizo", bot van Asperen an.

„Was gibt es denn dort zu essen?", wollte Krogmann wissen.

„Lasst euch von einer einzigartigen Kombination von lateinamerikanischer, mexikanischer und spanischer Küche überraschen. Ihr werdet begeistert sein. Fisch oder Fleisch, beides delikat zubereitet."

KAPITEL 13

Paul Westhoven versuchte, die Dusche zu genießen. Seit einem Seminar über Stressbewältigung der Polizeiseelsorge auf der Ebernburg hatte er sich die Methode zu Eigen gemacht, nach der Arbeit den Stress „abzuwaschen". Er war damals erstaunt gewesen, dass ein so kleines Ritual eine so große Wirkung gezeigt

33 KIL (Leiter mehrerer Kriminalkommissariate)

hatte. Nach der Dusche fühlte es sich meist wie ausgewechselt. Heute schien es jedoch nicht zu funktionieren. Schuld war dieser blöde Duschvorhang: Bei jeder Bewegung klebte er entweder am Rücken, am Hintern oder am Bauch. In den behördlich bezahlten Billighotels war eine moderne Duschkabine nicht immer Standard.

Seine kurzen schwarzen Haare waren noch nass, als er sich in den hoteleigenen Bademantel eingewickelt aufs Bett setzte. Er fischte den Zettel mit der 16-stelligen WLAN-Kennung aus der Tasche seines Hemdes, das nun zerknüllt und durchgeschwitzt neben dem Bett lag. Er gab die Kennung in sein Smartphone ein, war sofort online und meldete sich bei Skype an. Anne schien auf seinen Anruf gewartet zu haben, denn sie war sofort am Rechner. Er freute sich, ihre Stimme zu hören und sie auf dem Display zu sehen.

„Hallo, mein Sternchen." Er schickte ihr einen virtuellen Kuss.

„Hi, Paul. Schön, dass du dich meldest!" Auch sie begrüßte ihn mit einem Kussmund.

„Kommt ihr heute noch zurück?"

„Nein. Wir sind zwar mit unseren Vernehmungen fertig, aber es läuft noch eine Observation der verdächtigen Zeugen. Das Ergebnis wollen wir noch abwarten. Inzwischen haben wir uns mit van Asperen zum Abendessen verabredet. Als Dankeschön für die schnelle, unkomplizierte Unterstützung."

„Na toll!" Ihr Gesichtsausdruck zeigte Enttäuschung.

„Sternchen, jetzt reg' dich nicht auf. Auch das Essen ist schließlich nichts anderes als eine Abschlussbesprechung und damit auch eine dienstliche Angelegenheit. Ich kann hier nicht weg, auch wenn ich natürlich viel lieber zu Hause bei dir wäre."

„Ach, Paul. Es ist, wie es ist. Du bist einfach mehr mit deinem Job verheiratet als mit mir." Ihre Stimme und Mimik zeigten, dass sie langsam sauer wurde. Nun verschlechterte sich auch Westhovens Laune:

„Anne, bitte. Lass uns das Thema jetzt nicht schon wieder auswalzen. Du weißt, dass ich Leiter einer Mordkommission bin. Und es ist ein Teil meines Berufs, dass ich auch mal nicht zu Hause sein kann."
Anne lenkte ein: „Ich weiß ja, wollte mir nur mal Luft machen. Sorry! Wo geht ihr denn essen?"
„Van Asperen holt uns um halb sieben ab und geht mit uns ins Mestizo. " Er war froh, dass die Stimmung nicht endgültig gekippt war. „Was machst du jetzt noch?"
„Ich werde heute Abend die Füße hochlegen und mir einen schönen Film ansehen."
„Was kommt denn?"
„Ein Bollywoodfilm", sagte sie und Westhoven war in diesem Augenblick froh, dass er ins Mestizo gehen konnte. Die indischen Filme dauerten ihm einfach viel zu lange und dem obligatorischen Getanze konnte er auch nicht viel abgewinnen.
„Soll ich mich später noch mal melden?", fragte er.
„Musst du nicht. Kommst du denn morgen zurück?"
„Klar, wenn sich nicht noch was Entscheidendes tut."
„Na, dann viel Spaß und guten Hunger nachher. Geht ja bald los und wie ich sehe, bist du noch im Bademantel", grinste sie.
„Und nur im Bademantel", grinste er breit zurück.

***

„Ich hoffe, du hast den Bullen gegenüber das Maul gehalten?" Der „schöne Geert" fixierte seinen Handlanger.
„Natürlich! Ich bin doch nicht blöd. Mit Bullen rede ich nicht", antwortete Koen de Boen, dem es unter dem Blick seines Kompagnons zunehmend unwohl wurde. Ihm war nur zu sehr bewusst, in welcher riskanten Position er sich gerade befand. Mit Wut im Bauch war sein Chef zu allem fähig. Erst letzte Woche hatte er

einem Kontrahenten wegen einer Nichtigkeit höchstpersönlich den kleinen Finger abgetrennt. Mit sadistischem Genuss hatte er langsam die Rosenschere immer fester zugedrückt, während der Mann schrie, als wenn es für ihn kein Morgen mehr gäbe. Den blutigen Finger hatte er dann in der Toilette heruntergespült und höhnisch vorgeschlagen, er könne ja runter zum Fluss gehen und nach seinem beschissenen Finger tauchen. Minuten später hatte er seine Angestellte Trixie dann hinten in die Abstellkammer gezogen, ihr den Rock hochgeschoben und sie brutal genommen, weil ihn die Sache so angemacht hatte. Eine Anzeige wegen der sexuellen Übergriffe würde ihr nie in den Sinn kommen. Dazu hatte sie viel zu viel Angst vor Geert van Fleet.
„Sag mal, Chef, nur unter uns, hast du irgendwas damit zu tun?"
Koen de Boen wählte seine Worte sehr vorsichtig, aber Tristan van Haag war immerhin sein Schwager gewesen und er wollte einfach Gewissheit haben.
Der „schöne Geert" reagierte, wie erwartet, heftig. Er zerschlug am Tresen ein Glas, stürzte auf de Boen zu und drückte ihm die Scherben fest gegen den Hals. Blut lief in einem kleinen Rinnsal in de Boens Halsausschnitt.
„Wenn du nicht mein Freund wärst, dann..."
Van Fleet knallte den Glasrest auf den Tresen.
„Du verstehst echt nichts."

***

„Auf dich, Jan!" Westhoven erhob das Glas. „Und noch mal vielen Dank für deine grenzübergreifende, schnelle Hilfe." Die drei Gläser der Ermittler klirrten und anschließend nahmen sie jeder einen großen Schluck kühles Heineken.
„Für meine Toni tue ich doch alles. Für dich jetzt natürlich auch, Paul", bedankte sich van Asperen.

„Du bist so ein Schatz", grinste Toni.
„Jan, wenn du mal unsere Hilfe brauchst – du weißt ja, wie du uns erreichst", versprach Westhoven. „Was empfiehlst du uns hier?"
Keine halbe Stunde später tischte ihnen ein freundlicher Kellner die duftenden Köstlichkeiten auf. Krogmann bekam ihren Burrito mit Hähnchenfleisch, Westhoven das Rotbarschfilet mit Tomaten aus dem Backofen und van Asperen hatte sich für das berüchtigte, scharf gewürzte Mestizo-Chicken mit Schinken und Koriandersauce entschieden.

***

Gegen 23:00 Uhr lag Westhoven satt und zufrieden auf seinem Bett. Er loggte sich mit seinem Smartphone ins WLAN ein und versuchte noch einmal, Anne über Skype zu erreichen. Nach einigen Anwahlversuchen gab er schließlich auf und zappte durch die Fernsehprogramme. *'Gut, dass Heinz nicht hier ist. Der würde hier arm werden'*, ging es ihm durch den Kopf, als er die vielen zahlungspflichtigen Pornokanäle sah. So wie er Dember kannte, hätte dieser es sicher nicht allein beim Zappen belassen. Da auch die niederländischen Fernsehprogramme genauso schlecht wie die deutschen waren, versuchte Westhoven, sich auf dem viel zu harten Bett mit dem Billigkissen einzurichten.

***

Toni Krogmann hatte ihre Partnerin schon unzählige Male angewählt, als sie sie gegen 23:30 Uhr auf dem Handy erreichte.
„Hallo, Schatz! Endlich, wo steckst du?"
Deutlich hörte sie laute Musik und Stimmengewirr im Hintergrund.

„Hi, Toni, ich bin in der Ubierschänke", kam zögernd die Antwort.
„Jetzt noch?" Toni war überrascht, da Anja sonst nie so spät unterwegs sein wollte.
„Heidi hat mich noch überredet…", begann sie, aber Toni hatte bereits aufgelegt und ihr Handy mit den Worten „Blöde Kuh!" genervt auf das Bett geschleudert

KAPITEL 14

Es war 09:05 Uhr. Westhoven saß noch immer müde im Frühstücksraum des „NH Maastricht" und strich sich gerade genüsslich eine dicke Schicht Nutella auf die beiden Brötchenhälften, als Toni Krogmann mit verquollenen Augen in den Raum schlurfte.
„Konntest du auch nicht gut schlafen?" Ihm waren ihre dunklen Augenringe trotz des dezent aufgetragenen Make-ups nicht verborgen geblieben.
„Hmmh", grummelte sie, während sie sich einen Kaffee eingoss.
„Da sagst du was. Sag' mal, hast du in deinem Zimmer eigentlich auch gehört, wenn einer in der 3. Etage aufs Klo gegangen ist? Ich hab echt gedacht, da pinkelt einer neben mir ins Waschbecken! Ständig bin ich hoch geschreckt, weil ich dachte, da läuft einer durch mein Zimmer." Westhoven biss in sein Brötchen. „Na, wenigstens sind die Wände blickdicht."
Toni Krogmann war froh, dass sie nichts weiter erklären musste und Westhoven davon ausging, dass sie angesichts der widrigen „Schlaf-Begleitumstände" noch so müde war.
„Hätte ich bloß Ohropax dabei gehabt. Bei der nächsten Dienst-

reise sind die Dinger Pflicht. Anne hat wegen meiner Schnarcherei sowieso genug davon auf ihrem Nachttisch.“.
Beim nächsten Bissen war das Nutellabrötchen komplett gegessen.
„Hab keine Schokoriegel mehr“, grinste Westhoven und schmierte sich schon das nächste. Toni Krogmann konnte lediglich mehrere Tassen Kaffee hinunterkriegen und schwieg entgegen ihrer sonstigen Art. Sie musste immerzu an die viel zu rundliche Heidi denken und verstand überhaupt nicht, was Anja wohl an dieser Person finden mochte. Paul war allerdings viel zu sehr mit seiner Nutellaration beschäftigt, um das Verhalten seiner Kollegin zu bemerken.

***

Anne Westhoven fiel Paul überschwänglich um den Hals, als dieser Samstagmittag wieder zu Hause ankam.
„Komm, lass uns joggen gehen. Wir waren schon die ganze Woche nicht.“ Sie küsste ihn erneut.
„Anne, warst du mal draußen? Es ist schweineheiß! Ohne Klimaanlage im Auto hätten wir einen Hitzschlag bekommen.“
„Im Wald unter den Bäumen ist es kühler, da knallt die Sonne nicht so.“ Meinetwegen, wenn es sein muss. Aber renn’ nicht wieder so.“
Er ging ins Schlafzimmer, zog eine seiner kurzen Sporthosen und ein T-Shirt an. Als er zurück an der Tür war, hielt ihm Anne seinen Trinkgürtel hin.
„Damit du mir nicht unterwegs verdurstest“, grinste sie.
„Was hast du denn eingefüllt?“
„Leitungswasser mit Magnesiumpulver – gut gegen Krämpfe.“
„Welche Strecke nehmen wir denn, mein Sternchen?“ Westhoven streichelte zärtlich über Annes Gesicht.
„Zum Wildpark in Dünnwald und wieder zurück am Baggersee

vorbei – wie immer. Das ist alles schön eben, kaum Steigungen. Okay?“
„Klar.“

Nachdem sie das Rehgehege im Wildpark passiert hatten und schon die Bisons sehen konnten, erzählte Anne ihm von dem Anwaltschreiben, das an diesem Morgen im Briefkasten gelegen hatte.
„Paul, eins habe ich dir noch gar nicht erzählt.“ Paul blickte sie fragend an. „Deine Ex hat schon wieder ihren Anwalt beauftragt. Diesmal will sie das alleinige Sorgerecht.“
Westhoven explodierte: „Das darf doch nicht wahr sein! Diese blöde Kuh! Fiona ist auch meine Tochter!“ Er hatte nun einen gefühlten Blutdruck von über 200. „Bestimmt will sie mit ihrem neuen Kerl wegziehen oder so was. Aber nicht mit mir, mit mir nicht! Dann muss sie halt wieder das Familiengericht bemühen. Ohne gerichtliche Entscheidung mache ich gar nichts! Und ganz sicher wird auch wieder diese voreingenommene Sachbearbeiterin vom Jugendamt Mülheim vom Familiengericht aufgefordert, eine Stellungnahme abzugeben. Die letzte einseitige Darlegung von der habe ich nicht vergessen!“
„Ich weiß. Dabei hatte die Jugendamtstante dich nicht mal persönlich gesprochen oder gesehen. Ganz im Gegenteil zu deiner Ex, die da ein- und ausgeht!“ Nun ließ auch Anne ihren Gefühlen freien Lauf.
„Ach, ist doch typisch. Es steht doch ständig in den Medien, wie schlampig einige Jugendämter oft arbeiten. Wie war das noch mal? – Ach, jetzt fällt’s mir wieder ein. Eine Mutter hatte sich ans Jugendamt gewandt, weil sie Sorge hatte, dass ihr ehemaliger Lebensgefährte das gemeinsame Kind und auch sie töten wolle. Sie wurde von der zuständigen Sachbearbeiterin leider nicht ernst genommen. Klassische Fehleinschätzung der Lage, würde

ich sagen, denn leider hat der Mann sein Kind tatsächlich umgebracht. Im späteren Gerichtsprozess hat dann ein leitender Vertreter des Jugendamtes die Sache damit runterspielen wollen, dass das Jugendamt eine angebliche bekannte Tötungsabsicht nicht bestätigen könne. Ha, ha! Eine Unverschämtheit! Dafür strengen sich die „motivierten" Sachbearbeiterinnen in einfachen Sachverhalten umso mehr an und saugen sich was aus den Fingern. Bei einem meiner Kollegen haben die sogar so einen Schwachsinn von sich gegeben, dass er gefährlich sei, weil er Polizist ist und eine Waffe hätte. Die ticken doch nicht sauber – schließlich haben alle Polizisten grundsätzlich eine Dienstwaffe. Aber zu allem Überfluss haben die vom Jugendamt in ihrer Stellungnahme die ganze Faselei niedergelegt, die seine Ex-Frau erzählt hat, ohne auch nur einmal den Wahrheitsgehalt zu überprüfen." Westhoven regte sich immer mehr auf. „Wenn wir bei der Mordkommission so arbeiten würden, blieben die Fälle allesamt ungelöst."

„Mir tun nur die Mitarbeiter leid, die gewissenhaft arbeiten und mit den anderen in einen Topf geworfen werden", meinte Anne. „Es ist schon merkwürdig, dass gerade in unserem Jugendamt meistens die Frauen bevorzugt und die Väter wie der letzte Dreck behandelt werden!"

„Lass' uns einfach abwarten, was als nächstes passiert. Und mach' dir keine Sorgen. Fiona liebt dich und sie ist gern bei dir. Vor Gericht hat sie auch noch ein Wörtchen mitzureden", tröstete Anne.

Auf dem Rückweg liefen die beiden wieder ihre gewohnte Strecke, vorbei am Höhenhauser Baggersee und dann zurück nach Dellbrück.

***

Toni Krogmann saß am Samstagabend entspannt mit Anja vor dem Fernseher und schaute eine Sendung, in der mal wieder die beste Stimme Deutschlands gesucht wurde.
„Mach' doch auch mal da mit, Toni."
Krogmann runzelte die Stirn: „Na klar. Und ein Ei aus dem Konsum." Das sagte sie immer, wenn sie etwas völlig abwegig fand.
„Nee, echt jetzt. Vielleicht würdest du damit über die Kölner Stadtgrenzen hinaus berühmt."
„Lass' gut sein, Schatz. Wir wissen doch beide, dass das nur gut ist für die Produzenten und nicht für die Künstler, die da verheizt werden", sagte Toni und wechselte dann abrupt das Thema.
„Was hast du eigentlich mit der Heidi?" Sie bemerkte sofort ein kleines Flattern im Mundwinkel ihrer Frau. Dieses Flattern kannte sie – es trat nur auf, wenn sie extrem unter Stress stand.
„Red' keinen Unsinn. Du siehst doch Gespenster! Heidi war krank. Ich habe ihr lediglich Gesellschaft geleistet und bin ihr ein bisschen zur Hand gegangen. Oder verlangst du etwa von mir, dass ich Trübsal blase, während du dich mal wieder auf einer deiner Dienstreisen vergnügst?", antwortete sie patzig.
„Erzähl' mir doch keinen Scheiß, ihr wart doch in der Ubierschänke, als ich dich um halb elf endlich mal erreichen konnte. Was hat denn das mit Krankenpflege zu tun?" Der Zorn stand Toni ins Gesicht geschrieben.
„Es ging ihr halt wieder besser und da wollte sie gern vor die Tür. Ihr fiel die Decke auf den Kopf. Was ist denn so schlimm daran? Du kennst sie doch!"
„Eben drum!", antwortete Toni kurz und schwieg. Nach einer Pause verabschiedete sie sich ins Bett. Wieder stand ihr eine schlaflose Nacht bevor.

KAPITEL 15

Am Sonntagmorgen saßen Doris und Heinz Dember am Frühstückstisch. Die Stimmung zwischen den beiden war noch immer ziemlich angespannt.

„Wie stellst du dir das eigentlich künftig vor, Heinz?“ Nach dieser Eröffnung hatte sie seine ungeteilte Aufmerksamkeit.

„Wie meinst du das?“

„Ach, Heinz! An dem Abend, als mich Paul und Anne nach Hause gefahren haben, habe ich noch davon geschwärmt, wie du dich geändert hast und dass du ja so was von vernünftig geworden bist. Und im Moment habe ich das Gefühl, ich habe nicht nur ein Kind im Bauch, sondern auch ein großes Kind am Tisch. Du hast mich vor den beiden total lächerlich gemacht!“ Sie wusste in diesem Moment nicht, ob sie aus Wut oder Traurigkeit Tränen in den Augen hatte. „Du solltest dich echt schämen!“

Heinz erhob sich vom Stuhl, ging um den Tisch herum und stellte sich vor sie.

„Doris, bitte! Es tut mir sehr, sehr leid. Was meinst du, wie ich mir vorkomme? Wie der letzte Vollidiot. Aber ich kann die Zeit leider nicht zurückdrehen. Wenn ich es könnte, dann würde ich es tun!“ Traurig stand er mit hängenden Schultern vor ihr. Zu all dem hoffte er, dass Toni Doris niemals von seinem dämlichen Anmachversuch erzählen würde. Dann wäre hier sicher seine letzte Messe gelesen.

„Nein. Zurückdrehen kannst du die Zeit nicht, aber ich erwarte von dir, dass du endlich mal aus deinen Fehlern lernst. Du wirst bald Vater und dein Kind soll dich respektieren können. So wie es jetzt ist, kann dich niemand ernst nehmen!“ Doris’ Worte trafen ihn wie Hammerschläge.

„Ich verspreche es dir. Ich ändere mich.“

Sie stand auf und umarmte ihn.
„Enttäusch' mich nie wieder", flüsterte sie ihm leise ins Ohr. Er wusste, dass dies seine letzte Chance war.

KAPITEL 16

Am Montagmorgen hatte Westhoven für 10:00 Uhr eine Besprechung angesetzt. Eigentlich viel zu spät, aber Staatsanwältin Steinmann, Arndt Siebert und der Kriminalinspektionsleiter 1 wollten ebenso daran teilnehmen und konnten aufgrund anderer Termine nicht früher. Dember war an diesem Morgen frisch frisiert, rasiert und ausgeschlafen mit der Straßenbahn zum Präsidium gekommen. Er wollte einfach nicht zu oft mit Katrin Oehmchen gesehen und zum Tratschthema der Behörde werden, auch wenn die es nur gut mit ihm meinte. Immerhin wussten nur die wenigsten seiner Kolleginnen und Kollegen um die Gesamtumstände dieser Bekanntschaft.
Nachdem alle eine dampfende Tasse Kaffee vor sich hatten, referierte Westhoven über das Ergebnis der Dienstreise nach Maastricht. Toni Krogmann unterstützte ihn durch einige Ergänzungen.
„Sie halten also Geert van Fleet nicht für den Täter?", fragte Sarah Steinmann, die in einer legeren, aber dennoch figurbetonten Jeans und rosafarbener Bluse erschienen war.
„Ehrlich gesagt nicht. Er ist zwar ein Schwerkrimineller, aber er ist kein Idiot. Warum sollte er seinen künftigen Haschlieferanten ermorden?", erwiderte Westhoven.
„Vielleicht haben die sich über die Konditionen gestritten und dann….patsch, im Affekt!"

Die junge Staatsanwältin knallte demonstrativ beide Handflächen gegeneinander. „Wäre doch nicht das erste Mal. Geld ist immer ein Motiv!"
Toni Krogmann antwortete: „Die zerschmetterten Handgelenke sprechen für mich gegen eine Tat im Affekt oder sieht das hier noch jemand anders?" Alle schauten in ihre Richtung. „Und Paul Westhoven hat Recht, wenn er sagt, dass van Fleet kein Idiot ist. Der verbrennt doch nicht seine teuren Utensilien für die Cannabisplantage. Das kann ich mir einfach nicht vorstellen." Sie schaute Sarah Steinmann fragend an.
„Hmh. Das klingt doch logisch", meinte der Kriminalinspektionsleiter.
„Und welchen Eindruck haben Sie von dem Schwager des Toten, diesem Koen de Boen?", fragte Sarah Steinmann.
Wieder übernahm Krogmann das Wort: „Meiner Meinung nach ist das so ein typischer Mitläufer. Er scheint mir der Handlanger von van Fleet zu sein."
„Kann es denn sein, dass er den Auftrag hatte, Tristan van Haag aus irgendeinem Grund van Fleets Willen einzuprügeln?"
„Wie gesagt", meinte Toni Krogmann, „Herr Westhoven und ich sind uns einig darüber, dass die beiden gewiss mit der Hanfplantage in Verbindung zu bringen sind, aber nicht mit dem heißen Ableben van Haags."
Nun sah auch die Staatsanwältin ein, dass sie mit ihrer Theorie wohl doch nicht auf dem richtigen Weg war.
„Okay, mal angenommen, die beiden Holländer haben tatsächlich nichts mit dem Tod van Haags zu tun. Wen könnten wir dann als mutmaßlich tatverdächtig durchleuchten? Ich denke, ich bin mit meiner Vorstellung nicht alleine, wenn ich nicht davon ausgehe, dass wir es hier mit dem großen Unbekannten zu tun haben. Stellen Sie fest, wer alles von dem Bungalow wusste. Auf diese Personen konzentrieren wir uns dann zuerst. Und be-

fragen Sie van Haags Freunde und Verwandten. Irgendjemand wird schon etwas erzählen, wo wir ansetzen können. Haben Sie eigentlich schon die Verbindungsdaten von van Haags Mobiltelefon?"
Krogmann schüttelte den Kopf: „Leider noch nicht, aber ich reklamiere das gleich und mache denen mal klar, dass es hier nicht um `*Eierdiebstahl'* geht."
Nach der Besprechung setzten die Kriminalisten wie gewohnt die Ermittlungen fort. Alle wollten diesen kuriosen Brandmord klären.
Dember machte derweil noch letzte Korrekturen in seinem Tatortbefundbericht, während Toni Krogmann eine gepfefferte E-Mail an den Mobilfunkbetreiber verfasste.

Paul Westhoven saß an seinem Schreibtisch und zeichnete ein Diagramm. In die Blattmitte schrieb er den Namen „Tristan van Haag". Davon ausgehend gingen Striche mit Pfeilspitzen ab, die in weitere Kästchen mündeten. Neben den Namen Geert van Fleet und Koen de Boen machte er ein dickes rotes Fragezeichen. Dann nahm er sich noch mal den bisherigen Akteninhalt vor und überprüfte, ob er etwas übersehen hatte.

***

Als Wim de Bruin sein Büro betrat, fiel ihm sofort das Fax der Guardia Civil aus Sevilla ins Auge. Noch bevor er die Jacke auszog, überflog er den kurzen Vorabbericht. Er hätte vor Wut platzen können. Den sorgsam vorbereiteten Schlag gegen die Filali-Brüder hatten die spanischen Kollegen gründlich gegen die Wand gefahren. Das Problem war - wie so oft - ein Kompetenzgerangel der verschiedenen Polizeien gewesen. Ihm fiel wieder die Homepage einer Anwaltskanzlei in Madrid ein, auf der er gele-

sen hatte: *„Die Abgrenzung der Zuständigkeiten zwischen Guardia Civil, Nationalpolizei und der Polizei der autonomen Behörden ist so kompliziert, dass sich sogar das spanische Innenministerium und die Behörden konstant bei der jeweiligen Zuständigkeit irren. Und aufgrund der komplizierten Organisation wird die Polizeiarbeit in Spanien regelmäßig durch Kompetenzkonflikte erschwert."*
Sofort beraumte er eine Einsatzbesprechung an. Eine Stunde später saßen alle erforderlichen Entscheidungsträger im Vortragssaal. Fokussiert trug der Chefermittler der Rauschgiftgruppe von Europol den Misserfolg der spanischen Polizei vor.
„Was ist denn eigentlich schiefgegangen?", fragte Hoofdcommissaris Klaas van Spreuten, der Korpschef von Haaglanden und damit Den Haags oberster Polizist.
„Bevor die Spanier sich über die Zuständigkeit einig wurden, waren so viele Institutionen informiert, dass an eine Geheimhaltung nicht mehr zu denken war. So wie es aussieht, haben die Filali-Brüder eine verdammt gute Gegenobservation und konnten so sämtliche Observationskräfte der Kollegen dort enttarnen. Nicht, dass es damit genug wäre – nein, die Kollegen haben es noch nicht einmal gemerkt und sich richtig vorführen lassen. Die Kuriere der Drogenbosse haben so getan, als wenn sie trotzdem bei Nacht und Nebel die Haschblöcke schmuggeln und sich auf die Schenkel geklopft, als sie von allen Seiten von den Kollegen mit gezückten Waffen im Anschlag und Schusswesten eingekreist wurden. Nach Feststellung der Personalien wurden sie natürlich wieder entlassen."
Alle sahen Wim de Bruin an, dass er sich bemühen musste, gelassen zu bleiben.
„Hoffentlich ist nicht schon ein Maulwurf in unseren eigenen Reihen?", argwöhnte der Polizeichef van Spreuten.
„Grundsätzlich würde ich so was keineswegs ausschließen, aber zumindest haben wir keine Erkenntnisse darüber. Auf der Tele-

fonüberwachung war jedenfalls nichts und unser Informant hat dazu auch keine Angaben gemacht“, antwortete de Bruin.
„Sind unter den festgestellten Personen denn welche, die wir kennen?“, fragte eine Kollegin.
„Die Namen sind alle neu für uns, aber einen sollten wir uns merken. Bei einem Mostafa Jabri hat man ein so genanntes Triforce entdeckt.“
„Ein was?“, fragte die junge Kollegin nach.
„Ein umgekehrtes rotes Dreieck in einem schwarzen Dreieck, kurz unterhalb des Haaransatzes tätowiert. Wie wir wissen, bekommen dies nur die ‚besten Vollstrecker‘. Diese Typen müssen sich das Triforce erst verdienen. Ihr versteht, was ich meine.“
Er machte eine Handbewegung, die andeuten sollte, dass jemandem die Kehle durchgeschnitten wird.
„Diese Killer werden auf der ganzen Welt eingesetzt. Immer da, wo es Probleme mit Geschäftspartnern gibt oder sonstige Regelungen mit Nachdruck durchgesetzt werden müssen.“
„Sie hatten doch letztens berichtet, dass ein solcher ‚Vollstrecker’ der Filali-Brüder jemanden in Deutschland ermordet haben soll“, sagte die junge Beamtin. „Sollten wir nicht der deutschen Polizei diesen Hinweis geben?“
„Gleich nachher gebe ich diese Information an das Bundeskriminalamt in Deutschland weiter. Vielleicht hat es ja tatsächlich einen passenden Fall in Deutschland gegeben. Dringender ist für mich aber, dass wir unsere Observationsmaßnahmen intensivieren, denn ich glaube nicht, dass die Filali-Brüder auf ihrer Ware sitzen bleiben wollen. Das Haschisch landet früher oder später hier in Den Haag. Darauf sollten wir uns jetzt konzentrieren.“

KAPITEL 17

Der Dienstag war ein typischer verregneter Sommertag in Köln. Der Melatenfriedhof an der Aachener Straße wirkte bei diesem Wetter besonders bedrückend. Das Wort malade, krank, hatte dem Ort seinen Namen gegeben. Durch Napoleon wurde er zum damaligen Zentralfriedhof für Köln. Als die Trauergäste zur Aussegnungshalle gingen, flatterte ein Schwarm Alexandersittiche auf. Fast 1.000 Zwergpapageien lebten hier auf dem parkähnlichen Friedhof. Ihre Vorfahren waren irgendwo in Köln entflogen und hatten sich – in Ruhe und sich selbst überlassen – prächtig vermehrt.

Valerie van Haag saß, ganz in schwarz gekleidet, neben ihrem Bruder Koen de Boen und Geert van Fleet in der ersten Reihe der Trauerhalle. Ihre vom Weinen geschwollenen Augen hatte sie hinter einer übergroßen Sonnenbrille versteckt. Immer wieder schnäuzte sie in ihr Taschentuch.

Ihre Eltern, Schwiegereltern, ihr Freundeskreis und sogar einige von Tristans Geschäftspartnern waren zur Trauerfeier gekommen. Sämtliche der 60 vorhandenen Sitzplätze waren besetzt. Ein CD-Player spielte das Ave Verum von Mozart. Die Ansprache der Trauerfeier hielt ein Franziskanerpater, der sonst seinen kirchlichen Dienst in St. Columba verrichtete. Pater Raimond sprach deutsch und niederländisch. Aus Rücksicht auf die holländischen Verwandten hatte Valerie van Haag ihn gebeten, die Andacht zweisprachig zu halten. Tristan van Haags Eltern hatten es ihr sowieso schon übel genommen, dass sie deren einzigen Sohn auf dem Kölner Melatenfriedhof und nicht in Maastricht beisetzen ließ. Sie hätten ihren Sohn lieber in ihrer Nähe beerdigt.

„Wir sind hier heute zusammengekommen, um Abschied zu nehmen von Tristan van Haag.“

Pater Raimond sprach die einzelnen Absätze erst in deutscher und dann in niederländischer Sprache. Er sprach über Tod und Leben, über Trauer und Liebe. Einige Passagen sprach er auf Kölsch. Und alle verstanden ihn, denn Kölsch und der Maastrichter Dialekt sind, als ripuarische Dialekte, eng verwandt. Er ging dann kurz auf Tristan van Haags Leben ein und verließ damit die Liturgie der Trauerfeier. Ihn als Franziskaner interessierte eine Anweisung des Kölner Erzbischofs sehr wenig. Er war schließlich für die Menschen da.
Hinter ihm stand der schwere Eichensarg, der mit einem Herz aus roten Rosen geschmückt war und inmitten eines Meers von Kerzen stand. An den Seiten standen auf Ständern Kränze mit Spruchschleifen. Ein Foto des Verstorbenen in einem schwarzen Rahmen stand auf einer kleinen Staffelei links vor dem Sarg.
Nach 20 Minuten war die Trauerfeier zu Ende, denn auf Melaten wurden die Trauerfeiern im 30-Minuten-Takt gehalten. Auf dem Weg zum Grab wurde Valerie van Haag von ihrem Bruder und ihrem Vater gestützt.
Westhoven hatte Heinz Dember damit beauftragt, sich unter die Trauergemeinschaft zu mischen. Weder Valerie van Haag und schon gar nicht deren Bruder oder Geert van Fleet kannten ihn. Dember hatte den Auftrag, die Trauergäste zu beobachten und sich etwaige Auffälligkeiten zu merken. Etwas abseits, verdeckt und bewaffnet mit einem Teleobjektiv, machte Michael Drees von jedem Trauergast ein Portraitfoto bei der Abschiednahme am Grab.

***

Auf die Ermittler kamen in den nächsten Wochen umfangreiche Recherchearbeiten zu. Schließlich gab es keinen Zweifel daran, dass van Haag sein Ableben nicht selbst inszeniert hatte.

Auch die üppige Lebensversicherung in Höhe von 200.000 Euro schien kein Motiv zu sein, das seine Witwe in den Fokus der Tatverdächtigen rücken würde. Schon immer hatte Valerie van Haag ihr Auskommen als Krankenschwester der Universitätsklinik, auch wenn sie es aufgrund des gut gefüllten Kontos und des zu erwartenden Erbes überhaupt nicht nötig hatte, diesem Beruf weiter nachzugehen. Schon vor dem erschreckenden Mord an ihrem Mann hatte sie sich finanziell nahezu jeden Wunsch erfüllen können.
Die Auswertung der Mobilfunkdaten des Anschlusses van Haags brachte leider auch keine Überraschung. Das von Valerie van Haag erwähnte Telefonat war das einzige registrierte Gespräch – Uhrzeit 00:15 Uhr. Toni Krogmann hatte auch ihre Angaben überprüft. Valerie van Haag hatte zu dieser Zeit Nachtdienst gehabt und war zuständig für eine ganze Reihe von Patienten, die nach der Stationsschwester geklingelt hatten.
Alle anderen Rufnummern waren ebenso unauffällig. Wie zu erwarten waren etliche Gespräche mit einer Nummer in die Niederlanden aufgelistet. Anschlussinhaber war immer das „Cool Running“. Die Kommission konnte sich denken, mit wem van Haag hier gesprochen hatte. Die Ermittler hatten sich zudem auch die Kundenkartei des Ermordeten vorgenommen und jeden Käufer und potentiellen Verkäufer routinemäßig nach Auffälligkeiten überprüft. Der schlimmste Fehltritt, der einem der Käufer zur Last gelegt wurde, war der Vorwurf eines Ladendiebstahls. Ansonsten hatten alle die sprichwörtliche „weiße Weste“.

***

Es war der 1. August, als Westhoven auf dem Weg ins Büro schon von Weitem die Schlagzeile sah, die auf der Frontseite des Express-Verkaufsautomaten prangte:

SKANDAL UM BRANDMÖRDER VON RONDORF
Noch immer keine „heiße" Spur!
KHK Westhoven hat keinen blassen Schimmer...

Westhoven platzte der Kragen. *'Bestimmt wieder dieser Sensationsreporter Holm, dieses Sackgesicht'*. Im Grunde hatte Westhoven sich schon gewundert, dass Holm sich diesmal so viel Zeit damit gelassen hatte. Im Büro würde er sich den heutigen Pressespiegel besorgen und lesen, was Holm da geschrieben hatte. Westhoven wollte nicht Gefahr laufen, dass Holm irgendetwas wusste, was ihm selbst nicht bekannt war.

***

Wim de Bruin hatte zur Festnahme der Lieferanten und zum Schlag gegen die Filali-Brüder die niederländische Spezialeinheit „Dienst Speciale Interventies" (DSI) zur Unterstützung zugewiesen bekommen. Diese gehörte als eine von 36 Spezialeinheiten aus 27 Mitgliedsstaaten dem europäischen Sondereinheitenprojekt ATLAS[34] an und war bekannt für ihren hohen Grad an Sicherheit und Effektivität. Jedes Mitglied dieser Eliteeinheit war hochmotiviert. Seit Tagen schon lagen die eingeteilten Observationsteams verdeckt an strategisch wichtigen Punkten in der südholländischen Provinzhauptstadt Den Haag. Nach einer 12-Stunden-Schicht wurden sie abgelöst. Der Misserfolg der spanischen Eliteeinheit durfte sich hier nicht wiederholen.

34 bezieht sich auf den gleichnamigen Titanen aus der griechischen Mythologie, welcher den Himmel auf seinen Schultern trägt.

Als die Drogenkuriere endlich eintrafen, war der eigentliche Zugriff nur noch Routine und verlief zuerst reibungslos. Die Fahrer und Beifahrer der beiden Transporter wurden von mit Sturmhauben vermummten Beamten in Sicherheitseinsatzanzügen aus ihren Fahrzeugen gezerrt. Um ihnen die Orientierung zu nehmen, wurden ihnen blickdichte Stoffsäcke über den Kopf gezogen. In Bauchlage, die Hände mit Kabelbindern auf dem Rücken fixiert, wurden die Männer in Windeseile nach Waffen abgetastet.
Die Spezialkräfte hatten jedoch den dunklen BMW mit den getönten Scheiben übersehen, der etwas abgesetzt dem Konvoi gefolgt war. Das Fahrzeug hatte angehalten. Das Fenster der Fahrertür wurde unbemerkt von den mit der Festnahme beschäftigten Beamten heruntergelassen. Plötzlich leuchteten Mündungsblitze auf. Mehrere Schüsse peitschten aus dem Wagen.
Querschläger pfiffen. Ein Projektil aus der Makarow-Pistole M, Kaliber 9,2 x 18mm traf einen der Elitepolizisten, der dem Fahrzeug am nächsten stand, unter dem hochgereckten Arm in die Achsel, eine durch die Sicherheitsweste nicht geschützte Stelle seines Körpers. Er hatte keine Chance gehabt, in Deckung zu gehen.
Der junge Beamte brach mit einem kurzen Aufschrei auf der Stelle zusammen und blieb regungslos auf dem Asphalt liegen. Weitere Geschosse schlugen neben ihm ein. Ein Querschläger traf ihn in den linken Oberschenkel. Endlich konnte einer der Kollegen ihn mit einem ballistischen Schutzschild sichern. Der reglose Körper zuckte, Blut quoll aus der Einschusswunde und formte sich zu einer Lache.
Die nächsten Sekunden bis zum Aufprall des gepanzerten Sondereinsatzfahrzeugs in die Fahrerseite des BMW kamen den Beamten wie eine Ewigkeit vor. Der Zusammenstoß der beiden Fahrzeuge verursachte einen ohrenbetäubenden Krach. Das Blech des BMW schob sich zusammen wie Faltpapier, Glassplit-

ter flogen wie kleine Geschosse durch die Luft. Sowohl dem Heckenschützen als auch dem Fahrer des Rammfahrzeugs schlugen die ausgelösten Airbags ins Gesicht. Der Schütze im BMW wurde eingeklemmt und musste später mit Hydraulikschere und Brecheisen befreit werden. Ein Beamter hielt ihn unterdessen mit einer Maschinenpistole in Schach. Er war offensichtlich bei dem Aufprall nicht ernsthaft verletzt worden. Wortlos und ohne erkennbare Gefühlsregung erwiderte er den Blick des Elitepolizisten. Mostafa Jabri wehrte sich nicht, als ihm die stählerne Handfessel angelegt und er, ebenfalls mit einem dunklen Stoffsack über dem Kopf, in einem Fahrzeug der DSI abtransportiert wurde. Der BMW wurde auf einen Tieflader verladen und in den Innenhof des Europol-Gebäudekomplexes abgeschleppt, damit er später in Augenschein genommen und gründlich untersucht werden konnte. In den Transportern der Bande wurden die Beamten fündig. In den Laderäumen waren bis oben hin Pakete voll mit „Haschblöcken" gestapelt.
Im Ergebnis war der Einsatz bis auf den verletzten Beamten, der vom Notarzt behandelt und im Krankenhaus notoperiert werden musste, erfolgreich. Nur zu gern hätte Wim de Bruin den Filali-Brüdern persönlich gegenübergestanden und ihnen triumphierend ins Gesicht gesagt, dass diese Ladung nicht in den illegalen Handel kommen würde.

***

Mostafa Jabri saß wenig später mit den Händen am Tisch gefesselt im Vernehmungsraum der Kriminalpolizei in Den Haag. An seinen Händen haftete noch die schwarze Farbe, die zur Abnahme seiner Fingerabdrücke aufgetragen worden war. Er wurde komplett erkennungsdienstlich behandelt. Alle körperlichen Merkmale, wie etwa das Triforce im Nacken, wurden fotografisch dokumentiert. Als ihm ein marokkanischer Dolmetscher auf Arabisch die Belehrung vorlas, reagierte er nicht. Wie ungefähr die Hälfte seiner Landsleute war er stolz, ein Berber zu sein. Erst als der Dolmetscher ins Tamazight, eine der gängigsten Berbersprachen im Atlasgebirge, wechselte, war seine knappe Antwort, dass er nicht mit Bullen reden würde und zurück in seine Zelle gebracht werden wollte. Nicht einmal seinen Namen bestätigte er.

KAPITEL 18

Katrin Oehmchen hatte soeben wieder einen Fahrgast am Polizeipräsidium in Kalk abgesetzt, der für 10:00 Uhr als Zeuge in einem Verfahren wegen Bestechung und Bestechlichkeit im geschäftlichen Verkehr beim KK 32 vorgeladen war. Sie schloss ihr Taxi ab und sagte dem Pförtner, dass sie zu Heinz Dember vom KK 11 wolle. Der Pförtner, der sie mittlerweile kannte, öffnete ihr per Knopfdruck die Glastüren und ließ sie in den Aufzug einsteigen. Gleichzeitig verständigte er Dember, der alles andere als erfreut war.
Als der Ermittler sie an der Schleuse zum Aufzug abholte, hüpfte sie schon überschäumend vor Freude von einem Bein aufs andere. Die Goldkronen in ihrem Mund reflektierten das künstliche Licht der Deckenbeleuchtung. Hätte sie sich nicht bewegt, so wäre sie mit ihrem viel zu dick aufgetragenen Make-up auch als Wachsfigur durchgegangen. Ihr Markenzeichen, die Bergheimer Palme, hatte sie aufwändig pink einfärben lassen – passend zu ihrer selbst genähten Lieblingsjacke aus gleichfarbigem Samt. Für

ihren Geschmack hatte sie sich richtig schick gemacht.
„Do ben isch! Jode Morje, mie Hätzekühlsche. Leeven Kommissär Dember, isch hatt et jo versproche, dat isch in Köhte op en jot Tass Kaffee vorbeikumme wööt. Wat es, hat Ihr schon eine opgeschott?“[35]
„Das ist aber eigentlich ganz schlecht jetzt“, behauptete Dember und hoffte, dass sie wieder gehen würde.
„Ach, mingen leeven Herr Dember. Fünef Minutte wädet Ihr woll Zick für Ühre Taxi-Engel han. Denkt dran, Ihr künnt misch eventuell noch bruche.“[36] Sie zwinkerte ihm zu.
Dember wusste, dass er gegen eine Katrin Oehmchen keine Chance hatte und sie dann eben an einem anderen Tag wieder unangemeldet aufkreuzen würde. So musste er sie wohl oder übel bitten, mit in sein Büro zu kommen. Unter dem Stakkato ihrer hochhackigen Schuhe auf dem Linoleumboden folgte sie Dember und grüßte freundlich sämtliche Beamtinnen und Beamten, die sie im Vorbeigehen in den Büros erblickte. Die drängelnden Worte Dembers ignorierte sie. Frau Oehmchen grüßte auch Toni Krogmann, die ebenfalls im Büro saß und in ihre Arbeit vertieft abwechselnd auf die Tastatur, auf den Bildschirm und in eine aufgeschlagene Akte schaute. Arbeit war das beste Mittel, um sich von dem privaten Ärger mit ihrer Frau abzulenken.

---

35 *„Da bin ich. Guten Morgen, mein Herzchen. Lieber Kommissar Dember, ich habe es ja versprochen, dass ich ihn Kürze auf eine gute Tasse Kaffee vorbeikommen würde. Was ist, haben Sie schon welchen aufgebrüht?“*

36 *„Ach mein lieber Herr Dember, fünf Minuten werden Sie wohl Zeit für Ihren Taxi-Engel haben. Denken Sie daran, Sie könnten mich vielleicht noch brauchen.“*

„Do stund doch letztens en dr EXRESS, dat Ihr dä mörderische Füerdüvel us Rondorf noch immer nit jefunge hat. Wat es dann loss?“[37]
„Ach, Frau Oehmchen, das habe ich Ihnen doch schon mal erklärt, dass komplexe Fälle nur im „Tatort“ in 90 Minuten gelöst werden. In den Vorabendkrimiserien geht das natürlich noch schneller“, erwiderte Dember. „Das hat mit den tatsächlichen Ermittlungen einer Mordkommission doch überhaupt nichts zu tun. Lediglich einige Klischees sind ab und zu zutreffend.“
„So? Wat zom Beispell?“[38]
„Scheidungen sind zum Beispiel immer ein reelles Thema.“
„Stimmt“, meinte auch Toni Krogmann.
„Mingen leeven Kommissar, dat Ihr nit bald och dozo jehürt. Nit dat Üsch dat Düvje, Ühr leev Doris, eines Daachs op un dovun flüsch.“[39]
„Wie kommen Sie denn auf so einen Unsinn?“ Dember war noch immer über Oehmchens Schnatterei überrascht.
„Och, nix Bestemmtes, isch han nur lout jedaach. Kriejen isch denn jetzt endlisch noch mingen Kaffee?“[40], strahlte sie ihn an.
Dember verließ das Büro und kam nach wenigen Minuten mit

---

37 *„Da stand doch zuletzt in der EXPRESS, dass Sie den mörderischen Feuerteufel aus Rondorf noch immer nicht gefunden haben. Was ist denn los?“*

38 *„So? Was zum Beispiel?“*

39 *„Mein lieber Kommissar, dass Sie nicht bald auch dazu gehören. Nicht dass Ihnen das Täubchen, Ihre liebe Doris, eines Tages auf und davon fliegt.“*

40 *„Ach, nichts Bestimmtes, ich habe nur laut gedacht. Kriege ich denn jetzt endlich noch meinen Kaffee?“*

einem Tablett in den Händen zurück. Er hatte gleich drei Tassen Kaffee mitgebracht.
„Ihr sid jo ne rischtije Jentlemän“[41], lobte Oehmchen.
„Sehen Sie, so übel bin ich gar nicht.“ Sie hatte ein Lächeln auf sein Gesicht gezaubert.
„Wann han isch widder dat Verjnöje, Üsch zo chaufiere? Isch maach dat wirklich jään. Ihr möt nit jläuve, dat dat für misch ne große Explexier wör. Schleßlich sid Ihr einer minger leevste Fahrjäss.“[42]
„Jetzt, wo Sie es sagen – könnten Sie vielleicht heute?“
„Natürlisch, mingen leeven Här Kommissär. Roft misch einfach an, Ihr hat jo ming Nummer.“[43] Sie trank den letzten Schluck Kaffee.
„Jetzt muss isch evver los, Jröschelscher verdene, domet isch ming Meet bezahle kann“[44], lachte sie und ließ sich von Dember bis zum Aufzug begleiten. Auf dem Rückweg zu seinem Arbeitsplatz erntete er aus sämtlichen Büros bissige und hämische Bemerkungen.
„Ja, ja. Wer Kollegen hat ...“, war sein Kommentar.

---

41 *„Sie sind ein richtiger Gentleman.“*

42 *„Wann habe ich wieder das Vergnügen, Sie zu fahren? Ich mache das wirklich gern. Sie sollen nicht glauben, dass das für mich ein großer Aufwand wäre. Schließlich sind Sie einer meiner liebsten Fahrgäste.“*

43 *„Natürlich, mein lieber Herr Kommissar. Ruft mich einfach an, Sie haben ja meine Nummer.“*

44 *„Jetzt muss ich aber los, Geld verdienen, damit ich meine Miete bezahlen kann.“*

***

Die Kriminaltechniker der Den Haager Polizei hatten Mostafa Jabris Wagen gründlich unter die Lupe genommen. Unter seinem Sitz waren noch fünf weitere Magazine für die Makarov-Pistole griffbereit verstaut gewesen. Die Auswertung seines Mobiltelefons lieferte kein überraschendes Ergebnis: Zahlreiche abgehende und ankommende Rufnummern mit Vorwahl 00212, also in Marokko. Die Beamten, welche seit Monaten die Telefonüberwachung betreuten, waren nun gefordert. Sie würden versuchen, die Daten aus dem Telefonspeicher und den vorliegenden Verbindungsdaten gegeneinander zuzuordnen. Die Spurenspezialisten hatten die gespeicherten Routenverläufe im fest eingebauten Navigationsgerät des BMW ausgewertet. Mostafa Jabri hatte wohl vergessen, diese regelmäßig zu löschen und so waren die Fahnder von Europol jetzt in der Lage, brisante Daten über mögliche Schmuggelwege der Vergangenheit zu erlangen. In Kürze würden diese auf einer Weltkarte das Bewegungsbild des „Vollstreckers“ Jabri visualisieren.

***

Wim de Bruin hatte sich die aufbereitete Weltkarte „Jabri“ auf seinem Computer aufgerufen, um sich einen Überblick über dessen Wege zu verschaffen. Dies war das erste Mal, dass sie derart viele Informationen über einen hochkarätigen Filali-Mitarbeiter erlangen konnten. Besonders auffällig erschien ihm die eingegebene Route in Deutschland. Der Chefermittler hatte spontan keine Erklärung für Köln-Rondorf. Er kannte zwar Köln, aber Rondorf sagte ihm gar nichts. Plötzlich aber fiel es ihm wieder ein. Er blätterte hektisch in seinen Notizen und da stand es. Der Informant hatte doch unlängst erzählt, dass ein „Vollstrecker“

der Filali-Brüder einen Holländer in Deutschland wegen einer Indoor-Hanfplantage ermordet haben sollte. Wim de Bruin öffnete die Kontaktliste in seinem Outlookprogramm: Bert Stellmacher, Leiter der Direktion Kriminalität im Polizeipräsidium Köln, Tel.: 0049-221-229-…, bertstellmacher@polizei-nrw.de! Die beiden hatten sich vor Jahren auf einer Europol-Tagung „Europa gegen das Organisierte Verbrechen" kennen gelernt. Der Kölner Kripochef hatte damals einen eindrucksvollen Vortrag über mafiöse Strukturen gehalten. Beim gemeinsamen Abendessen war man seinerzeit zum „Du" übergegangen. Wim de Bruin wählte umgehend Stellmachers Rufnummer.

„Kriminalpolizei Köln, Vorzimmer Herr Stellmacher", meldete sich eine freundliche weibliche Stimme.

„Guten Morgen – äh – guten Tag aus Den Haag. Mein Name ist Wim de Bruin von Europol. Ist Herr Stellmacher denn heute im Hause?"

„Er ist zurzeit in einer Besprechung mit dem Polizeipräsidenten. Möchten Sie mir Ihre Rufnummer hinterlassen, damit er zurückrufen kann?"

Wim de Bruin hinterließ seine Durchwahl. „Wann, meinen Sie, wird Herr Stellmacher mich zurückrufen können? Es ist wirklich sehr wichtig!"

„Das kann ich natürlich nicht genau sagen, aber die Besprechung dauert nun schon 20 Minuten. Ich sage Herrn Stellmacher sofort Bescheid, wenn er wieder frei ist."

***

„Hallo, Wim! Hier ist der Bert aus Köln. Lange nichts voneinander gehört! Du hattest vorhin angerufen und gesagt, es sei sehr wichtig. Um was geht es denn?", fragte der Leiter der Kölner Kripo.

„Wir haben hier in den letzten Tagen einen Schlag gegen die

Filali-Brüder in Den Haag geführt und dabei ist es uns gelungen, einen so genannten ‚Vollstrecker' nach einem Feuergefecht festzunehmen. Und in seinem Navigationsgerät war eine Adresse in Köln-Rondorf gespeichert. Ich wollte nur sichergehen, ob das irgendwas zu bedeuten hat."

„Das ist ja höchst interessant! Wir hatten tatsächlich vor kurzem einen Brand in Köln-Rondorf, bei dem neben einem Toten eine Menge Utensilien für eine Indoor-Hanfplantage gefunden wurde."

„Dann könnte es vielleicht passen. Uns hat nämlich ein Informant gesagt, dass ein ‚Vollstrecker' einen Holländer ermordet haben soll - in Deutschland", ergänzte de Bruin.

„Das ist eine ziemlich heiße Spur, Wim. Der Tote ist tatsächlich gebürtiger Holländer. Ein gewisser Tristan van Haag. Wie heißt denn der Mann, den ihr festgenommen habt?"

„Mostafa Jabri."

„Was wisst ihr über den?"

„Ehrlich gesagt, wenig bis gar nichts. Der schweigt wie ein Grab und die Fingerabdrücke haben auch nichts ergeben. Dieser Typ ist wie ein Phantom." Das klang aus dem Mund von Wim de Bruin schon fast anerkennend.

„Kannst du mir vorab Fotos von ihm mailen? Ich gebe sie dann sofort an die *'MK Rondorf'* weiter. Leiter ist Kriminalhauptkommissar Westhoven. Ich gebe ihm deine Rufnummer. Er wird sich gleich bei dir melden."

„Okay, Bert. Und sonst? Familie? Alles prima?"

„Alles in Ordnung, nächste Woche habe ich erst mal eine Woche frei - auf Überstunden. Da fahre ich mit meiner Frau in unser Ferienhäuschen."

„Ihr könnt ja mal einen Abstecher nach Den Haag machen."

„Ein anderes Mal gern, aber das liegt diesmal nicht in der Planung. Bis bald, Wim. Und vielen Dank! Wir hören voneinander!"

Bert Stellmacher legte den Hörer noch nicht auf den Apparat

zurück, sondern wählte Westhovens Durchwahl.
„Hallo, Herr Stellmacher“, wurde er freundlich begrüßt.
„Guten Tag, Herr Westhoven. Könnten Sie bitte sofort zu mir ins Büro kommen?“ Es klang nicht unbedingt wie eine Frage, sondern vielmehr wie eine Anweisung.
„Ja, sicher. Worum geht's denn?“
„Ich hatte eben einen Anruf von Europol. Das könnte Ihren Fall in Rondorf betreffen.“
„Ich bin auf dem Weg!“ Westhovens Neugierde war geweckt.
Wenige Minuten später stand er im Türrahmen zum Büro des Direktionsleiters Kriminalität.
„Bitte, Herr Westhoven.“ Bert Stellmacher zeigte Richtung Besprechungstisch. „Nehmen Sie Platz.“
„Jetzt bin ich aber mal gespannt.“ Westhoven konnte seine Ungeduld kaum im Zaum halten.
Bei einer Tasse Kaffee berichtete der Kripochef, was ihm Wim de Bruin gesagt hatte. Er zeigte ihm ein Foto von Jabri, welches er sofort nach Erhalt der E-Mail ausgedruckt hatte. „Kommt Ihnen der Mann bekannt vor, Herr Westhoven?“
Dieser schüttelte nur mit dem Kopf. „Das ist eine völlig neue Spur, Herr Stellmacher. Aber wir werden ihr selbstverständlich umgehend und akribisch nachgehen. Das klingt jedenfalls sehr vielversprechend. So wie es aussieht, müssen wir dann wohl noch einmal eine Dienstreise in die Niederlande machen.“
„So sieht es wohl aus. Tun Sie, was nötig ist. Ich leite Ihnen gleich die E-Mail von Herrn de Bruin an Ihr Postfach weiter. Dann haben Sie auch dessen Kontaktdaten. Er erwartet Ihren baldigen Anruf.“ Zur Verabschiedung reichte er ihm die Hand.
Westhoven hatte schon fast das Flurende der Direktionsführungsstelle erreicht, als er von hinten noch mal die Stimme seines Chefs hörte: „Und bestellen Sie bitte Herrn de Bruin ganz herzliche Grüße von mir.“

„Mach ich", rief er zurück und verschwand durch die Glastür ins Treppenhaus.

***

Es war 12:30 Uhr. Westhoven hatte Wim de Bruin auf Anhieb erreicht und ihm den Sachstand der Ermittlungen des Falles „Rondorf" berichtet. Beide waren sich sofort einig, dass der Hinweis auf den „Vollstrecker" der Filali-Brüder und der Fall der MK „Rondorf" zusammengehörten. Auch wenn Jabri nach de Bruins Angaben kein Wort sagte, wollte er nichts unversucht lassen. Der Chefermittler von Europol hatte zugesichert, dass er mit Klaas van Spreuten sprechen würde und einer Befragung Mostafa Jabris nichts im Wege stünde. Ein Rechtshilfeersuchen wäre nicht erforderlich, eine Vernehmung in den Niederlanden kein Problem.
Mit diesen neuen Erkenntnissen aus dem Gespräch wandte sich Westhoven an Staatsanwältin Steinmann und informierte sie über die neueste Entwicklung. Sie war begeistert und wünschte den Ermittlern viel Erfolg für die Dienstreise nach Den Haag. „Bringen Sie mir am besten ein Geständnis mit. Ich beantrage dann sofort die Auslieferung nach Deutschland!"

Um 13:00 Uhr trafen sich Westhoven und sein Team mit dem Kriminalinspektionsleiter 1 und Arndt Siebert im Besprechungsraum des KK 11.
„Meinst du wirklich, dass der Fall so international ist?", meinte Siebert.
„Mittlerweile kann ich mir so einiges vorstellen", meinte Westhoven. „Da haben wir diesen Geert van Fleet, der einen Coffeeshop in Maastricht betreibt. Dessen Handlanger, Koen de Boen, ist der Schwager des Opfers. Tristan van Haag hatte das gesamte Equipment beschafft, um eine ordentliche Indoorplantage an-

zulegen. So! Und Jabri ist ein ‚Vollstrecker' der Filali-Brüder aus Marokko, die laut Wim de Bruin einen großen Marktanteil des illegalen Drogenhandels in den Niederlanden haben. Sag' du mir, warum in seinem Navigationsgerät Köln-Rondorf gespeichert ist!"

„Paul hat recht", meinte der Inspektionsleiter. „Wann fahrt ihr los?"

„Wir müssen erst mal klären, wer von uns fährt", antwortete Westhoven.

„Na, du selbst ja wohl auf jeden Fall." Das klang wie eine deutliche Anweisung des Inspektionsleiters.

„Wie sieht es bei dir aus, Toni? Kannst du?", fragte Westhoven.

„Eigentlich nicht." Sie dachte an ihren nächsten Auftritt am übernächsten Tag.

„Also ja?" Westhoven ignorierte ihre zögerliche Antwort einfach.

„Sie können doch auch mit Herrn Dember fahren", schlug der Inspektionsleiter vor.

„Ich brauche jemanden mit Führerschein", erwiderte Westhoven ohne Rücksicht auf Dembers Anwesenheit.

„Wann soll es denn losgehen?", wollte Toni Krogmann wissen.

„Sofort. Wir nehmen gleich den Dienstwagen, holen auf dem Weg zuhause jeder ein paar Sachen und fahren nach Den Haag. Dort treffen wir uns dann mit Wim de Bruin. Er wartet auf uns", sagte Westhoven.

„Heinz, schreib' du bitte den Dienstreiseantrag für uns und gib ihn zur Genehmigung weiter." Dember war unübersehbar wütend und durchbohrte den MK-Leiter mit zornigen Blicken.

„Und buche uns bitte zwei Einzelzimmer in der Nähe von Europol. Wir rufen dich an, dann kannst du uns die Adresse geben." Dember drohte zu platzen.

***

Während Westhoven zu Hause das Notwendigste für eine Kurzreise nach Den Haag zusammenpackte, stand Anne Westhoven missmutig im Türrahmen.
Paul versuchte, die Wogen zu glätten: „Jetzt guck' doch nicht so, mein Schatz! Spätestens übermorgen bin ich zurück."
„Schön, Paul, schön! Die ganze Arbeit hier bleibt an mir hängen. Weißt du eigentlich, wie anstrengend das zurzeit mit Mama und Papa ist?"
„Nächste Woche übernehme ich ein paar Fahrten, okay?"
„Versprich nichts, was du sowieso nicht halten kannst! Das kenne ich schon!", sagte sie in Anbetracht der vielen ähnlich gelagerten Situationen und Diskussionen.
„Jetzt mach' aber mal 'nen Punkt! Da draußen läuft irgendwo ein Mörder frei herum und du beschwerst dich ernsthaft darüber, dass ich mich darum kümmere?" Damit verdrehte er bewusst die Tatsachen.
„Das ist Unsinn! Du weißt genau, dass es nicht darum geht!"
„Worum denn dann? Soll ich etwa auf der Dienststelle erklären, ich könne nicht fahren, weil meine Frau dann sauer ist?"
Sein Versuch, die Diskussion endgültig ins Lächerliche zu ziehen, stellte sich als Fehler heraus.
„Du bist unfair!" Sie knallte heftig die Tür zu und ging ins Wohnzimmer.
Als Westhoven seine Reisetasche gepackt hatte und sich verabschieden wollte, las Anne demonstrativ Zeitung und blickte auch nicht hoch, als er sich verabschieden wollte. Er ging zu ihr herüber und drückte ihr einen Kuss auf die Wange. Ohne ein Wort ihrerseits verließ er das Haus, packte seine Reisetasche in den Kofferraum und stieg auf der Fahrerseite ein.
„Alles in Ordnung?", fragte Toni Krogmann.
„Ja, alles super. Frag' nicht". Westhoven hatte keine Lust, sein Privatleben auszubreiten und erstickte jede Konversation im

Keim. Nachdem auch seine Kollegin zuhause ein paar Sachen gepackt hatte, fuhren sie auf die Autobahn in Richtung Den Haag.

***

Nach rund 280 Kilometern Autofahrt trafen sie knapp drei Stunden später gegen 19:00 Uhr am Hauptquartier von Europol ein. Der Pförtner öffnete, nachdem er die beiden Dienstausweise kontrolliert hatte, die Schranke und ließ sie aufs Gelände fahren. Er war längst von Wim de Bruin über die bevorstehende Ankunft der deutschen Kollegen informiert worden.
Als die beiden Ermittler den Wagen verließen, wurden sie von Wim de Bruin begrüßt, der ihnen ins Parkhaus entgegen geeilt war. Gemeinsam gingen sie zu seinem Büro.

In den darauffolgenden 60 Minuten tauschten die Ermittler ihre bisherigen Erkenntnisse aus.
„Das klingt sehr interessant, Wim", meinte Westhoven. „Unser Kripochef hatte mir schon erzählt, dass Sie hier einen so genannten ‚Vollstrecker' festgenommen haben."
„Deswegen sind Sie ja hierher gekommen. Vielleicht haben Sie ja Glück und er redet mit Ihnen. Bis jetzt schweigt er wie ein Grab. Er weiß noch nicht, dass wir sein Navigationsgerät ausgewertet und mit den deutschen Behörden Kontakt aufgenommen haben."
„Was wissen Sie denn noch über diesen Mostafa Jabri, Wim?", fragte Toni Krogmann.
De Bruin machte eine kleine Redepause. „Im Grunde wissen wir nichts, der Kerl ist mit seinen jungen Jahren ein richtiger Profi." Er erklärte den Ermittlern noch einmal ausführlich die Bedeutung des Triforce.
„Ich schlage vor", sagte Westhoven, „dass wir gleich morgen um 08:00 Uhr mit der Vernehmung beginnen. Klappt das mit einem Dolmetscher?"

„Das ist alles schon organisiert. Wir fahren hinüber zum Zellentrakt der Den Haager Polizei. Der Polizeichef Klaas van Spreuten ist ebenfalls informiert und hat sein Okay gegeben“, erklärte der Chefermittler.
„Wo übernachten Sie eigentlich?“
„Das ist eine gute Frage, Wim.“ Westhoven nahm sein Mobiltelefon und rief Heinz Dember an. Während des Telefonats schrieb er den Namen und die Anschrift auf einen Notizzettel.
„Das IBIS ist nicht weit von hier, aber nehmen Sie trotzdem den Wagen. Dann können Sie morgen früh direkt zum Hauptquartier fahren und müssen nicht erst wieder hierher. Das wäre dann ein - wie sagt man - Umweg?“

Toni Krogmann und Westhoven hatten Glück. Direkt vor dem Hotel war auf dem Randstreifen noch ein Parkplatz frei. Nachdem sie eingecheckt und ihre Sachen in die Zimmer gebracht hatten, trafen sie sich im hoteleigenen Restaurant und aßen noch eine Kleinigkeit. Während Toni noch für einen Absacker in die Hotelbar ging, fuhr Westhoven mit dem Aufzug in die 4. Etage und ging auf sein Zimmer. Er wollte unbedingt noch mit Anne sprechen. Er loggte sich mit seinem Smartphone ins WLAN des Hotels ein und versuchte, sie über Skype zu erreichen. Im Menü wurde jedoch angezeigt, dass sie offline war.
Er tippte daher die Rufnummer von zuhause ein.
„Na, schön in Den Haag?“, folgte die schroffe Begrüßung.
„Ach, Schatz! Von Den Haag habe ich nicht viel gesehen. Wir waren die ganze Zeit bei Europol und eben haben wir noch unten im Restaurant gegessen. Und ich vermisse dich, mein Engel.“
Er wollte die Wogen glätten.
„Ich dich auch, Paul.“ Er schien Erfolg zu haben, Anne war nicht nachtragend.
„Was hast du denn Schönes gegessen?“

„Hmmm, leckerer Kibbeling mit scharfer Currysauce und Fritten."
„Na ja, nicht gerade eine Diätmahlzeit für einen Schreibtischtäter. Die kannst du ja dann mit mir abtrainieren", sagte sie spitz.
„Wenn du wüsstest – zum Nachtisch hatte ich noch einen Bosse-Bollen."
„Sind das diese Kalorienbomben, so eine Art großer Mohrenkopf mit Sahnefüllung?"
„Ja, die sind ja so unverschämt lecker."
Anne fühlte, dass es jetzt nicht der richtige Zeitpunkt war, über Fritten, Sahne, Schokoriegel und Pauls Bauchansatz zu diskutieren. Sie wechselte das Thema.
„Und, habt ihr den Kerl schon vernommen?", fragte sie.
„Nein, wir haben uns mit Wim de Bruin ausgetauscht. Ziemlich interessante Persönlichkeit."
„Wer jetzt? Der Kollege von Europol oder der Verbrecher?"
„Ich meinte den Kollegen von Europol, den anderen kenne ich ja noch gar nicht. Aber dessen bisher bekannte Vita ist sicher auch nicht ohne."
„Wieso?"
„Na, der ist gerade mal 25 Jahre alt, aber offensichtlich schon eine ganz große Nummer im Kartell."
„Klingt interessant."
„Sag' ich ja. Was meinst du, warum ich selbst hier hinfahren musste? Sicher nicht, um dich zu ärgern."
„Ja, ja, ist ja schon gut. Kommst du morgen zurück?"
„Ich gehe davon aus."
„Dann drücke ich euch mal die Daumen. Vielleicht klärt ihr bald den Fall in Rondorf." Sie klang zuversichtlich.
„Wir werden sehen."

KAPITEL 19

Mostafa Jabri wurde um 08:00 Uhr von zwei kräftigen Beamten der Den Haager Polizei in den Vernehmungsraum geführt. Er trug Hand- und Fußfesseln. Zu groß war die Gefahr, dass er versuchen würde, seine Wachen zu überwältigen und zu flüchten. Niemand wollte ausprobieren, zu was der „Vollstrecker“ fähig war.

Wim de Bruin hielt sich im Hintergrund, während Toni Krogmann und Paul Westhoven bereits am Tisch im Vernehmungszimmer Platz genommen hatten. Den mitgebrachten Laptop des KK 11, der vor Toni stand, hatte sie bereits eingeschaltet.

Toni glaubte in Jabris Gesicht ein kleines Lächeln gesehen zu haben, als dieser die jugendlich wirkende Dolmetscherin erblickte. Westhoven hatte am gestrigen Tag ausdrücklich darum gebeten, eine weibliche Dolmetscherin zu beauftragen.

Mostafa Jabri musterte die beiden Ermittler mit kaltem, abschätzendem Blick, als man ihn auf den Stuhl drückte und seine Handfesseln an der Verankerung auf der Tischplatte fixierte.

Westhoven teilte seinem Gegenüber über die Dolmetscherin mit, warum die deutsche Polizei mit ihm sprechen wollte. Jabri zeigte keinerlei Regung. Als aber der MK-Leiter ihm vorwarf, dass er Tristan van Haag umgebracht und verbrannt haben sollte, regte er sich so auf, dass er spontan sein Schweigen aufgab und lautstark in der Sprache der Atlas-Berber den Mord abstritt. Damit wollte er nichts zu tun haben.

„Sie haben damit nichts zu tun? Dann erklären Sie doch mal, warum ausgerechnet diese Anschrift in Ihrem Navigationsgerät gespeichert ist.“

Gelassen erwiderte Westhoven Jabris eiskalten Blick. Dieser sagte kein Wort.

„Wissen Sie was? Sie müssen nichts sagen, wir werden es Ihnen auch so nachweisen. Nachdem Sie Ihre Haft hier abgesessen haben, werden Sie nach Deutschland ausgeliefert und wegen Mordes angeklagt. Das verspreche ich Ihnen."
„Ich habe niemanden umgebracht", übersetzte die Dolmetscherin.
„Dafür ist Tristan van Haag aber ganz schön tot", sagte Krogmann.
„Ich habe niemanden umgebracht", übersetzte die Dolmetscherin monoton die gleiche Antwort.
„Sagen Sie ihm, dass er das seiner Oma erzählen kann", sagte Westhoven der Dolmetscherin zugewandt.
„Was hat meine Oma damit zu tun?", antwortete Jabri plötzlich in akzentfreiem Deutsch.
„Ich habe es doch geahnt, dass Sie Deutsch können", sagte Westhoven.
„Sie wissen gar nichts über mich, Herr K r i m i n a l h a u p t k o m m i s s a r." Jabri betonte jeden einzelnen Buchstaben.
„Hören Sie – Herr Jabri. Einmal angenommen, Sie sagen die Wahrheit und haben Tristan van Haag nicht umgebracht. Haben Sie denn jemanden gesehen, der das getan hat oder waren Sie sogar dabei?" Westhoven wollte ihn unbedingt mit dem Tatort in Verbindung bringen.
„Ich habe gar nichts gesehen und ich war auch bei so etwas nicht dabei – verstehen Sie?"
„Sie waren laut Ihrem Navigationsgerät genau an dieser Anschrift. Oder fährt noch jemand anderes mit Ihrem Wagen?", hakte Westhoven nach.
„Keine Ahnung, kann sein." Jabri klang nicht überzeugend.
Toni Krogmann übernahm die nächste Frage: „Wir wissen von einem Sachverhalt, nachdem ein ‚Vollstrecker' der Filali-Brüder einen Holländer in Deutschland plattgemacht haben soll. Was sagen Sie dazu?"

„Die Aldi-Brüder?“, verarschte Jabri die Beamten.
„Machen Sie ruhig Ihre Witze. Sie wissen ja, wer zuletzt lacht…“, meinte Toni Krogmann. „Außerdem haben wir jede Menge Spuren. Eine davon werden wir Ihnen sicher zuordnen können. Unsere Kriminaltechniker sind da richtig akribisch und motiviert.“
„Alles klar, Herr Jabri. Wir brechen die Vernehmung an dieser Stelle ab. Ich nehme nicht an, dass Sie das Protokoll unterschreiben werden?“
Mostafa Jabri sagte dazu gar nichts. Er schien zu überlegen.
„Bringen Sie den Mann bitte wieder in seine Zelle“, sagte Westhoven zu den beiden Den Haager Beamten, die zur Sicherheit die ganze Zeit anwesend gewesen waren.
„Das hier ist Zeitverschwendung. Toni, schreib' du bitte schon mal eine Notiz für die Staatsanwaltschaft in Köln, damit die die Auslieferung beantragen. Für mich ist der Fall geklärt. Unser Mann hier hat Tristan van Haag erschlagen und dann das Haus angezündet. Bin gespannt, welches Schwurgericht ihm seine Version abkauft. Nein, mein Lieber. Sie können sich schon mal für lange Zeit von der Außenwelt verabschieden. Keine Weiber und gar nichts.“ Westhoven versuchte, ihn so aus der Reserve zu locken.
„Ich habe den nicht umgebracht“, war Jabris Antwort.
„Was denn? Jetzt reden Sie endlich!“, forderte Westhoven.
„Der hat nur eine Warnung bekommen, mehr nicht.“
„So ein Unsinn, der Mann ist tot. Verbrannt! Nicht mal seine eigene Mutter würde ihn wiedererkennen.“
„Was reden Sie da immer? Wieso verbrannt? Damit habe ich nichts zu tun! Wie oft wollen Sie mich das noch fragen?“ Jabri wurde jetzt ziemlich aggressiv.
„Dann sagen Sie endlich, was Sie dort gemacht haben“, mischte sich Krogmann wieder ein.
„Na, was schon? Ich habe ihn besucht, um mit ihm zu reden. Sonst nichts.“ Er grinste breit.

„Wissen Sie was, Jabri? Verarschen kann ich mich alleine!", sagte Westhoven ruhig. „Die beiden Kollegen bringen Sie jetzt wieder in die Zelle. Wir sind noch ein paar Stunden in Den Haag. Wenn Sie noch was Vernünftiges zu sagen haben, lassen Sie es uns wissen. Ansonsten: Bis bald im Schwurgericht – so in 6 bis 8 Jahren, schätze ich. Mindestens so lange werden die Niederländer Sie wegen des versuchten Mordes an dem Beamten einlochen."
Westhoven und Krogmann packten ihren Laptop wieder ein und gingen zu Wim de Bruin ins Nebenzimmer, während Jabri wieder in den Zellentrakt gebracht wurde.

„Wim, was halten Sie davon?", fragte Westhoven.
De Bruin schüttelte den Kopf. „Ich weiß nicht so recht. Ich meine, der arbeitet für die Filali-Brüder. Die sind eine der größten Schmugglerbanden für Cannabis. Und die überschaubare Indoor-Hanfplantage hätte sicher keine große Konkurrenz bedeutet. Dafür gleich jemanden kalt machen? Ich weiß nicht."
„Nicht kalt, sondern heiß", unkte Krogmann.
„Wie auch immer", grinste Wim de Bruin. „Vielleicht sagt er die Wahrheit, aber mich würde trotzdem interessieren, wie Jabri an van Haag gekommen ist. Ihr habt doch gesagt, dass dieser van Haag für seine Plantage ein fremdes Haus benutzt hat. Und es gab keinerlei Telefonverbindungsdaten oder ähnliches. Mir ist das echt ein Rätsel."
„Lass uns mal abwarten. Mein Bauchgefühl sagt mir, dass er uns nachher noch was erzählen wird." Westhoven wirkte zuversichtlich. „Diesen Kerl werde ich schon noch parat machen."
„Kommen Sie, ich lade Sie auf einen Kaffee ein. Ich kenne hier um die Ecke ein gemütliches Pfannkuchenrestaurant", schlug Wim de Bruin vor.

***

Heinz Dember hatte sich an diesem Morgen von Katrin Oehmchen zuhause abholen und zum Präsidium fahren lassen. Während der Fahrt bereute er dies schon, denn die Frau mit der „Bergheimer Palme“ hatte ihn unentwegt mit Fragen gelöchert, was denn nun mit ihm passieren würde. Ob er bald wieder Streife fahren müsse, so wie das im Film stets der Fall sei, wo der Vorgesetzte jemanden zur „Verkehrspolizei“ strafversetzt. Darauf konnte Dember aber nicht antworten, er selbst hatte zu wenig Ahnung von den dienstrechtlichen Möglichkeiten. Um sich aber selbst ein wenig zu beruhigen, wählte er, sobald er im Büro war, die Rufnummer eines Beamtenermittlers beim KK 32. Erleichtert erfuhr er, dass grundsätzlich bei Trunkenheitsfahrten keine weiteren Sanktionen außer durch das Strafverfahren zu erwarten waren, es sei denn, das wäre nicht der einzige Vorwurf. Nach dem Gespräch merkte Dember, wie seine Hände zitterten.

***

Wim de Bruin, Toni Krogmann und Paul Westhoven saßen vor ihren dampfenden Kaffeetassen. De Bruin hatte sich zudem noch einen Apfelpfannkuchen servieren lassen.
„Haben Sie eigentlich schon überprüft, ob es eine Verbindung zwischen Geert van Fleet, Koen de Boen und Mostafa Jabri gibt?“, fragte er zwischen zwei Bissen und einem Schluck Kaffee.
„Dazu hatten wir, ehrlich gesagt, noch keine Zeit. Wir sind ja sofort hierher aufgebrochen. Aber daran habe ich natürlich auch schon gedacht“, antwortete Westhoven und trank ebenfalls einen großen Schluck.
„Ich bin sicher, dass es da eine wie auch immer geartete Verbindung gibt. Dieser van Fleet betreibt doch einen Coffeeshop in Maastricht. Und ich weiß, dass Maastricht auch von den Filalis beliefert wird“, sagte de Bruin.

„Wenn das so ist", sagte Krogmann, „wollte van Fleet möglicherweise seinen bisherigen Lieferanten abservieren und…."
„…und die haben Jabri auf ihn angesetzt, um mehr über die Konkurrenz zu erfahren", ergänzte Westhoven den Gedanken.
„Da könnte was dran sein", sagte Krogmann. Die beiden Männer nickten zustimmend.
„Wir müssen versuchen, Jabri zu knacken und dann geben wir deinem Jan van Asperen noch mal einen Tipp", sagte Westhoven.

Gegen 11:00 Uhr klingelte de Bruins Mobiltelefon. Während des Gesprächs wurde das Grinsen auf seinem Gesicht immer breiter.
„Kommen Sie, ich zahle und dann gehen wir zum Vernehmungszimmer. Raten Sie mal, wer da sitzt und auf Sie wartet?"

***

Den deutschen Ermittlern bot sich das gleiche Bild wie vor ein paar Stunden. Mostafa Jabri saß gefesselt im Raum, die kräftigen Den Haager Polizisten waren auch anwesend.
Westhoven und Krogmann setzten sich.
„Also, was haben Sie für uns?", fragte Westhoven.
„Moment!" Jabri hob abwehrend die rechte Hand, soweit er das wegen der Fesselung überhaupt konnte. „Ich will, dass mir Straffreiheit garantiert wird."
Westhoven schob seinen Stuhl zurück, stand auf und bedeutete Krogmann zu gehen. „Komm, dafür ist mir meine Zeit zu schade. Lass uns van Fleet und seinen Handlanger noch mal in Maastricht besuchen. Vielleicht sind die kooperativer."
Westhoven sah die Chance, Jabri zum Reden zu bringen. Beim Namen van Fleet hatten Jabris Augen für einen Moment aufgeleuchtet.
„Warten Sie!", rief Jabri.

„Was ist? Für solche Mätzchen ist mir die Zeit zu schade. Ich muss einen bestialischen Mord klären, mit dem Sie mutmaßlich in Zusammenhang stehen." Westhoven blieb bewusst stur.
„Ich habe diesen van Haag nicht getötet", antwortete Jabri noch immer wortkarg.
„Das ist Ihre letzte Chance." Westhoven sah ihn an, ohne eine Miene zu verziehen. „Entweder Sie sagen uns jetzt, was Sie wissen oder wir gehen!"
„Ich habe dem blöden Holländer nur einen Denkzettel verpasst", platzte es aus Jabri heraus. Westhoven freute sich über die Wirkung seiner Taktik.
„Okay. Können wir das der Reihe nach abhaken? Woher wussten Sie, wo Sie van Haag finden würden?", fragte Westhoven.
„Das wusste ich nicht. Ich wusste ja nicht mal, wie der überhaupt heißt, bis Sie mir das gesagt haben."
„Hieß, der Mann ist tot", warf Krogmann ein.
Mostafa Jabri erzählte, dass van Fleet ein Abnehmer sei und die nächsten Lieferungen stornieren wollte. Er vermied es, die Begriffe wie „Haschblöcke" oder „Dealer" zu verwenden. Für ihn war es offensichtlich ein reines Dienstleistungsgeschäft. Er hatte es in seinem ganzen Leben nicht anders kennengelernt.
Um den sprichwörtlichen heißen Brei redend erklärte er, dass er beauftragt worden sei, nach dem Rechten zu schauen und gerade, als er ins „Cool Running" habe gehen wollen, sei van Fleet in Begleitung eines weiteren Mannes herausgekommen. Die beiden seien in den Wagen gestiegen und nach Köln-Rondorf gefahren. In sicherem Abstand sei er ihnen gefolgt und habe in seinem Wagen gewartet, bis sie nach Stunden wieder gefahren seien. Danach sei er im Schutze der Dunkelheit aufs Grundstück geschlichen und habe sich umgesehen. Auf Westhovens Zwischenfrage, wie er denn ins Haus gekommen sei, setzte er wieder sein Grinsen auf.

Dann sei alles sehr schnell gegangen. Tristan van Haag habe plötzlich hinter ihm gestanden und ihn angegriffen. Dieser habe ihm allerdings nichts anhaben können, denn schließlich sei er von Kindesbeinen an im Nahkampf ausgebildet worden. Blitzschnell habe er ihn überwältigen können. Den bewusstlosen Mann habe er dann mühsam über die Treppe in den Keller heruntergezogen. Um ihn zu wecken, habe er mit einem Hammer auf dessen rechtes Handgelenk geschlagen. Jabri zeigte bei seiner brutalen Schilderung keine Emotionen. Im Gegenteil, seelenruhig erwähnte er, wie er noch weitere Male auf das Handgelenk eingeschlagen und erst aufgehört habe, als er gespürt habe, dass die Knochen zersplitterten.
„Sie glauben gar nicht, wie redselig die Leute werden, wenn man ihnen verspricht, sie nicht umzubringen", war Jabris emotionsloser Kommentar.
Er berichtete weiter, dass Tristan van Haag ihm von van Fleets Plänen erzählt habe. Dieser habe, wie bereits spekuliert, tatsächlich nicht mehr von den Filali-Brüdern beliefert werden und aussteigen wollen.
„Wissen Sie? Das geht nicht. Einmal dabei, immer dabei. Bis dass der Tod uns trennt", erklärte er die allgemeinen Geschäftsbedingungen seiner Bosse.
Westhoven fragte, warum er van Haag umgebracht und das Haus angezündet habe, wo er doch nur „nach dem Rechten" habe sehen wollen.
Jabri blieb bis zum Ende seiner Schilderung dabei, dass er van Haag nicht ermordet hätte. Er habe ihm zwar auch noch das linke Handgelenk zertrümmert, aber dies nur deshalb, weil van Haag ihn als „marokkanische Schwuchtel" bezeichnet und ihm gedroht habe, ihn umzubringen. Als er das Haus verlassen habe, sei van Haag zwar bewusstlos gewesen, aber er habe definitiv noch gelebt. Auf die Frage, warum die Kellertür verschlossen war, hatte Jabri keine Antwort.

***

Als Mostafa Jabri aus dem Vernehmungszimmer zurück in seine Zelle geführt worden war, betrat Wim de Bruin den Raum und setzte sich auf den Platz, auf dem eben noch der Verdächtige gesessen hatte.

„Ihr habt gehört, was er gesagt hat." Westhoven sah seine Kollegen an. „Was haltet ihr davon?"

Wim de Bruin antwortete nachdenklich: „Irgendwie glaube ich ihm. Das mit dem Denkzettel passt schon. Und die Vorgehensweise ebenso. Im Grunde wollte Jabri wohl nur vorbeugen, dass die Indoorplantage nicht fertiggestellt wird und van Fleet weiterhin von den Filalis sein Zeug kauft. Bei einem zweiten notwendigen Besuch hätte er dann van Haag und auch sicher die beiden anderen Komplizen ohne mit der Wimper zu zucken liquidiert. Aber so?"

„Was die Handgelenke betrifft, hat er jedenfalls nicht gelogen. Bei der Obduktion wurde unzweifelhaft diagnostiziert, dass diese zertrümmert waren. Woher hätte er das sonst wissen sollen?", merkte Westhoven an.

„Und sicher ist auch, dass sich das Opfer und van Fleet sowie de Boen gut kannten. Auch das klang plausibel", meinte Krogmann.

„Und habt ihr seine Augen gesehen, als wir nach der verschlossenen Kellertür gefragt haben? Der hatte keinen blassen Schimmer davon, ist mein persönlicher Eindruck", ergänzte Westhoven. „Dazu kommt, dass wir weder im Umfeld des Bungalows noch bei Jabri diesen Kellertürschlüssel gefunden haben. So langsam beschleicht mich das komische Gefühl, dass wir tatsächlich an anderer Stelle unseren Täter suchen müssen."

KAPITEL 20

Am nächsten Morgen saßen die Beamten der MK 6, der Leiter des KK 11 und Staatsanwältin Steinmann im Besprechungsraum des KK 11. Westhoven berichtete von der Vernehmung Mostafa Jabris.

„Wie jetzt?“, fragte Dember verständnislos. „Der hat kein Geständnis abgelegt?“

„Doch, Heinz! Aber eben nicht mit dem Ergebnis, das wir uns alle gewünscht hätten oder hast du nicht richtig zugehört?“, erwiderte Westhoven.

„Und du glaubst doch nicht etwa diesem...diesem ‚Vollstrecker‘?“ Dember klang ziemlich zweifelnd und vorwurfsvoll.

„Hat noch jemand eine sinnvolle Frage?“ Westhoven ignorierte Dembers Einwand, nahm sich aber vor, ihn im Anschluss an die Besprechung in sein Büro zu zitieren. Sein Kollege hatte wohl völlig übersehen, dass es keine reine polizeiinterne Besprechung war.

„Wie gehen wir jetzt weiter vor?“, fragte Staatsanwältin Steinmann.

„Die Frage haben wir während der ganzen Rückfahrt auch schon diskutiert“, antwortete Westhoven. „Uns bleibt nichts anderes übrig, als van Haags gesamtes Umfeld zu überprüfen, angefangen von der Oma bis zu seiner Konkurrenz im Immobiliengeschäft.“

„Meinen Sie, das bringt was?“, fragte Frau Steinmann.

„Haben Sie eine bessere Idee?“, erwiderte Krogmann und erntete sogleich einen zornigen Blick der Staatsanwältin für ihre schnippische Anmerkung.

Arndt Siebert ergriff das Wort: „Wir fangen wieder bei Null an?“

„Tun wir nicht“, unterbrach Westhoven. „Unsere bisherigen Ermittlungen haben schließlich ergeben, dass wir einige Tatver-

dächtige ausschließen können. Wo liegt eigentlich das Problem?"
„Ganz einfach, Paul. Die Presse hängt uns im Nacken. Ich sehe schon wieder die Schlagzeile im Express. Dieser Schmierfink Holm wartet doch nur auf so was."
„Jetzt mach aber mal 'nen Punkt, Arndt. Seit wann interessiert es dich, was Holm schreibt, solange er nicht über dich schreibt? Solltest lieber den Stadt-Anzeiger lesen. Die recherchieren da wenigstens gründlicher."
„Bleib' bitte sachlich, Paul." Die Stimmung war endgültig gekippt.
„War es das? Können wir jetzt wieder unsere Arbeit machen?", fragte Westhoven angespannt.

Wortlos standen alle auf, verließen den Raum und gingen in ihre Büros. Sarah Steinmann folgte Westhoven und fragte, ob er noch ein paar Minuten Zeit habe. Westhoven holte zwei Kaffee aus der Küche und schloss dann die Bürotür hinter sich.
„Denken Sie bitte nicht, dass das hier immer so ist. Mir scheint, dass alle heute etwas falsch verstehen wollen", meinte Westhoven.
„Ach, das ist schon in Ordnung. Klärende Worte sind manchmal erfrischend." Sie grinste und kramte in ihrer weißen Handtasche.
„Frauen und ihre Handtaschen". Westhoven schüttelte leicht verwundert seinen Kopf.
„Was wollten Sie denn noch mit mir besprechen?" Er wollte endlich zum Thema kommen.
„Im Grunde ist es nichts Wichtiges. Ich wollte nur noch mal sagen, dass ich voll und ganz hinter Ihren Ermittlungen stehe und uns weiter die Daumen drücke. Wir werden den Fall sicher bald klären."
Westhoven freute sich über den Zuspruch, auch wenn er damit überhaupt nicht gerechnet hatte.

„Mit wem fangen Sie an?"
„Mit seinen und ihren Eltern, soweit die nicht auch alle in den Niederlanden wohnen."

***

Dember war nach der Besprechung mit Westhoven frustriert und wusste sich nicht anders zu helfen, als sich bei seiner Frau den Frust von der Seele zu reden. Er erzählte ihr, wie Westhoven ihn wie den letzten Hempel behandelt hatte. Er versprach sich im Augenblick wenig Aufmunterung von Doris. Da sollte er aber überrascht werden.
Plopp!
„Du kennst ihn doch, mein Schatz. Wenn es nicht so läuft und der Druck immer größer wird......" Plopp!
„Ja, und? Ist das etwa eine Entschuldigung, so patzig zu antworten?" - Plopp...!
„Was knallt denn da ständig, während du mit mir sprichst? Machst du Kaugummiblasen?"
„Ja", lachte er, „ich gebe es zu."
„Komm lieber her und wir lassen es so richtig knallen, wenn du verstehst, was ich meine", erwiderte sie spontan.
„Waaas?" Dember verschluckte sich fast. „Hab' ich mich gerade verhört?"
„Es wäre schön, wenn du jetzt herkommen würdest. Du weiß schon, was ich will!", lachte sie.
„Hör' auf, mich so anzumachen, sonst kann ich nicht mehr arbeiten und denke nur noch an das Eine."
„Siehst du, deine Laune ist schon viel besser."
„Ach so, alles Berechnung. Na warte, wenn ich heute Abend bei dir auftauche..."
„Auftauchen?", fragte sie süffisant. „Wohl eher eintauchen."

Dember blieb angesichts dieser Zweideutigkeit die Spucke weg. Seine „neue“ Doris gefiel ihm außerordentlich gut.

***

Gerade als Dember den Hörer mit einem breiten Grinsen im Gesicht wieder aufgelegt hatte, betrat Westhoven das Büro und gab ihm den Auftrag, mit Krogmann umgehend die Schwiegermutter von Tristan van Haag aufzusuchen und zu befragen. Laut Einwohnermeldeamt wohnte die 69-jährige, verwitwete Grietje de Boen in der Weinsbergstraße, gleich gegenüber vom Melatenfriedhof.
Keine 30 Minuten später, es war jetzt kurz vor 11:00 Uhr, parkte Toni Krogmann den zivilen Golf mit der überdimensionierten Funkantenne auf dem Parkstreifen vor dem Haus. Mit einem Blick auf die rote Friedhofsmauer meinte sie scherzhaft: „Wenigstens ruhige Nachbarn.“
Das Ermittlerteam klingelte bei „G. d. Boen“. Als der summende Ton das Schloss vibrieren ließ, drückte Dember die Haustüre auf. In der 1. Etage war eine Tür einen Spalt weit geöffnet. Dember erkannte die ältere Dame, die halb verdeckt hinter der Tür hervorschaute, sofort. Sie war ebenfalls am Tag der Bestattung ihres Schwiegersohnes von Drees am Grab fotografiert worden.
„Guten Morgen, Frau de Boen. Wir sind von der Kripo Köln, Mordkommission. Das ist meine Kollegin Krogmann und ich heiße Dember“, begrüßte er die ältere Dame.
Grietje de Boen bat die beiden hereinzukommen, ohne sich davon zu überzeugen, dass sie tatsächlich die waren, für die sie sich ausgaben. Sie schien unbedarft und sorglos und ging wohl nicht davon aus, dass sie das Opfer von zwei Trickbetrügern werden könnte.
Ihre geräumige Wohnung war gemütlich eingerichtet. Der Lärm der Straße drang durch das geöffnete Küchenfenster herein. Auf

dem schmalen Küchentisch lag eine Wachstischdecke mit aufgedruckten Windmühlenmotiven und holländischen Reimen. Die Glasvase auf der Fensterbank war mit Muscheln und Sand gefüllt. Obenauf lag ein ausgetrockneter, verstaubter Seestern.
„Sie kommen wegen meines Schwiegersohns?“, fragte sie.
„Das ist richtig, Frau de Boen“, nickte Krogmann. „Wir müssen uns ein umfassendes Bild von ihm verschaffen und daher befragen wir nun sämtliche Personen, die ihn kannten. Und da fangen wir natürlich bei der nahen Verwandtschaft an.“
„Von nah kann aber bei uns keine Rede sein. Wir haben uns nicht oft gesehen. Und wenn doch, dann haben wir nicht viel geredet. Na ja, jedenfalls in den letzten Jahren nicht mehr“, erklärte sie zögernd. Das machte das Duo neugierig.
„Warum ist das denn so gekommen?“ Toni Krogmann schaute sie verständnisvoll an. Diese Frage hatte Grietje de Boen offenbar sehr ergriffen. Sie verstummte und fixierte einen imaginären Punkt an der Wand, während sich ihre Augen mit Tränen füllten.

***

Paul Westhoven saß im Büro vor seinem Bildschirm. Er drehte seinen Stuhl, schaute aus dem Fenster und drückte dann auf seinem Smartphone die „2“ als Kurzwahltaste für seinen Privatanschluss. Nach kurzem Klingeln meldete sich Anne.
„Und? Wie sieht es aus, kommt ihr voran?“, fragte sie ohne lange Begrüßung.
„Wie man's nimmt. Die grundsolide kriminalistische Arbeit ist mal wieder gefragt. Das heißt, wir klappern das Umfeld des Toten ab und hoffen, dass wir Hinweise bekommen, wo wir ansetzen können.“
Er wollte ihr nicht mehr dazu sagen und sie fragte auch nicht weiter nach. Sie wusste, dass er keine Einzelheiten erzählen wür-

de. Nicht einmal ihr gegenüber, zum einen aus Rücksichtnahme, zum anderen aus Gründen seiner Verschwiegenheitspflicht.
Er wechselte das Thema.
„Was macht dein Vater? Wie geht's unserem alten Haudegen heute?"
„Na wie schon? Er nörgelt rum und will nicht in die Rehaklinik. Ihm ist das alles zu langweilig und außerdem wäre das Essen schlecht", erzählte Anne genervt.
„Ja, ja. So kennt man ihn. Er ist es einfach nicht gewöhnt, so eingeschränkt zu sein und schon gar nicht, dass ihm jemand sagt, was er machen soll", meinte Westhoven.
„Außerdem nutzt er schamlos aus, dass er schlecht hört. Damit treibt er die Pflegerinnen in der Rehaklinik an den Rand des Wahnsinns!", klagte sie.
„Komm, wir wechseln das Thema, mein Engel", schlug Paul Westhoven vor. Ich wollte dich ja nicht anrufen, um dir den Tag zu versauen."
„Sollen wir heute Abend wieder ein paar Kilometer joggen?"
„Super Idee! Lust hätte ich schon, aber ich weiß nicht, ob wir rechtzeitig fertig werden. Aber wenn es irgendwie machbar ist, gehen wir laufen. Und wenn ich es nicht schaffe, kannst du doch auch allein eine schöne Runde um den Höhenhauser See und im Wildpark drehen."
„Ach, Paul. Alleine laufen ist doch nicht mein Ding. Wir quatschen immer so schön dabei."
„Dann nimm doch ausnahmsweise mal meinen MP3-Player. Da ist die neueste TOP 100 drauf. Ist doch auch mal schön, oder?"
„Mal sehen."
„Ich melde mich später, mein Sternchen", beendete er die Unterhaltung.

***

Toni Krogmann reichte Grietje de Boen ein Papiertaschentuch. „Wollen Sie darüber reden, Frau de Boen?“ Die Ermittlerin wartete ruhig, bis die ältere Dame sich die Augen getrocknet hatte.
„Ach, wissen Sie, anfangs war alles so schön“, fing sie an.
Als ihre einzige Tochter Valerie damals den Tristan als ihren Freund vorgestellt habe, sei sie sehr von ihm angetan gewesen. Sie habe ihn schon länger als guten Freund ihres Sohnes Koen gekannt. Einzig der Umgang mit dem schon damals zwielichtigen Geert van Fleet habe ihr nicht sonderlich gefallen. Tristan sei jedoch äußerst liebevoll und aufmerksam zu ihrer Tochter gewesen und habe ihr förmlich jeden Wunsch von den Augen abgelesen. Das junge Paar sei um die Welt gereist und hätte von überall her Postkarten geschickt. Die Hochzeitsfeier der beiden habe seinerzeit im Mediapark, schräg gegenüber von Radio Köln, in diesem schicken Restaurant „Osman30“ stattgefunden und mehr als 100 Freunde, Bekannte und Verwandte seien gekommen.
„Wissen Sie, mein Schwiegersohn hatte sich vorgenommen, es an diesem Tag so richtig krachen zu lassen. Und das hat er auch gemacht. Meine Tochter schwebte im 7. Himmel.“ Grietje de Boen brach ihre Erzählung abrupt ab, um sich erneut die Tränen aus den Augen zu wischen.
Toni Krogmann ließ der älteren Dame einen Moment Zeit, bevor sie sie zum Weitererzählen animierte. Sie fragte: „Möchten Sie, dass wir Ihnen ein Glas Wasser aus der Küche holen?“
„Nein, vielen Dank. Es geht schon wieder.“ Ihre Stimme zitterte.
„Wie hat es sich denn zwischen Valerie und Tristan nach der Hochzeit entwickelt?“, fragte Krogmann behutsam.
„Sie wurde immer unglücklicher und deprimierter. Und fast hätte sie es auch geschafft.“
„Was geschafft?“
„Sich mit Tabletten umzubringen.“ Bei dem Wort „umzubringen“ brach Frau de Boen nun endgültig in Tränen aus.

„Hol' bitte doch mal ein Glas Wasser", flüsterte Krogmann ihrem Kollegen zu und wandte sich gleich wieder Frau de Boen zu, die ihr Gesicht in der Hand verbarg.
„Das braucht Ihnen nicht peinlich zu sein, das war ganz sicher einer der schlimmsten Momente, die sie erlebt haben", versuchte sie, die Zeugin zu beruhigen.
„Kinder sollten nicht vor einem gehen", schluchzte Frau de Boen.
„Da haben Sie Recht." Toni Krogmann dachte daran, dass sie wohl niemals Mutter werden würde.
Als Dember der älteren Dame das Glas Wasser reichte, nahm sie es dankbar an und trank einen Schluck.
„Geht es wieder? Oder möchten Sie, dass wir lieber ein anderes Mal wiederkommen?"
„Nein, nein! Bleiben Sie!" Sie trank einen weiteren Schluck und stellte das Glas ab.
„Warum hat Valerie versucht, sich das Leben zu nehmen?", fragte Krogmann.
„Wegen des Babys. Sie hat es im 4. Monat verloren. Valerie hat das einfach nicht verkraftet." Es kam Krogmann so vor, als ob Grietje de Boen die Situation soeben noch einmal durchlebte. Die Ermittlerin ging nicht weiter darauf ein, sondern nahm sich vor, diese Information später auf der Dienststelle zu recherchieren. Sicher würde es darüber Unterlagen geben. Sie ärgerte sich, dass in diesem Bereich noch nicht recherchiert worden war und warf Dember einen kurzen Blick zu.
„Und Tristan? Wie hat er sich verhalten?"
„Der hat sich wohl rührend um sie gekümmert und versucht, sie von weiteren dummen Ideen abzuhalten. Valerie ging dann irgendwann wieder zur Uni-Klinik arbeiten und ließ sich für sämtliche Zusatzschichten einteilen. Sie konnte einfach nicht an dem Ort sein, wo sie das Baby verloren hatte."
Die ältere Dame erzählte weiter, dass ihre Tochter in den folgen-

den Monaten oftmals sehr kurz angebunden gewesen sei.
„Und wissen Sie mittlerweile warum?“, fragte nun Dember Frau de Boen, aber die schüttelte den Kopf.
„Keine Ahnung.“ Sie klang resigniert.
„Haben Sie denn mal das Gespräch mit Ihrem Schwiegersohn gesucht und ihn gefragt, warum sich Valerie so verändert hat?“
„Ja, aber er hat immer nur abgewunken und gemeint, ich solle ihr Zeit lassen. Alles würde von allein wieder gut werden.“
„Lassen Sie mich raten. Es hat sich nicht gebessert, im Gegenteil, es ist noch schlimmer geworden“, sagte Dember und erreichte diesmal ein bejahendes Kopfnicken.
„Im Grunde habe ich meine Tochter dann kaum noch gesehen, abgesehen von den Anstandsbesuchen an Feiertagen, Muttertag und meinem Geburtstag.“
Plötzlich hatte Toni Krogmann eine Idee.
„Frau de Boen, Ihre Tochter hat doch bestimmt eine beste Freundin. Sie wissen schon, so eine, der man alles erzählt. Gibt es so eine?“
„Ich weiß nicht, ob die immer noch so befreundet sind. Die wohnt schon seit ein paar Jahren in Bonn.“
„Wie heißt sie denn? Wir werden sie auf jeden Fall fragen, ob sie etwas weiß.“
„Anja Pappelsdorf. Eine Telefonnummer habe ich aber nicht. Das kriegen Sie aber doch bestimmt raus. Sie sind doch von der Kripo.“
„Vielen Dank, Frau de Boen. Wir werden über unser Gespräch einen Vermerk schreiben. Vielleicht müssen wir Sie dazu noch mal schriftlich vernehmen, das heißt, Sie müssten ihre Aussage unterschreiben. Wäre das für Sie in Ordnung?“, fragte Dember.
„Ja, sicher. Aber ich habe doch gar nichts sagen können.“

***

Krogmann rief umgehend den Leiter der MK 6 im Büro an und teilte ihm die neuen Informationen mit. Westhoven sagte, er werde sofort zurückrufen, sobald er die Daten in Bonn überprüft habe. Wenige Minuten später ertönte lautstark die indische Melodie eines Bollywoodfilms aus Krogmanns Mobiltelefon. Dember schaute sie an, als käme sie von einem anderen Stern.
„Hallo, Toni. Paul hier. Eine Anja Pappelsdorf wohnt im Herzogsfreudenweg in Bonn-Röttgen. Ihre Telefonnummer habe ich auch gleich herausgesucht."
„Prima. Rufst du sie an oder sollen wir das später machen?"
„Das mache ich. Fahrt ihr beiden wie vereinbart zum nächsten Verwandten."

***

„Wie sieht's aus mit einem Happen zu essen?", fragte Dember seine Kollegin. „Mir knurrt schon der Magen."
„Stimmt, schon längst Essenszeit." Sie schaute auf die Uhr. „Die Zeit ging so schnell rum bei Frau de Boen. Worauf hast du denn Hunger?"
„Wo müssen wir denn als Nächstes hin?", fragte er nach, denn Toni hatte die Liste mit den Adressen.
„Zur Severinstraße."
„Oh, da habe ich eine Idee. Was hältst du von Fisch?"
„Fisch?"
„Ja, auf der Severinstraße soll es einen tollen Fischladen geben. Als die KK11er noch in der Löwengasse ihre Büros hatten, sind die dort öfter mal hingegangen, hat Paul erzählt. Muss echt gut sein."
„Denn man to!"[45]

45 Denn man to (Plattdeutsch) = Dann mal los

***

Westhoven wählte die Rufnummer von Anja Pappelsdorf und nach einigem Klingeln schaltete sich die Bandansage ein. Paul Westhoven hinterließ eine Rückrufbitte und sprach dazu seinen Namen, seine Dienststelle und seine Durchwahl aufs Band. Anschließend schrieb er sich eine Notiz auf seine Schreibtischunterlage, kreiste diese ein und malte ein Ausrufezeichen daneben. Sollte bis 17:00 Uhr kein Anruf eingehen, würde er es noch einmal versuchen.

***

Die beiden Ermittler fanden schnell den Fischladen Hembsch auf der Severinstraße. Rundum gesättigt durch zwei große Portionen selbst eingelegten Bratherings mit Pellkartoffeln machten sie sich um 14:15 Uhr auf zur nächsten Adresse.
„Das war wirklich ein guter Tipp von Paul“, schwärmte Toni. „Leckerer habe ich Brathering in Hamburg auch noch nicht gegessen. Lass uns bald wieder hierher fahren.“
Heinz Dember freute sich, dass er mit seinem Einfall endlich mal wieder einen guten Eindruck auf seine Kollegin gemacht hatte.

Kurz darauf klingelten sie ein paar Türen weiter bei Valerie van Haags Onkel. Peer de Boen war der jüngere Bruder von Grietje de Boen. Nachdem er sein gesamtes Arbeitsleben bei den Kölner Verkehrsbetrieben verbracht hatte, genoss er seit ein paar Wochen sein Rentnerdasein.
Schnell stellte sich heraus, dass er zwar Kontakt zu Valerie von Haag hatte, aber ihm nicht das Geringste an ihrem Verhalten aufgefallen war.

***

Dember rief Westhoven im Büro an und schlug vor, dass man doch mal die Arbeitskolleginnen und Kollegen von Valerie van Haag sowie die Geschäftspartner des Opfers befragen sollte. Das würde doch unter Umständen mehr bringen, als sämtliche Verwandten abzuklappern. Westhoven stellte diesen Vorschlag zurück, er wollte zunächst das familiäre Umfeld der van Haags erhellen, zumindest bei den Verwandten, die in Köln oder im Umland wohnten. Als nächste Anschrift gab er seinem Team daher die Anschrift von Tristan van Haags Cousin Benedict van Haag.

***

Aber auch die Befragung Benedict van Haags brachte keine entscheidenden Hinweise. Zum Freundeskreis oder zu Geschäftspartnern seines getöteten Cousins wusste er nichts zu sagen. Man habe zwar in einer Stadt gewohnt, aber das sei auch schon die einzige Gemeinsamkeit gewesen. Tristan habe nie viel um die Familie gegeben, er habe immer nur sich selbst und später dann nur sich selbst und seine Valerie gesehen.
Nach dieser weiteren fruchtlosen Ermittlung fuhren Dember und Krogmann gegen 16:30 Uhr wieder zurück ins Präsidium. Die Mitglieder der MK 6 diskutierten gerade in Westhovens Büro die nächsten Schritte, als das Telefon läutete. Paul Westhoven machte allen ein Zeichen, ruhig zu sein: „Das ist die Rufnummer von der Pappelsdorf."
„Westhoven, Mordkommission", meldete er sich.
„Guten Tag. Mein Name ist Anja Pappelsdorf. Sie haben mir aufs Band gesprochen. Könnten Sie mir bitte sagen, warum die Mordkommission bei mir anruft?" Sie klang sehr beunruhigt.
„Frau Pappelsdorf, keine Sorge, es betrifft Sie nicht direkt. Wir ermitteln in dem Mordfall Tristan van Haag. Und rein routinemäßig befragen wir sämtliche Freunde, Bekannte und Verwandte."

„Ach so. Aber was soll ich Ihnen denn sagen? Ich weiß doch gar nichts darüber."
„Nach unseren Informationen sollen Sie eine gute Freundin von Valerie van Haag sein."
„Wie man es nimmt. Wir telefonieren regelmäßig."
„Sehen Sie, genau darum geht's. Wann hätten Sie Zeit für eine Vernehmung?"
„Muss ich dann nach Köln kommen?"
„Können Sie, müssen Sie aber nicht. Wir kommen auch gern nach Bonn", antwortete Westhoven.
„Sie klingen so, als wollten Sie schnell einen Termin haben, oder?"
„Wie schon gesagt, Frau Pappelsdorf. Wir ermitteln in einem Mordfall und da ist Zeit relativ. Was halten Sie von morgen früh?", schlug er vor.
„Hmh, das ginge im Prinzip. Ich habe morgen Heimarbeit."
„Okay. Ist 9:00 Uhr in Ordnung für Sie?"
„Wo denn jetzt?"
„Wenn es Ihnen nichts ausmacht, hier in Köln."
„Meinetwegen", stimmte sie zu.
Paul Westhoven gab ihr die Anschrift und erklärte ihr, wie sie am besten mit dem Auto anfahren und wo sie parken könne.

„Das übernehmen wir beide morgen früh, Toni", sagte Westhoven.
„Und was soll ich in der Zeit machen? Du weißt doch, dass ich zurzeit keinen Führerschein habe." Dember klang zerknirscht.
„Du kannst in der Zwischenzeit die Verwandten telefonisch abklappern, die in den Niederlanden wohnen. Ich denke, du wirst keine Langeweile haben."
Westhoven übergab ihm eine Auflistung mit Namen, die er selbst in den letzten Stunden ermittelt hatte. Als Dember die Liste sah, wusste er, dass er noch einiges zu recherchieren hatte.

„Was ist eigentlich aus deiner Trunkenheitsfahrt geworden? Läuft mittlerweile ein Disziplinarverfahren gegen dich? Erzähl' doch mal", forderte Westhoven ihn auf.
„Da gibt's nicht viel zu sagen. Die von der Personalstelle haben gesagt, dass es bei Trunkenheitsfahrten keine standardmäßigen Disziplinarverfahren mehr gibt. Und zum Strafverfahren kann ich auch noch nichts sagen. Aber was meinst du, was wird mich bei einer Blutalkoholkonzentration von 1,09 Promille wohl erwarten? Bestimmt keine Sozialstunden", antwortete Dember in einem Tonfall, der erkennen ließ, dass ihm dieses Thema jetzt wirklich nicht passte.
„1,09 Promille? Tja, Heinz, wenn das tatsächlich dein Wert ist, hast du richtig Schwein gehabt." Dember blickte ihn fragend an. „Unter 1,1 Promille erhalten Ersttäter in der Regel nur einen Monat Fahrverbot und müssen neben vier Punkten in Flensburg noch 250 € Strafe zahlen", erklärte Westhoven trocken.
„Das ist die beste Nachricht des Tages. Hoffentlich hast du Recht!"
„Und hoffentlich hast du wirklich weniger als 1,1 Promille! Was sagt eigentlich Doris zu der ganzen Sache?", fragte Toni.
Dember winkte ab: „Das wollt ihr nicht wissen – und ich will es auch nicht erzählen. Glaubt ihr eigentlich, dass ich mich gut dabei fühle? Meint ihr vielleicht, es macht mir Spaß, mit der Bahn zu fahren?"
„Wieso Bahn? Ich dachte, deine Oehmchen fährt dich durch die Gegend?" Westhoven genoss es, ein wenig Öl ins Feuer zu gießen.
„Das ist nicht meine Oehmchen!" Sofort sprang Dember auf diese Steilvorlage an. „Die fährt mich nur ab und zu, okay? Mehr nicht!"
„Was sagt denn Doris eigentlich dazu?", fragte wieder Toni.
„Gar nichts. Sie vertraut mir. Meine Güte, ihr glaubt doch nicht wirklich, dass ich auf die Taxitante stehe?"
Er bekam weder von Paul noch von Toni eine Antwort hierauf.

***

Auf der Rückfahrt nach Hause rief Westhoven über die Freisprecheinrichtung Anne an. Sie hatte die Joggingsachen schon an und wollte gerade loslaufen. Umso mehr freute sie sich, dass sie nun gemeinsam mit Paul ihre Runden drehen würde.

***

Heinz Dember hatte Doris versprochen, sie an diesem Abend zu einer Beratungsstunde ihrer Hebamme zu begleiten, die nach den Regeln der Haptonomie Schwangerschafts- und Geburtsbegleitung durchführte. Heinz Dember empfand dies alles als Hokuspokus. Dennoch konnte er Doris ihren Wunsch auf keinen Fall abschlagen, da ihm bewusst war, dass er in seiner Situation zu Hause besser „kleine Brötchen backen" sollte, um jedem Disput aus dem Wege zu gehen. In der Beratungsstunde war er bei den praktischen Übungen nach wenigen Augenblicken gerührt, als er durch sanfte Berührungen spürbaren Kontakt zu seinem Sohn im Mutterbauch bekam. Dieser Moment ließ ihn den ganzen Stress und Ärger um ihn herum vergessen.
„Guck mal! Da! Da! Da!" Er reagierte euphorisch, als er eine kleine Wölbung sah. „Er hat mich erkannt. Mein Sohn hat mich erkannt. Er winkt mir." Ihm rann vor Freude eine dicke Träne die Wange herab.

***

Toni Krogmanns Feierabend war wieder mal von Frust geprägt. Am Kühlschrank hing eine Nachricht von Anja: *„Heidi geht's wieder schlechter. Bin über Handy erreichbar. Kuss."*
Nach einigem Klingeln sprang wieder die Mailbox an. Toni Krog-

mann hatte keine Lust, eine Nachricht zu hinterlassen. Vielmehr spielte sie mit dem Gedanken, ihre Frau jetzt sofort zur Rede zu stellen. Mehr und mehr schwante ihr, dass die bislang harmonische Wochenendehe im Alltag doch Probleme bereitete. Um sich abzulenken, legte sie sich einen Actionfilm in den DVD-Player. Leicht beschwipst öffnete sie die vierte Flasche Kölsch. Ihr kam ein altes Sprichwort aus ihrer norddeutschen Heimat in den Sinn: *„Gif de Deern wat to supen, se duunt al af."* [46] Und sie wollte momentan einfach nicht nüchtern werden, da sie sonst wieder unentwegt an ihre Frau und diese Heidi gedacht hätte. Was die beiden jetzt wohl gerade machten? Angesichts des anlaufenden, abscheulichen Kopfkinos schüttelte sie sich kurz, nahm einen kräftigen Schluck und öffnete die zweite Tüte Paprikachips. Irgendwann, als sie gedanklich schon Karussell fuhr, wankte sie ins Bett.

KAPITEL 21

Am nächsten Morgen erschien Toni mit dunklen Ringen unter den Augen im Präsidium.

„Toni!", rief Westhoven, nachdem er den Anruf des Pförtners entgegengenommen hatte, „Frau Pappelsdorf ist schon da. Hol' sie bitte unten ab und komm mit ihr in mein Büro. Wir vernehmen hier."

Toni kam sich vor wie ein Laufbursche, folgte aber der Aufforderung.

46 (Plattdeutsch): Gib dem Mädchen was zu trinken, sie wird nüchtern.

Als sie in Westhovens Büro kamen, stand der Ermittler sofort auf, machte einen Schritt auf Frau Pappelsdorf zu und reichte ihr die Hand zur Begrüßung.
„Guten Morgen, Frau Pappelsdorf. Ich bin Kriminalhauptkommissar Westhoven, meine Kollegin Krogmann kennen Sie ja bereits. Schön, dass Sie die Zeit gefunden haben, zu uns zu kommen."
„Wird das hier lange dauern?", fragte die Zeugin.
„Das kommt darauf an, was Sie uns alles erzählen können", antwortete er. „Haben Sie denn noch was geplant?"
„Ja, ich habe gestern noch mit Valerie telefoniert und ihr gesagt, dass ich heute in Köln bin und wollte mich mit ihr noch auf einen Kaffee treffen."
„Aha? Hat Frau van Haag denn was zu diesem Termin gesagt?" Westhoven beobachtete genau die Reaktion von Frau Pappelsdorf.
„Sie war ziemlich überrascht, dass Sie auf mich zugekommen sind", antwortete sie ruhig.
„Haben Sie denn mit ihr darüber gesprochen, was Sie heute hier erzählen sollen oder können?" Westhoven provozierte sie bewusst.
„Nein, so ein Unsinn! Ich lasse mir doch nicht sagen, was ich erzählen darf und was nicht!"
Westhoven war klar, dass dies keine einfache Befragung werden würde. Er war sicher, dass sich die beiden Frauen abgestimmt hatten und dass es etwas gab, was er nicht unbedingt wissen sollte. Er ließ sich nichts anmerken und versuchte, die Wogen zu glätten:
„Bitte entschuldigen Sie, so war das nicht gemeint."
Westhoven hatte sich mit Krogmann im Vorfeld darauf geeinigt, dass er die Fragen stellen und sie protokollieren würde.
„Frau Pappelsdorf, könnten Sie mir bitte Ihren Personalausweis geben? Ich muss noch einige Daten aufnehmen", bat Toni. Wäh-

rend der Abwicklung der Formalien belehrte sie die Zeugin ausführlich über ihre Rechte und Pflichten und ermahnte sie zur Wahrheit.

Nach einem kurzen Vorgespräch stellte Westhoven seine erste Frage:

„Frau Pappelsdorf, in welchem Verhältnis stehen Sie zu Valerie van Haag? Würden Sie uns das bitte erläutern?"

Nach einer kurzen Rückfrage, ob sie quasi bei Adam und Eva beginnen sollte, erzählte Frau Pappelsdorf: „Wir sind zusammen aufgewachsen und schon seit dem Kindergarten immer engste Freundinnen gewesen. Später sind wir als Jugendliche gemeinsam durch die Kölner Diskotheken gezogen und haben die Aufmerksamkeiten der Männerwelt genossen. Valerie ist damals extrem gut bei den Männern angekommen und hat das auch ausgenutzt."

Westhoven fragte nach: „Was soll das genau heißen?"

Anja Pappelsdorf entgegnete lediglich: „Valerie ist kein Kind von Traurigkeit gewesen und hat sich ausgetobt, aber sie hat nie mehrere Männer gleichzeitig gehabt. Nach ihrer Hochzeit mit Tristan sind ihre wilden Zeiten dann auch vorbei gewesen."

„Und dann?"

„Ich bin dann später nach Bonn gezogen, aber wir hatten immer noch regelmäßigen telefonischen Kontakt. Ab und zu haben wir uns zum Quatschen in Köln oder in Bonn getroffen. Valerie ist auch heute noch meine beste Freundin, mit der ich über alles reden kann."

„Das bringt mich direkt zu dem Grund, aus dem Sie hier sind", warf Westhoven ein.

„Wir wissen, dass Frau van Haag eine Fehlgeburt erlitten und sich dann sehr zurückgezogen hat. Was hat sie Ihnen gegenüber erzählt?"

Anja Pappelsdorf schluckte. Nur zu gut konnte sie sich an die stundenlangen Gespräche mit ihrer heulenden besten Freundin erinnern, die ihr wie ein Häufchen Elend gegenübergesessen hatte. Selbst ihr war es nicht gelungen, sie von einem Suizidversuch abzubringen.

„Wissen Sie, Herr Westhoven, Valerie war immer meine Freundin, aber mit Tristan, ihrem Mann, bin ich nie so richtig warm geworden. Er war so anders als sie, so verbissen ehrgeizig und streberhaft. Er wollte immer der tolle Geschäftsmann sein. Letztendlich war er es ja auch. Die beiden verfügten über ausreichend finanzielle Mittel und Beziehungen. Er gab immer damit an, wen er alles kennen würde, hoch bis in den Stadtrat und so. Das übliche Gelaber eines Parvenüs, wenn Sie meine Meinung dazu interessiert."

„Und ob die mich interessiert! Wie gesagt, wir wollen Frau van Haags Umfeld aufhellen. Im Gegensatz zu Ihnen kannten wir Tristan van Haag überhaupt nicht und seine Frau nur aus einigen Gesprächen. Da spielt der eine oder andere uns schon mal was vor. Aber wenn ich Sie richtig verstanden habe, mochten Sie den Verstorbenen nicht. Wie lief es denn zwischen den beiden? War alles harmonisch oder, wie so oft, nur Fassade?"

Westhoven sah Anja Pappelsdorf an, dass sie mit sich haderte, ob und was sie nun aussagen sollte oder nicht. Nervös rutschte die Zeugin auf dem Stuhl hin und her. Sie schien sich plötzlich auf die Haut des Nagelbetts ihres linken Zeigefingers zu konzentrieren und nestelte an dem Finger herum. Sowohl Westhoven als auch Krogmann registrierten diese Übersprungshandlung.

„Nun ja...", begann sie zögernd, „...es gibt da etwas, das Sie vielleicht wissen sollten. Verdammt!" Sie verstummte wieder.

„Nun reden Sie schon, jetzt haben Sie einmal angefangen! Was sollten wir wissen?" Westhovens Frage klang in ihren Ohren wie ein Befehl.

„Valerie war ihrem Mann immer treu gewesen. Vor ein paar Jahren ist sie allerdings in ihr voreheliches Verhalten zurückgefallen. Sie wissen schon...sie suchte begehrende Männerblicke und Aufmerksamkeit. Vielleicht eine Midlife-Crisis? Ich weiß es nicht ...jedenfalls ist es dann auf einer Betriebsfeier im Krankenhaus eben passiert."

***

Heinz Dember hatte sich an diesem Morgen entschlossen, sich nun doch lieber anwaltlich vertreten zu lassen. Westhovens Erklärungen über Ersttäter usw. hatten ihm Auftrieb gegeben, aber er wollte nichts dem Zufall überlassen. Er hatte sich bislang in seinem Privatleben und im Dienst nichts zu Schulden kommen lassen, wusste aber dennoch sehr genau um seinen Ruf. Eine Strafe würde er natürlich akzeptieren, aber er wünschte sich, dass sie objektiv verhängt würde. Außerdem war er sich nicht mehr so sicher, ob die Angelegenheit mit seiner Chauffeuse in irgendeiner Art und Weise mit in die Waagschale fallen würde oder gleich ein neues Verfahren daraus erwachsen könnte. Schließlich fuhr ihn die Zeugin aus dem Mordfall mit dem Mörderhasen zu einem Spottpreis in ihrem Taxi durch die Gegend. Dember malte sich aus, was die internen Ermittler des KK 32 und die Abteilung 83 bei der Staatsanwaltschaft Köln für einen Tatbestand daraus machen würden..

***

Toni Krogmann und Paul Westhoven folgten mit Interesse den Worten ihrer Zeugin.
„Sie hatte an diesem Abend mit diesem viel zu jungen Typen, der auch noch der Freund ihrer Azubi-Kollegin war, einen One-Night-Stand. Angeblich sei der so heiß gewesen und der Alko-

holpegel habe dann die letzten Bedenken vertrieben. Valerie war jedenfalls total davon überzeugt, dass es doch nicht der Rede wert wäre. Dieses eine Mal! Das wäre auch wahrscheinlich nie herausgekommen, aber manchmal kommt es dann anders als man denkt. – Entschuldigung, ist es vielleicht möglich, dass ich eine Tasse Kaffee bekommen kann?"

Westhoven ging in die Kommissariatsküche, goss drei Tassen Kaffee ein, legte noch ein paar Würfelzucker aufs Tablett und stellte die aufgerissene Kondensmilch daneben. Toni freute sich, dass er auch ohne ihre Bitte an sie gedacht hatte.

„Frau Pappelsdorf, wie ging es weiter?"

„Ein paar Tage später kam ein Brief, der an Tristan van Haag adressiert war. In dem Brief war ein Foto. Ich weiß noch, wie Valerie mir das damals detailgenau geschildert hat. Sie hat in der Küche gestanden, als ihr Mann wutschnaubend hereinkam und sie ohne Vorwarnung mit der Faust ins Gesicht geschlagen hat. Als sie blutend am Boden lag, hat er sich dann über sie gebeugt und ihr das Foto gezeigt. Auf diesem Foto hätte sie halb auf einem Tisch gelegen und zwischen ihren Beinen sei ein nackter Männerhintern zu sehen gewesen. Auf der Rückseite des Fotos stand ‚Die Hure fickt - aber nicht mit Ihnen!' "

Anja Pappelsdorf schluckte.

„Dann hat er sie an den Haaren nach oben gezogen, sie auf den Küchentisch geschmissen und vergewaltigt. Danach war nichts mehr wie vorher. Zwischen den beiden herrschte nur noch Gewalt. Es kam immer öfter vor, dass er sie schlug und sich an ihr verging, wann immer er wollte."

Toni Krogmann fragte plötzlich: „Hat sie denn nie die Polizei gerufen?"

Anja Pappelsdorf schüttelte den Kopf.

„Wieso haben Sie nicht Anzeige erstattet?"

„Ich? Was hätte ich denn tun sollen? Sie hat es mir verboten.

Valerie ist meine beste Freundin!", versuchte Frau Pappelsdorf sich zu rechtfertigen.
„Schöne Freundin!", war Krogmanns Kommentar.
„Bitte!", sagte Westhoven laut, „wie ging es weiter?"
„Die arme Valerie hat echt gelitten. Tristan hat den Spieß herumgedreht und hatte eine Affäre nach der anderen. Stolz hat er ihr jedes Mal von seinen neuesten Eroberungen berichtet", sagte Frau Pappelsdorf angewidert.
„Warum hat sie sich nicht getrennt oder sogar scheiden lassen?", fragte Westhoven.
„Das weiß sie selbst nicht. Ich glaube, das war eine wahre Hassliebe. Aber was er natürlich nicht wissen konnte, war, dass sie sich nach einiger Zeit einen heimlichen Liebhaber zugelegt hat. Einen aus der Nachbarschaft, der immer dann zu ihr kam, wenn ihr Mann weg war. Dieser Liebhaber war, so schien es mir wenigstens, wie Balsam für ihre geschundene Seele. Bei ihm hat sie das gefunden, was ihr Mann ihr nicht mehr gegeben hat – Zärtlichkeit, Komplimente, Aufmerksamkeit."
„Wie lange ging das so?"
„Ging? Soweit ich weiß, läuft das immer noch!"
„Wie heißt der Mann?"
„Ich kenne nur seinen Vornamen – Sascha."
„Und wie alt ist Sascha?"
„Viel jünger als Valeric – ich glaube, so an die 30!"
„Und was heißt Nachbarschaft, im gleichen Haus oder nur in der Nähe?"
„Er wohnt im gleichen Haus."
Westhoven bat um eine Unterbrechung und ging ins Nachbarbüro zu Dember, der gerade in einem selbst kreierten Mix aus deutscher und holländischer Sprache ein Telefonat führte. Er schrieb ihm den Namen Sascha und die Adresse auf einen Zettel und gab ihm den Auftrag herauszufinden, wer das war und

ob über ihn polizeiliche Erkenntnisse vorlagen. Zurück im Büro stellte er seine nächste Frage:
„Wie haben Sie eigentlich vom Tod Tristan van Haags erfahren?"
„Von Valerie. Sie hat mich angerufen und mir davon erzählt. Die war völlig außer sich – sie heulte nur die ganze Zeit."
„Wann genau hat sie angerufen?"
„Das weiß ich nicht mehr. Ein oder zwei Tage später. Ich wusste schon aus der Zeitung von dem Brand und der Leiche in Rondorf, aber ich habe natürlich nicht gewusst, dass es sich dabei um Tristan handelte."
„Frau Pappelsdorf, ich muss Sie das jetzt fragen: Trauen Sie ihrer Freundin einen Mord zu?"
Er blickte sie eindringlich an.
„Doch nicht Valerie! Nie im Leben! Außerdem war sie doch arbeiten in der Nacht, als es passierte", antwortete sie aufgebracht.
„Und was ist mit diesem Sascha? Könnte der was damit zu tun haben?" Westhoven nutzte bewusst die Entrüstung der Zeugin.
„Keine Ahnung. Er hat wohl ihr gegenüber schon öfter mal gesagt, dass man dieses Schwein einfach abschlachten und im Rhein versenken sollte. Aber immer nur dann, wenn sie von Tristan mal wieder verprügelt oder vergewaltigt worden war."
„Frau Pappelsdorf, das wäre erst einmal alles. Ich weiß, dass Sie sich gleich noch mit Frau van Haag treffen. Aber bitte tun Sie uns einen Gefallen: Erzählen Sie Ihr nichts vom Inhalt dieser Vernehmung. Wenn sich herausstellen sollte, dass Frau van Haag oder Sascha mit dem Mord etwas zu tun haben, würden Sie sich mitschuldig machen."

Westhoven war sich nun einigermaßen sicher, dass Anja Pappelsdorf nichts erzählen würde. Trotzdem wollte er so schnell wie möglich entsprechende Ermittlungsschritte abstimmen. Um Dember auf den neuesten Stand zu bringen, holte er ihn ebenfalls in sein Büro.

Dieser hatte die Daten bereits überprüft und festgestellt, dass zwar kein Sascha, dafür aber ein im kasachischen Petropawlowsk geborener Deutscher namens Alexej Wiebe dort gemeldet war. Sascha war, das war ihnen allen klar, der Kosename für Aleksandr.
„Wie willst du nun weiter vorgehen?“ Tonis Frage ging an Pauls Adresse.
„Gute Frage. Was brächte eine Observation der beiden? Wohl nicht viel“, gab er sich selbst die Antwort, „schließlich wohnen die beiden in einem Haus. Wir bekämen nicht mit, ob und wann die sich treffen würden. Das scheidet wohl schon einmal aus.“
„Telefonüberwachung?“, gab Dember das nächste Stichwort.
„Das wäre das Naheliegendste, aber glaubst du, dass die wichtige Dinge über das Telefon bereden?“ warf Toni Krogmann ein.
„Lass uns das mit der Staatsanwältin besprechen. Zu einem späteren Zeitpunkt setzen wir sie beide auf einen Stuhl und vernehmen sie. Da könnte ich mir schon eher vorstellen, dass wir etwas Interessantes zu hören bekommen, wenn wir einen früher gehen lassen und sie sich anrufen müssen. Aber erst möchte ich noch mal den genauen Dienstplan von der van Haag schwarz auf weiß vor mir haben. Fahrt bitte in die Uni-Klinik und stellt fest, was genau sie dort in der fraglichen Nacht gemacht hat und wer sie wann gesehen hat“, sagte Westhoven.
„Glaubst du wirklich, die van Haag ist während ihrer Schicht von der Uni-Klinik nach Rondorf gefahren, hat mal eben ihren Mann angezündet und dann weiter Patienten versorgt?“ Dember fand die unausgesprochene Theorie abwegig.
„Glauben kannst du in der Kirche oder bei unserem Polizeiseelsorger, Heinz! Hier wird nicht diskutiert. Ihr fahrt jetzt in die Uni-Klinik und erledigt gefälligst den Auftrag“, ordnete Westhoven ungehalten an.
Dember dachte sich seinen Teil und auch daran, dass er lieber sofort fahren sollte, denn er hatte schließlich um 17:00 Uhr einen

Termin beim Anwalt, zu dem er nicht zu spät kommen wollte.

***

„Steinmann, Staatsanwaltschaft Köln."
„Hallo, Frau Steinmann. Hier Westhoven. Haben Sie ein paar Minuten Zeit für mich?"
„Aber sicher. Gibt's was Neues in unserem Fall?"
Der MK-Leiter berichtete kurz über die neueste Entwicklung. Er hob einige Aspekte aus der Befragung Grietje de Boens und auch die Informationen aus der Vernehmung von Anja Pappelsdorf hervor.
„Das ist ja höchst interessant. Vielleicht war ja dieser Lover der trauernden Witwe der Täter. Wann holen Sie ihn sich zur Vernehmung?" Es ging ihr offenbar nicht schnell genug, denn Westhoven hatte ihr gesagt, dass er zunächst noch in der Uni-Klinik einige Dinge abklären wollte.
„Wenn Sie es nicht abwarten können, dann laden Sie ihn doch selbst vor und vernehmen ihn. Oder Sie lassen uns unsere Arbeit tun, damit wir ihn dann anständig vernehmen und möglicherweise mit Dingen konfrontieren können, die wir eben jetzt noch nicht wissen!" Ihre bevormundende Art ging Westhoven auf die Nerven.
Sarah Steinmann holte einmal tief Luft und antwortete: „Herr Westhoven, ich will jetzt nicht solche schwachsinnigen Dinge wie im Film sagen. So nach dem Motto, ich bin hier der Staatsanwalt und Sie tun, was ich sage oder ich gebe Ihnen genau 24 Stunden Zeit. Aber lassen Sie mich eins klarstellen: Auch ich bin Ermittlerin. Vergessen Sie das nie! Machen Sie es so, wie Sie es vorgeschlagen haben."
'Ganz schön von sich überzeugt`*, dachte Westhoven, *`grad mal ein paar Tag in der Kap-Abteilung und will mir sagen, wie es geht`.

***

Das Ermittlerduo wusste aus der ersten Befragung, dass Valerie van Haag im Gebäude 34 der Uni-Klinik Köln arbeitete. Sie war dort eine von zahlreichen Stationsschwestern in der Abteilung für Netzhaut- und Glaskörperchirurgie.
Krogmann und Dember suchten das Sekretariat auf und bekamen anstandslos den Dienstplan der Tatnacht. Beide sahen die Namensliste durch, konnten aber keinen bekannten Namen entdecken.
„Könnten Sie mir bitte sagen, wer uns am ehesten sagen könnte, ob er Frau van Haag auf Station gesehen hat?“, fragte Dember.
„Sie glauben doch nicht etwa, dass...“ Die Sekretärin war neugierig geworden.
„Reine Routine. In einem Mordfall sind wir gehalten, alle Angaben zu überprüfen. Das verstehen Sie doch“, spielte Toni Krogmann die Situation sofort herunter.
„Schwester Ursula war in dieser Nacht zusammen mit ihr auf der Station.“
„Ist sie zufällig im Dienst?“, fragte Dember.
Die Sekretärin tippte auf der Tastatur ihres Computers: „Moment, ich schaue nach. Ja, Schwester Ursula hat Spätdienst. Soll ich sie herbitten?“
„Wenn das geht, gerne“, antwortete Dember.

***

„Nun sag’ schon, Anja, was wollten die von dir wissen?“ fragte Valerie van Haag, als sie beide bei einem Salat in einer Pizzeria in der Kölner Innenstadt zusammensaßen.
„Na was schon? Seit wann wir uns kennen und so.“
Diese Antwort überzeugte ihre Freundin nicht. Anja Pappelsdorf versuchte, den direkten Blickkontakt zu vermeiden.

„Anja! Ich kenne dich lange genug, um zu wissen, wenn was nicht stimmt. Sag' mir bitte, was du denen erzählt hast", forderte Valerie van Haag eindringlich.
„Ich hab' aus Versehen von Sascha erzählt." Sie bemerkte, dass das ihrer Freundin überhaupt nicht gefiel.
„Sag' mal, bist du bescheuert oder was? Die denken doch jetzt sofort, dass Sascha den Tristan umgebracht hat. Du hast denen das klassische Eifersuchtsmotiv geliefert! Vielen Dank auch! Und so was nennt sich meine beste Freundin", regte sie sich auf.
Die beiden Frauen schwiegen sich an, ganz anders als bei ihren sonstigen lebhaften Treffen.
„Aber der Sascha ist doch so ein Lieber. Der hat doch den Tristan nicht umgebracht...oder?"
„Jetzt mal im Ernst, Anja. Hättest du uns schon so oft deine Wohnung überlassen, wenn du denken würdest, dass der Sascha zu so was fähig wäre? Hättest du uns wirklich ein Alibi gegenüber Tristan gegeben?" Valerie blickte ihre Freundin an. Anja Pappelsdorf schüttelte den Kopf.
„Was glaubst du denn, was passiert ist?"
„Ich bin davon überzeugt, dass das Ganze aus der Ecke von Geert und Koen kommt."
„Du glaubst doch nicht, dass die beiden..."
„So ein Unsinn! Natürlich nicht. Aber die haben immer schon krumme Geschäfte gemacht. Wer weiß, ob die sich diesmal nicht mit den Falschen eingelassen haben. Mein Bruder hat mir jedenfalls was von Hanfplantagen und Marokkanern erzählt und dass der Geert etwas weiß."
„Dann frag' ihn doch."
„Ich bin doch nicht lebensmüde. Der haut mir sofort eine rein, wenn ich auch nur ein Wort in diese Richtung zu ihm sage. Nee, lass mal."
„Aber interessiert es dich denn gar nicht, wer Tristan und dir das angetan hat?", fragte Anja Pappelsdorf entgeistert.

„Tristan ist tot, daran ist nichts mehr zu ändern. Ich muss jetzt sehen, wie ich durchkomme."

***

Eine Mittvierzigerin im Schwesternkittel kam auf das Ermittlerteam zu. Am Kittel trug sie unter dem aufgestickten Schriftzug „Universitätskliniken Köln" ein Namensschild mit der Gravur „Sr. Ursula". Dember zeigte ihr den kopierten Dienstplan und fragte die Krankenschwester, ob sie sich an irgendwelche Besonderheiten in dieser Nacht erinnern könne.
„Das ist zwar schon eine Zeitlang her, aber ich erinnere mich, dass es in dieser Nacht ziemlich ruhig war. Haben alle vor der Glotze gesessen und das EM-Halbfinale Deutschland gegen Italien geguckt."
Die beiden Ermittler schauten sich an. Sie hatten an dem Abend ebenfalls Fußball geguckt, sei es wie Toni Krogmann in großer Runde auf einer Großbildleinwand in ihrer Stammkneipe, sei es wie Heinz Dember zuhause auf dem Sofa mit seiner Doris. Die Begegnungen zwischen Deutschland und Italien waren immer ein Klassiker. Seit Italien das WM-Halbfinale 2006 gegen Deutschland mit 2:0 nach Verlängerung gewonnen hatte, fieberte praktisch ganz Deutschland an diesem Abend einer siegreichen Revanche entgegen.
Krogmann stellte die nächste Frage: „Haben Sie Ihre Kollegin Valerie van Haag die ganze Schicht über gesehen?"
„Nein, wie soll das auch gehen? Wir sind zwar auf einer Station, aber jeder hat seinen eigenen Betreuungsbereich. Das wäre doch sonst auch gar nicht zu schaffen."
„Sie mussten also nicht bei den Patienten Ihrer Kollegin einspringen?"
Die Krankenschwester überlegte einen Moment, bevor sie antwortete.

KAPITEL 22

Anja Pappelsdorf war über die Gleichgültigkeit ihrer Freundin erschüttert. Sie hatte daher auch keine Lust mehr, weiter den Tag mit ihr zu verbringen, und zog demonstrativ ihr Mobiltelefon aus der Handtasche. Sie entsperrte das Display und gab vor, eine nicht vorhandene Nachricht zu lesen, die ihr Mann Robert ihr angeblich geschrieben hatte.

„Wie, du musst schon wieder los? Wir wollten doch shoppen gehen!“ Valerie van Haag war sichtlich enttäuscht und beleidigt.

„Tut mir leid, aber ich kenne Robert. Wenn es nicht wirklich wichtig wäre, dann hätte er erst gar nicht geschrieben, nachdem er schon fünfmal versucht hat, anzurufen», flunkerte Anja Pappelsdorf. Sie winkte den Kellner herbei und zahlte ihre Rechnung.

„Telefonieren wir?“, fragte Valerie van Haag.

„Ja, klar! Und wir holen unseren Shoppingtag nach!“

Die Tür schloss sich hinter ihr.

Valerie van Haag schaute ihr nach. Als sie sicher war, dass sie nicht zurückkommen würde, rief sie sofort Sascha an.

„Hallo, meine süße Valerie“, meldete er sich mit starkem, russischem Akzent, „seid ihr schön am Shoppen?“

„Ach, Scheiße ist! Anja musste schon weg, bevor wir überhaupt losgegangen sind. Und außerdem hat sie den Kripofritzen von dir erzählt!“, regte sie sich auf.

„Sag' mal, ist Suka[47] bekloppt? Was geht bitteschön Bullen an, mit wem du triffst dich? Tickt wohl nicht sauber? Bullen denken jetzt, dass ich bei meinem Vorleben was zu tun habe mit Tristans Tod! Scheiße verdammt!“

---

47 Suka (russisch) = Hündin bzw. Schlampe

Er setzte noch einige russische Schimpfwörter hinterher, die Valerie van Haag jedoch nicht verstand.
„Was meinst du mit Vorleben?"
„Schatz, nicht alles du weißt über mich. Schon mal hinter dänischen Gardinen gesessen ich habe."
„Du meinst wohl schwedische Gardinen?", fiel sie ihm ins Wort.
„Ja, genau. Schon paar Jahre her ist, aber Bullen sicher bald hier aufkreuzen und dumme Fragen stellen."
„Weswegen warst du im Knast?"
„Kann ich gut Körperverletzung. Habe damals Kameraden wohl bisschen heftig verprügelt. Ihm gebrochen beide Arme ich habe. Und dann noch ihn mit Kopf auf Boden geschlagen."
„Warum hast du das getan?"
„War total gekifft. Und der UvD[48] uns nerven, hat gesagt, machen wir nicht so laute Krach auf Stube, beschissene Kröte. Haben gefeiert. Mit viel Wodka. War letzte Abend vor Abrücken nach Kosovo."
„Das können die dir doch nicht vorwerfen? Du hast deine Strafe abgegessen."
„Wir sehen bald, was können Ihnen!"
„Was machst du denn jetzt, sollen wir uns treffen? Nach diesem Scheißtag würde ich mich gern von dir verwöhnen lassen."
„Das gute Idee, Engelchen. Wann kommst du hier?"
„Ich fliege. In weniger als einer Viertelstunde liege ich in deinen Armen", säuselte sie in den Hörer.

***

48 UvD = Unteroffizier vom Dienst (Funktionsbezeichnung bei der Bundeswehr)

„Gerade als ich zu einem Patienten ins Zimmer gehen wollte, stand Valerie plötzlich neben mir und sagte, dass sie doch da sei." Das Ermittlerduo wurde bei diesen Worten von Schwester Ursula hellhörig.
„Wieso wollten SIE denn zu dem Patienten? Wenn ich Sie vorhin richtig verstanden habe, mussten Sie an dem Abend nicht für Schwester Valerie einspringen?", unterbrach Dember sie.
„Musste ich ja auch dann nicht, aber der Mann hatte schon mehrfach geklingelt und ich bin davon ausgegangen, dass Valerie bei einem anderen Patienten gebunden war."
„Ist Ihnen denn irgendwas an Frau van Haag aufgefallen?", fragte Dember.
Schwester Ursula überlegte und fasste sich dabei mit der Hand ans Kinn. „Ich will nichts Falsches erzählen oder so, aber sie wirkte ein wenig gehetzt."
„Gehetzt?", fragte Krogmann.
„Ja, aber ich kann das nicht näher beschreiben. Sie war irgendwie anders. Auch die Art, wie sich mich regelrecht abgedrängt hat, war eigentlich nicht normal. Wir helfen uns doch ständig untereinander."
„Ist Ihnen sonst noch was aufgefallen?", fragte wieder Krogmann.
„Wissen Sie, ich bin militante Nichtraucherin und habe eine feine Nase. Da rieche ich Rauch sofort. Die roch total nach Qualm."
Die Überraschung stand dem Ermittlerteam nun ins Gesicht geschrieben. „Zigarettenrauch oder Qualm von einem Feuer?", wollte Dember wissen.
Schwester Ursula hob die Schultern und schüttelte den Kopf. „Valerie steht doch ständig in der Raucherecke. Die riecht ständig nach Zigaretten. Ich weiß es nicht. ."
„Wie verlief denn der Rest der Nachtschicht?", fragte Dember.
„Ganz normal. Die Patienten waren nicht anders als sonst auch."
„Wie heißen Sie eigentlich mit Nachnamen?", fragte wieder Dember.

„Schmitz, mit „Tür zu“ am Ende.“
„Frau Schmitz, wir müssen Sie noch mal schriftlich vernehmen. Wann hätten Sie Zeit, ins Präsidium zu kommen?“
„Diese Woche geht's noch, ab nächster Woche habe ich zwei Wochen Urlaub und fliege nach Mallorca“, grinste sie.
„Arenal oder wird's ein ruhiger Urlaub?“, fragte Krogmann.
„Arenal“, antwortete sie wie selbstverständlich. Offensichtlich kam für Schwester Ursula kein anderer Ort in Frage.

***

Dember wählte die Durchwahl von Paul Westhoven, während Toni Krogmann den Wagen in Richtung Präsidium lenkte.
„Was gibt's, Heinz?“
„Wir haben eben mit der Krankenschwester gesprochen, die in der Tatnacht zusammen mit Valerie van Haag Stationsdienst hatte. Eine Ursula Schmitz. Das war ziemlich interessant.“
„Ich hätte gern die verkürzte Version, Heinz. Ich weiß, wo ihr wart, ich habe euch schließlich dorthin geschickt.“
Heinz Dember wäre in diesem Augenblick am liebsten explodiert und hätte Westhoven mal so richtig die Meinung gesagt. Er rief sich aber selbst zur Räson und berichtete knapp den Inhalt der Befragung. Westhoven überlegte kurz und entschied dann, dass es jetzt an der Zeit sei, den Zeugen Alexej Wiebe aufzusuchen und zur Vernehmung ins Präsidium zu bringen.
„Seid auf jeden Fall vorsichtig“, mahnte Westhoven. „Der Kasache ist ein ganz schönes Früchtchen. Ich habe vorhin mit den Kollegen der KPI[49] der Landespolizeidirektion Saarland gesprochen. Bei denen ist er wegen gefährlicher Körperverletzung be-

---

49 Kriminalpolizeiinspektion

kannt. Wiebe war Zeitsoldat bei der Luftlandepionierkompanie 260 in Saarlouis. Er hat einen seiner Vorgesetzten brutal misshandelt. Nur, weil der ihm mitten in der Nacht befohlen hatte, endlich still zu sein und die schlafenden Kameraden nicht zu wecken. Er ist skrupellos und brutal."
„Und einer, der sich darüber hinaus auch mit Brandstiftungen und Sprengsätzen bestens auskennen dürfte", warf Heinz Dember ein, wofür er erstaunte Blicke von Toni erntete.

***

Heinz Dember hatte Hunger. Außerdem stand er noch wegen des Anwaltstermins um 17:00 Uhr unter Druck, den er unter keinen Umständen verpassen wollte.
„Kannst du nicht ein bisschen schneller fahren, ich will Weihnachten wieder zuhause sein!" Ohne Mittagessen verlor er immer schnell seine Fassung.
Toni Krogmann war schon einiges von ihren ehemaligen Hamburger Kollegen gewöhnt und bedachte Dember mit dem plattdeutschen Spruch: „Hol din Klöter."[50]
Dember hatte nicht verstanden. Ihm schwante jedoch, dass dies – Tonis Gesichtsmimik nach zu urteilen – nichts Nettes gewesen sein konnte.
Kurz vor Erreichen der Anschrift am Hohenzollernring regte sich Dember über einen LKW auf, der vor ihnen fuhr und offenbar nach einer Haltemöglichkeit suchte. Toni blieb demonstrativ hinter dem LKW und als dieser anhielt, blieb sie ebenfalls stehen.
„Sollen wir tauschen und du fährst? Ach, da fällt mir wieder ein: du darfst ja gar nicht", spottete sie. „Also halt einfach die Klappe. Hier kommt es wohl nicht auf ein paar Minuten an."

50 (Plattdeutsch): „Lass den dummen Kommentar. Halt deinen Mund."

Sie nahm den Fuß von der Bremse, schlug nach links ein, gab Gas und fuhr an dem stehenden LKW vorbei. Keine 300 Meter weiter hatten sie ihr Ziel erreicht und fanden sogar unmittelbar vor dem Haus eine Parkmöglichkeit. Um zunächst an der Wohnungstür horchen zu können, ob jemand da wäre, klingelten die Ermittler bei einem Nachbarn. Als sie vor der Wohnungstür standen, hörten sie eindeutige Geräusche: das rhythmische Knarren eines Bettes, das Stöhnen einer Frau, das Gestammel eines Mannes. Dember drückte auf den Klingelknopf.

Alexej Wiebe stieß seine Geliebte abrupt von seinem Schoß. Verärgert landete sie neben ihm auf dem zerwühlten Bettlaken.
„Lass doch die scheiß Klingel!"
„Verdammt! War ich fast fertig…", fluchte der Kasachstandeutsche, zog sich in Windeseile die Fleckentarnshorts an und wickelte sich eine ebenso gefleckte Fleecedecke um die Hüften, bevor er Richtung Tür schoss.
Durch den Spion sah er Dember und Krogmann. „дерьмо - Scheiße", fluchte er auf Russisch. Sein erster Gedanke war: *‚Bullen – Zoll oder Kripo!? Ob die was von meinen Zigarettendeals wissen? Scheiße, Scheiße, Scheiße!'* Schließlich hatte er erst gestern eine komplette LKW-Ladung unversteuerter und unverzollter „Jin Ling" aus Russland erhalten, mit der er sein Lager bei Waldbröl bestückt hatte.

Wieder klingelte es an der Tür. Zusätzlich schlug Dember mit der flachen Hand gegen das Türblatt.
„Jetzt machen Sie schon auf!" Er wurde zunehmend aggressiv. „Warum macht das Arschloch die Tür nicht auf? Ich hör' doch, dass da jemand ist", raunzte er, aber Toni Krogmann verdrehte nur die Augen.
„Was ist denn nur heute in dich gefahren? Du bist ja wie vom wilden Affen gebissen."

„Ach, halt' doch die Klappe!" Nur noch vier Stunden. Vier Stunden Zeit, um Wiebe zu seinem Verhältnis zu Valerie van Haag zu befragen, eine Kleinigkeit zu essen, seine Taxichauffeuse Katrin Oehmchen anzurufen und endlich zu seinem Rechtsbeistand zu fahren. Heinz Dember war sich sicher, dass sich die ganze Welt an diesem Tag gegen ihn verschworen hatte. Ihm riss endgültig der Geduldsfaden und er schlug nun mit der geballten Faust gegen die Tür.
„Herr Wiebe! Polizei! Machen Sie endlich die Tür auf, wir wissen, dass Sie da sind. Wir haben Sie doch laut und deutlich gehört!"

Valerie schaute nun ebenfalls durch den Spion und flüsterte Alexej zu, das seien die Leute von der Mordkommission.
„Mir egal, wer ist das. Alexej stört keiner beim Vögeln ohne Fresse kaputt."
Mit voller Wucht riss er die Tür auf, verpasste Dember einen gezielten Schlag aufs Auge, stieß Toni Krogmann beiseite und herrschte sie an: „Blöde Vertreter, kaufe nix ich, kapiert?!"
Heinz Dember, der noch immer Sternchen sah und unsicher auf den Beinen war, hob schützend die Hände vors Gesicht, während Toni Krogmann laut „Polizei" rief und zu ihrer Waffe griff. Dann aber entschied sie sich, den Arm von Wiebe zu packen, weil dieser gerade zum nächsten Schlag gegen ihren Kollegen ausholte. Wiebe riss sich los, aber Krogmann schrie ihn diesmal noch lauter an, dass er sich beruhigen solle. Sie wären von der Polizei und hätten nur ein paar Fragen.

„Alles klar bei dir?", wandte sie sich an Dember. „Demnächst nehmen wir unser Pfefferspray mit."
„Geht schon. Haben Sie eigentlich noch alle Tassen im Schrank, Mann?" Er hielt sich die linke Hand vor das schmerzende Auge.
„Sage gar nix ich! Will Anwalt sprechen! Sofort!"

„Wir haben nur einige Fragen an Sie, verdammt! Wegen Ihrer Beziehung zu Frau van Haag. Was machen Sie denn hier für einen Aufstand? Blöder Tuppes!“
Dieser Ausdruck war einer der wenigen, die Dember in seiner Dienstzeit im Rheinland gelernt hatte.
„Hey, jetzt halt du dich auch mal zurück!“, herrschte Toni Krogmann ihren Kollegen an, als dieser Alexej Wiebe am Kragen packen und sich mal so richtig vorknöpfen wollte.
Nachdem Wiebe den Grund ihres Besuchs endlich verstanden hatte, bat er darum, sich eben anziehen zu dürfen. Er ging ins Schlafzimmer und flüsterte Valerie van Haag zu: „Du hier wartest, bist still wie tote Maus, bis ich bin weg mit Bullen.“
Gemeinsam mit Dember und Krogmann fuhr der Zeuge zum Polizeipräsidium.

***

Nach einer ausführlichen Belehrung wurde der Zeuge Wiebe erst einmal zu seinem Werdegang befragt. Auf einen Dolmetscher konnten die Ermittler verzichten, Alexej Wiebe verstand jedes Wort. Seine Antworten waren zwar nicht in astreinem Hochdeutsch, aber es reichte aus.
„Bin mit Familie ’89 von Kasachstan nach Deutschland kommen. Erst Waldbröl, dann dort Schule gewesen. Habe geschafft Hauptschulabschluss. Dann später ich Soldat bei Bund in Saarlouis. Da ist passiert dumme Sache mit UvD. Bestimmt, Sie wissen?“

Er schaute in die Runde. Ohne eine Antwort abzuwarten, sprach er weiter: „Kleine Wurm hat doof angemacht mich. Hab’ mit Kameraden nur wollen Spaß haben, weil wir am nächsten Tag abrücken mussten nach Kosovo. Dafür er hat gespuckt Zähne

- und geschluckt Dreck von Boden. Außerdem hat mich plausibel[51] genannt. Selbst schuld diese Idiot."
„Und als was arbeiten Sie heute?", fragte Dember, der sich vor der Vernehmung eine eiskalte Dose Cola Zero aus dem Kühlschrank geholt hatte, um damit sein wachsendes Veilchen zu kühlen.
„Jetzt ich arbeite als Gerüstbaumann und in Diskothek. Jede Wochenende und manchmal in Woche ich pass' auf an Diskothek."
„Okay, das reicht für den Anfang", sagte Dember, „kommen wir zum Thema. Kennen Sie Ihre Nachbarin Valerie van Haag?"
Der Kasachstandeutsche lehnte sich zurück. „Ja, wohnt eine Etage weiter. Hübsches Frau, aber verheiratet ist."
„Herr Wiebe, Sie brauchen hier gar nicht den Schauspieler zu markieren. Wir wissen bereits, dass Sie beide ein Verhältnis haben. Oder warum glauben Sie, haben wir ausgerechnet bei Ihnen geklingelt?"
Alexej Wiebe wusste natürlich, dass die Kriminalbeamten von seiner Beziehung zu Valerie im Bilde waren, aber er hatte sich bewusst dumm gestellt. Im Grunde hatte er sowieso keine Lust, mit der Polizei zu sprechen. Aber die waren ihm heute immer noch lieber als die Kippenfahnder vom Zoll. „Wenn Sie schon wissen das, warum Sie fragen?"
„Also heißt das ja?" Der Zeuge nickte nur zustimmend.
„Wie lange besteht dieses Verhältnis schon, Herr Wiebe?"
„Habe ich nicht in Kalender geschrieben. Weiß nicht, kann sein drei, kann auch sein zwei oder vielleicht vier Jahre."
„Kannten Sie auch ihren Mann, also Tristan van Haag?"
„Ja klar, ich kennen ihm. Aber ich mag nicht." Wiebe deutete ein Spucken auf den Boden an.

---

51 In der Ermittlungsakte ist protokolliert, dass der UvD dem Soldaten etwas plausibel machen wollte. Dieser habe das allerdings als Schimpfwort verstanden.

„Können Sie das bitte näher erläutern?"
„Geschäftsmann schlecht ist für Valerie. Immer hat viel geschlagen er und schlimme Sachen mit gemacht sie."
Seine Worte klangen feindselig.
„Was meinen Sie damit?" Dember wusste natürlich aus der Zeugenvernehmung Pappelsdorf, dass Tristan van Haag seine Frau regelmäßig verprügelt und vergewaltigt hatte.
„Fragen Sie selbst, ich weiß nicht, ob will, dass ich erzählen das Polizei."
„Herr Wiebe, als Zeuge sind Sie dazu verpflichtet, die Wahrheit zu sagen. Sie haben doch verstanden, dass Sie nicht eigenmächtig Fakten weglassen sollen, oder?", mahnte Dember.
„Ich nicht lügen! Haben gesagt, fragen selbst. Ist das Lüge?"
„Okay. Gehen wir mal davon aus, dass Sie wissen, was wir wissen. Haben Sie denn nie daran gedacht, Tristan van Haag anzuzeigen?"
„Waaas?" Ihm war mehr als deutlich die Aversion gegen Polizeibeamte anzumerken.
„Ich gehen nicht freiwillig Polizei, wenn nicht muss ich. Außerdem anzeigen muss Valerie, sie Opfer, nicht ich."
„Ach ja, stimmt, Sie sind lieber ein Mann der Taten."
„Was Sie meinen?", Er wurde plötzlich hellhörig. „Hab' gesagt ich Sache mit UvD."
„Nichts, dazu kommen wir später."
Dember fragte den Zeugen noch, ob er sich daran erinnern könne, wo er in der Tatnacht gewesen wäre und ob es dafür Zeugen gäbe.
„Hab' ich Job an Diskothek gehabt."
„Welche Diskothek?"

Bevor Dember die nächsten Fragen stellte, wollte er zunächst die Angaben in der Diskothek überprüft wissen. Er unterbrach die Vernehmung und ging nebenan zu Westhoven ins Büro. Er bat ihn, statt seiner solange zu Toni zu gehen, weil er dem Zeugen nicht traute. Für die Dauer des Anrufs stellte sich Westhoven auf den Flur und blickte ins Büro. Von Alexej Wiebe wurde er dabei nicht beachtet.

Nachdem Dember das Telefonat beendet hatte, flüsterte er Westhoven ins Ohr: „Ich glaube, wir haben unseren Mann. Der lügt. In der Tatnacht war er jedenfalls nicht als Türsteher an der Diskothek. Das habe ich eben überprüft."
„Okay, unter diesen Umständen ist es besser, wenn wir ihn jetzt als Beschuldigten belehren. Ein Motiv hat er alle Mal. Mal sehen, ob er noch was aussagt. Und wenn sich herausstellen sollte, dass er es nicht gewesen ist, kann unsere Staatsanwältin das Verfahren gegen ihn ja später einstellen. Du gehst jetzt also wieder rein und ich rufe Frau Steinmann an. Bestimmt kommt sie dann gleich her."

Dember betrat wieder das Büro und stellte sich vor Wiebe.
„Herr Wiebe, Sie lügen! Entgegen Ihren Angaben habe ich eben von der Diskothek erfahren, dass Sie in der Tatnacht nicht dort waren. Sie hatten frei. Überlegen Sie also noch mal genau!"
Noch bevor Alexej Wiebe etwas erwidern konnte, bat Dember seine Kollegin darum, die bisherige Vernehmung auszudrucken. Nachdem der Zeuge sie unterschrieben hatte, fragte er, wie es denn nun weiterginge.
„Ganz einfach, Herr Wiebe. Ich belehre Sie nun als Beschuldigten, da Sie verdächtigt sind, mit dem Ableben Tristan van Haags in Verbindung zu stehen. Sie können sich zur Sache äußern, müssen dies aber nicht. Auch können Sie jederzeit einen Anwalt hinzuziehen, die Vernehmung abbrechen und Beweisanträge stellen. Haben Sie das verstanden oder soll ich es noch mal wiederholen?"
Dem Mann war anzusehen, dass er sich nicht wohl in seiner Haut fühlte. Er schien angestrengt über etwas nachzudenken.

Nach wenigen Augenblicken fragte Dember erneut: „Haben Sie verstanden, was ich Ihnen erklärt habe, Herr Wiebe?"
„Bin ich nicht blöd. Habe überlegt. Brauche nicht Anwalt."
„Herr Wiebe, Sie haben aber schon verstanden, dass Sie nun in Verdacht stehen, Tristan van Haag ermordet zu haben?"
„Hab' ich nur vögeln seine Frau. Weswegen ich soll umbringen diese Mann? Mich interessiert nicht. Hat nicht mich schlagen, sonst…"
„Sonst was?" Dember schaute ihn mit durchdringendem Blick an. Der Beschuldigte schwieg.
„Herr Wiebe, Sie haben vorhin von einer dummen Sache in Saarlouis gesprochen. Tatsächlich haben Sie damals in Saarlouis ihrem UvD aus nichtigem Anlass beide Arme gebrochen und ihn mit dem Kopf auf den Boden geschlagen. Und hier verprügelt und missbraucht ein Mann ständig die Frau, die Sie lieben. Wem wollen Sie das Märchen erzählen? Kommen Sie schon, erleichtern Sie Ihr Gewissen!" Der Ermittler ließ nicht locker.
„Lieben? Was reden Sie? Haben nur manchmal getroffen sie und schöne Zeit mit Spaß. Liebe, so ein Unsinn!"
„Ach, kommen Sie! Sie sind doch für Ihre Brutalität bekannt. Ein Gericht hat Sie sogar verurteilt und in den Knast geschickt. Und weil Sie sich dort so toll benommen haben, hatten Sie keine Chance, auch nur ansatzweise in den Genuss eines Freigangs zu kommen. Also erzählen Sie keinen Quatsch. Nur war es diesmal anders, hier war es persönlich. Waren Sie im Tötungsrausch, als Sie Tristan van Haag mit Benzin übergossen und angezündet haben?"
Dember wollte ihn aus der Reserve locken. Er wusste ja, dass es kein Benzin gewesen war, aber das wollte er ihm nicht sagen. Schließlich war das Täterwissen und vom Täter wollte er es auch hören.
Alexej Wiebe sprang hoch und hob die Fäuste.
„Lass ich mir das anhängen nicht, sonst…!"
„Setz' dich sofort wieder auf deinen russischen Arsch!", schrie Dember Alexej Wiebe an. „Nochmal klappt das nicht mit mir,

Freundchen!“ Wiebe setzte sich wieder hin.
„Jetzt beruhigt euch mal, ihr zwei“, ermahnte Krogmann die beiden Streithähne. „Und denk’ ans 32!“
Dember wusste natürlich, dass er sich durch seine Äußerung einer Beleidigung strafbar gemacht hatte und diese bei entsprechender Anzeige auch durch die internen Ermittler verfolgt werden müsste.
„Kommen wir wieder zur Sache“, sagte Dember. „Waren Sie schon mal in Rondorf?“
„Kann sein, weiß nicht.“
„Was soll das nun wieder heißen?“
„Fahr ich immer mit auf LKW, wenn wir Gerüst bauen. Mir egal, welche Ort. Hauptsache stimmt Kohle!“
„Das bringt mich zu einer Frage, die Sie mir sicher nicht beantworten werden, aber ich stelle sie trotzdem: Wovon bezahlen Sie eigentlich Ihre Wohnung? Die dürfte doch bei dieser Lage ziemlich teuer sein.“
Wie zu erwarten, blieb Alexej Wiebe dem Ermittler die Antwort schuldig. Statt etwas zu sagen, grinste er nur fett. Er würde der Polizei doch nicht auf die Nase binden, wie viel Geld er mit dem Schmuggeln von Zigaretten machte.
Heinz Dember stellte ihm ein weiteres Mal die Frage, wo er denn in der Tatnacht gewesen sei. Alexej Wiebe blieb bei seiner ersten Aussage, dass er in der Diskothek gearbeitet hätte.
„Meine Güte! Haben Sie nicht verstanden, dass dieses Alibi erledigt ist? Sie haben dort nicht gearbeitet, jedenfalls nicht in dieser Nacht. Jetzt sagen Sie schon, wie Sie es gemacht haben. Wie und warum haben Sie Tristan van Haag getötet?“
„Hab’ ich nicht getötet diese Mann, auch wenn verdient hat. Kannst du fragen noch hundert Mal. Ich sagen gleiche Antwort.“

Dember unterbrach an dieser Stelle nochmals die Vernehmung. Er hatte sich entschieden, zuerst noch mit Paul Westhoven Rück-

sprache zu halten, der mittlerweile mit Sarah Steinmann im Büro saß und ihr den neuesten Sachstand eröffnete.
„Der Haftrichter ist zwar schon weg, aber ich werde dennoch einen Untersuchungshaftbefehl beantragen“, teilte sie den beiden Beamten mit. „Darüber hinaus begründe ich Gefahr im Verzug für eine Wohnungsdurchsuchung, falls Herr Wiebe dieser nicht freiwillig zustimmt. Wir können damit nicht bis morgen warten. Wenn ich also den Bereitschaftsrichter nicht erreiche, machen wir es so.“
„Gut. Heinz, stell' du bitte die Unterlagen für eine Vorführung vor den Haftrichter für Frau Steinmann zusammen. Und sag' Toni, dass wir gleich zu dritt…“
„Zu viert“, warf Sarah Steinmann ein, „ich komme mit.“
„Also gut, zu viert in die Wohnung dieses Russen fahren. Wer weiß, was wir dort finden.“

Dember ging in sein Büro zurück, wo Toni Krogmann mit dem Beschuldigten wartete. Nach einem Blick auf die Uhr war ihm nur allzu bewusst, dass er den Termin beim Rechtsanwalt nun definitiv absagen musste.
„Toni, druck' bitte die Unterlagen für die Unterbringung im Gewahrsam aus. Herr Wiebe, die Staatsanwältin hat beschlossen, Haftbefehl gegen Sie zu beantragen. Wir werden Sie daher ins polizeiliche Gewahrsam bringen. Da der Haftrichter für heute schon weg ist, werden Sie ihm erst morgen vorgeführt. Außerdem werden wir Ihre Wohnung durchsuchen. Sind Sie mit der Durchsuchung einverstanden?“
„Will jetzt doch sprechen Anwalt“, antwortete Wiebe ziemlich gelassen.
Dember zeigte auf das Telefon. „Bitte, rufen Sie an. Drücken Sie zweimal Null, dann haben Sie ein Amt.“
Nachdem der Beschuldigte das Gespräch mit seinem Rechtsan-

walt beendet hatte, hielt er Dember demonstrativ die Handgelenke gegeneinander gepresst entgegen.
„Brauchen wir wirklich Handschellen?“, fragte Dember ironisch.
„Ich flüchte nicht, hab' nichts gemacht ich.“
„Und wie ist Ihre Entscheidung bezüglich der Durchsuchung Ihrer Wohnung?“
„Hab' nicht gefragt ich Anwalt, aber denke ich, dass nein. Soll Richter sagen, was ist richtig.“

Bevor sich hinter Alexej Wiebe die schwere Stahltür der Zelle schloss, wurde er von den Beamten im Polizeigewahrsam gründlich durchsucht. Seine persönlichen Sachen wurden aufgelistet und in einem separaten Fach hinterlegt. Haustür- und Wohnungsschlüssel quittierte Dember und nahm beide dann für die Durchsuchung an sich.
Zurück auf der Dienststelle schlich sich Dember in den leeren Besprechungsraum, wählte die Rufnummer der Rechtsanwaltskanzlei und sagte widerwillig den Termin ab. Einen neuen Termin wollte er heute nicht vereinbaren, denn er wusste nicht, auf welche Ideen Westhoven und die Staatsanwältin noch kommen würden. Gegen seinen unerträglichen Hunger machte er sich über zwei Tüten Weingummi her, die er sich händevoll in den Mund stopfte.

***

Nachdem der Antrag von Sarah Steinmann formuliert und im Polizeigewahrsam zu den anderen Unterlagen für den Haftrichter geheftet wurde, machte sich die MK 6 in Begleitung der Staatsanwältin gegen 16:00 Uhr auf den Weg zur Wohnung von Alexej Wiebe.

Zu Westhovens Entsetzen fuhren Sie nun sogar zu viert in dem engen Fahrstuhl nach oben. Er spürte, wie ihm in dieser Enge ein

Rinnsal aus Schweiß den Rücken hinunterlief. Er stand kurz vor einer Panikattacke, als sich die Fahrstuhltüren wieder öffneten und er endlich aussteigen konnte.

Die Wohnungseinrichtung konnte man nur als kitschig bezeichnen. Offensichtlich erfreuten sich bei ihm Matrjoschkas großer Beliebtheit. In einem schwarzen Lackregal standen zig verschiedene dieser russischen Schachtelpuppen. Über der Sofaecke hing eine überdimensionale Ikone, auf Holz gemalt und goldfarben gerahmt. Der Bewohner hatte eindeutig eine narzisstische Ader. Auf der gegenüberliegenden Wand hingen unzählige gerahmte Fotos, die Alexej Wiebe in Tarnkleidung als Fallschirmspringer zeigten. Außerdem sah man, wie er aus einer Transall C-160 in die Tiefe sprang.

Die Schränke in der Küche waren mit zahlreichen Lebensmittelkonserven russischer Herkunft gefüllt. In der Spüle standen zwei benutzte Sektgläser, im Kühlschrank dazu die passende angebrochene Flasche Krimsekt Krimskoye rot-mild. Sarah Steinmann entging nicht der rote Lippenabdruck am Rand des Glases.
„Unser guter Alexej hatte wohl Damenbesuch?"
„Und ich wette, das war Valerie van Haag", meinte Dember.
„Darauf würde ich aber keine Wette abschließen", meldete sich Toni Krogmann, die in der rechten Hand einen Stapel Fotos hielt.
„Alter Schwede, unser Alexej ist ja ein richtiger Frauenheld", raunte Dember.
„Neidisch?", frotzelte Westhoven.
„Quatsch", wehrte Dember ab. „Ich liebe Doris und außerdem werde ich bald Papa!"
Toni Krogmann dachte sich ihren Teil. Dember öffnete den Kleiderschrank im Schlafzimmer. Eine Schrankseite mit den dazugehörigen Fächern war bis zum Bersten mit Kleidungsstücken in Fleckentarn gefüllt.

Als die Durchsuchung gegen 18:00 Uhr abgeschlossen war, waren weder Waffen, noch Hinweise auf Brandbeschleuniger gefunden worden. Aber in einem waren sich alle einig: Der Beschuldigte teilte nicht nur mit Valerie van Haag das Bett. In seinem Terminkalender, den er pikanterweise in der Bibel versteckt hatte, standen die Namen und Daten fünf verschiedener Frauen, mit denen er wohl parallel „zusammen" war.
„Das wäre doch vielleicht eine Information, die wir mit Frau van Haag besprechen könnten", meinte die Staatsanwältin. „Ich könnte mir sehr gut vorstellen, dass ihr das überhaupt nicht gefällt. Schon wieder ein Mann, der ihr nicht treu ist. Wir sollten es versuchen. Was meinen Sie, Herr Westhoven?"
„Das können wir auf jeden Fall gezielt anbringen. Was halten Sie davon, wenn wir zu ihr hochgehen und sie bitten, sich morgen früh um 08:00 Uhr zu einer Zeugenvernehmung bei uns einzufinden?"
„Mein Bauchgefühl sagt mir, dass wir ganz nah an der Klärung des Falles sind."
„Dann drücke ich uns mal die Daumen, dass Sie Recht haben mit Ihrer ventralen Intuition."

Dember schrieb derweil noch das Durchsuchungsprotokoll und legte eine Kopie auf den Couchtisch. Nachdem sie alle die Wohnung verlassen und abgeschlossen hatten, beschlossen sie, nicht zu viert nach oben zu gehen. Dember und Krogmann sollten schon einmal hinunterfahren und im Auto warten.

Nachdem Westhoven geklingelt hatte, dauerte es nicht lange, bis Valerie van Haag die Tür öffnete. Ihren weißen Minirock hatte sie passend zum pinkfarbenen T-Shirt gewählt, das lockige Haar hing ihr ins Gesicht.
„Oh, guten Tag, Herr Westhoven. Wie sind Sie denn ins Haus gekommen?" Sie schien tatsächlich überrascht zu sein.

„Wir hatten hier zu tun." Er wollte zum jetzigen Zeitpunkt keine weiteren Auskünfte geben, auch wenn er insgeheim dachte, dass sie das sowieso wisse und nur Theater spielte. Westhoven stellte als nächstes Staatsanwältin Steinmann vor.
„Wollen Sie hereinkommen?"
„Nicht nötig, Frau van Haag. Wir wollten Sie nur für morgen früh zu einer Vernehmung vorladen. Es haben sich noch viele offene Fragen ergeben. Können Sie um 08:00 Uhr im Präsidium sein?"
„Eigentlich habe ich schon was anderes vor. Aber klar, wenn Sie mich brauchen, komme ich natürlich zu Ihnen. Das geht auch problemlos, ich habe morgen meinen freien Tag."
„Prima. Melden Sie sich bitte beim Pförtner am Walter-Pauli-Ring 6 in Kalk. Ich lasse Sie dann abholen und zu mir ins Büro bringen."

Auf dem Weg zum Fahrstuhl fragte Westhoven, ob es auch okay wäre, die Treppe zu nehmen.
„Sie fahren wohl nicht gern Fahrstuhl?" Sarah Steinmann grinste.
„Nein, mit diesen Dingern werde ich mich in diesem Leben nicht mehr anfreunden. Und schon gar nicht mit so einem Klapperkasten."
„Und? Meinen Sie, Frau van Haag wird morgen früh da sein?", fragte die Staatsanwältin.
„Das will ich doch hoffen. Sie ist doch Zeugin – noch."
„Sie hegen also auch einen leisen Verdacht, dass sie in die Tötung ihres Mannes verstrickt sein könnte?"
„Zumindest gehe ich langsam davon aus, dass sie etwas weiß. Ein Motiv hat sie auf jeden Fall, aber sie hat auch ein Alibi. Sie war zur Tatzeit in der Uni-Klinik. Oder haben Sie eine zündende Idee, wie sie an zwei Orten gleichzeitig gewesen sein könnte? Ich kann mir immer noch keinen Reim darauf machen."

***

Erst gegen 20:30 Uhr kam Westhoven zu Hause an. Als er die Haustür öffnete, freute er sich schon darauf, sich jetzt in den Garten zu setzen und eine kühle Flasche Kölsch zu öffnen. Die letzten Wochen hatten ihn ziemlich ausgelaugt und er war froh, jetzt sein Lieblingsbier genießen zu können. Er nahm einen großen Schluck direkt aus der eiskalten Flasche. Als er sie wieder absetzte, war sie nur noch halb voll.

„Meine Güte, kommst du aus der Wüste?" Anne Westhoven grinste ihn an, stand von ihrem Liegestuhl auf und kam zu ihm herüber. Sie küsste seine kalten, nach Bier schmeckenden Lippen.

„Und? Wie war dein Tag, mein Stern?", fragte er.

„Bei mir haben sich ziemlich viele Versicherungsfälle angesammelt. Ich wusste heute echt nicht, womit ich anfangen sollte."

„Das kann ich mir gut vorstellen, Sternchen." Westhoven nahm Anne in den Arm. „Die Zeit, in der du wegen deinem Vater nicht oft genug im Büro arbeiten konntest, rächt sich jetzt. Arbeite einfach den Stapel ab. Es wird schon. Ist ja auch nicht anders, wenn du aus dem Urlaub zurückkommst."

„Ja, stimmt. Im Grunde schon, aber so viele Versicherungsfälle auf einmal hatte ich schon lange nicht mehr."

„Weißt du was, mein Schatz? Lass uns am Wochenende mal wieder so richtig schön essen gehen. Was hältst du von einem indischen Tandoorihähnchen? Toni hat mir von einem Restaurant erzählt, in dem sie letztens gewesen ist."

„Hmh, lecker. Lass uns das machen. Aber wann gehen wir wieder joggen?"

„Ich versuche, morgen etwas früher nach Hause zu kommen. Versprechen kann ich aber nichts. Wir haben morgen eine wichtige Vernehmung und ich weiß nicht, wie die sich entwickelt."

„Wie sieht es denn aus? Seid ihr der Lösung des Falles schon näher gekommen?"

„Das will ich doch hoffen."

***

Toni Krogmann hatte auf dem Weg nach Hause ihre Frau erreicht und sich mit ihr in dem indischen Restaurant verabredet, von dem sie Westhoven so vorgeschwärmt hatte. Sie freute sich, dass sie endlich mal die Ruhe hatte, mit ihr über die gemeinsame Situation zu reden. Die unausgesprochene Sache mit deren Busenfreundin Heidi setzte ihr mehr zu, als sie zugeben würde.

KAPITEL 23

Es war 07:45 Uhr, als Valerie van Haag auf dem Besucherparkplatz vor dem Polizeipräsidium Köln ihren Wagen abstellte. Sie trug eine luftige, helle Leinenhose und flache, weiße Turnschuhe. Ihr lockigen Haare hatte sie zu einem Zopf geflochten und mit einer türkisfarbenen Haarklammer, passend zum gleichfarbigen T-Shirt, fixiert. Vor dem Betreten des Gebäudes nahm sie ihre Sonnenbrille mit gelben Gläsern ab.

Westhovens Telefon klingelte, als dieser sich noch schnell vor der Vernehmung den letzten Bissen eines Salamibrötchens in den Mund schob und mit dem letzten Schluck Kaffee herunterspülte. Noch kauend nahm er den Hörer ab und brummelte in den Hörer, dass sofort jemand herunterkommen würde, um Frau van Haag abzuholen.
„Toonii!!“, rief Westhoven von seinem Platz aus zu seiner Kollegin.
„Ist sie schon da?“, rief Toni zurück.
„Jawohl! Holst du sie bitte unten ab?“

Westhoven erhob sich von seinem Stuhl und begrüßte die Zeugin, als diese in Begleitung seiner Kollegin ins Büro kam.
„Guten Morgen, Frau van Haag. Sie sind ja überpünktlich. Möchten Sie vielleicht einen Kaffee?“ Er wunderte sich über den schwitzigen Händedruck seiner Zeugin, denn an diesem Morgen hatte das Thermometer die 25 Grad Celsius noch nicht überschritten.
„Guten Morgen, Herr Westhoven. Ich bin mit dem Auto besser durchgekommen, als ich dachte. Den Wagen habe ich unten vor dem Gebäude abgestellt, ist das okay?“
„Solange Sie ihn nicht quer vor die Parktaschen gestellt haben, ist dagegen nichts einzuwenden. Möchten Sie denn nun einen Kaffee?“
Wieder mal hatte Westhoven - mit Schokoriegeln winkend - Toni Krogmann überreden können, die Vernehmung zu protokollieren. Es folgte die übliche zeugenschaftliche Belehrung, die Aufnahme der vollständigen Personalien und Kontaktdaten. Dann begann Westhoven mit einem einleitenden Satz die Vernehmung.
„Frau van Haag, Sie können sich sicher vorstellen, dass wir in den letzten Wochen intensiv an der Aufklärung dieses Falles gearbeitet haben. Wir haben mit vielen Leuten gesprochen und auch Dinge erfahren, die wir nun heute mit Ihnen besprechen wollen. Wie Sie sicher auch wissen, haben wir Alexej Wiebe vorläufig festgenommen.“
Westhoven beobachte die Zeugin sehr genau. Valerie van Haag wirkte sehr angespannt auf ihn und hing ihm geradezu an den Lippen. Sie nickte.
„Frau van Haag, in welcher Beziehung stehen Sie zu Herrn Wiebe?“
„Er ist mein Nachbar und wohnt im gleichen Haus.“ Ihre knappe Antwort war nicht die Antwort, die Westhoven gern hören wollte.

„Und?" Bei diesem Wort rutschte die Zeugin kaum merklich auf dem Stuhl herum. Mit großen Augen schaute sie abwechselnd zu Westhoven und Toni Krogmann. Mit etwas Wohlwollen hätte man diese Blicke als hilfesuchend bezeichnen können. Westhoven hakte unbeeindruckt nach.
„Ich wiederhole meine Frage gern noch mal. In welcher Beziehung stehen Sie zu Alexej Wiebe? Dass er Ihr Nachbar ist, darüber brauchen wir nicht zu reden. Das ist eine bekannte Tatsache. Darum geht es hier aber nicht!"
Wieder schaute sie hinüber zu Toni Krogmann, die ihrerseits mit einer stummen Geste versuchte, die Zeugin zu einer Aussage zu motivieren.
„Der Sascha, ich meine Alexej", sie unterbrach sich, „wir treffen uns schon mal." Es war deutlich zu spüren, wie peinlich es ihr war, darüber zu reden.
„Was heißt das genau? Ich treffe auch viele Leute! Also, geht's ein bisschen deutlicher? Wir sind doch alle erwachsen."
„Sie wissen es doch sowieso schon. Sascha und ich haben ein Verhältnis. So! Zufrieden jetzt?"
„Wie lange geht das denn schon so?"
„Im Grunde eigentlich schon, seit Sascha ins Haus eingezogen ist. Das ist jetzt schon einige Zeit her."
„Sie brauchen mir natürlich keine intimen Details preiszugeben, aber beantworten Sie mir bitte die Frage, ob Ihr verstorbener Mann von diesem Verhältnis wusste."
Valerie van Haag schüttelte verneinend den Kopf, wobei sich einige ihrer Locken lösten. Mit einer leichten Handbewegung strich sie die Haare beiseite und schob sie hinters Ohr.
„Tristan hat nichts von Sascha gewusst. Ich bin mir noch nicht mal sicher, ob er ihn überhaupt jemals gesehen hat."
„Wem wollen Sie denn diese Story erzählen? So groß ist das Haus nun auch wieder nicht und die Anzahl der dort gemeldeten Per-

sonen ist überschaubar. Also was nun: Kannten sich Herr Wiebe und Ihr Mann? Ja oder nein?"
„Wenn Sie mich so fragen, kann ich natürlich nicht ausschließen, dass sie sich nicht doch einmal im Hausflur oder in der Tiefgarage begegnet sind. Aber was Sie offensichtlich unter ‚sich kennen' verstehen, kann ich definitiv ausschließen."
„Frau van Haag. Ihre Freundin, Frau Pappelsdorf, und auch Ihr Geliebter Alexej Wiebe haben ausgesagt, dass Sie unter den Gewalttätigkeiten ihres Mannes seit Jahren gelitten haben sollen. Wie hat Ihr Freund darauf reagiert?"
„Er hätte ihn am liebsten umgebracht. Aber das waren nur Kraftausdrücke! Sascha hat das nicht ernst gemeint. Dazu ist er viel zu sanftmütig."
„Entweder Sie wissen tatsächlich nichts von seinem Vorleben oder Sie wollen es nicht wissen. Ich sage Ihnen eins: Zwischen dem gewaltsamen Ableben Ihres Mannes und einigen Dingen in Herrn Wiebes Vergangenheit gibt es verdächtige Parallelen."
„Was meinen Sie damit?"
„Das kann ich Ihnen jetzt noch nicht sagen, aber was glauben Sie wohl, was zur Beantragung eines Haftbefehls gegen ihn geführt hat?"
Valerie van Haag senkte den Kopf, verbarg ihr Gesicht in den Händen und schluchzte.
„Frau van Haag, was hat Ihnen Alexej zum Tod ihres Mannes erzählt?"
„Es war ein Unfall – ein schrecklicher Unfall." Ihre Stimme war tränenerstickt. Westhoven ließ ihr einen Moment zum Durchatmen.
„Möchten Sie vielleicht noch einen Kaffee oder ein Glas Wasser?"
„Ein Wasser wäre gut." Während Westhoven ein Wasser holte, reichte Toni Krogmann ihr ein Papiertaschentuch. Nach einer kurzen Unterbrechung fragte Westhoven weiter:

„Woher hat Alexej Wiebe gewusst, wo sich Ihr Mann in dieser Nacht aufhielt?“
„Keine Ahnung. Er hat es mir nicht gesagt, ich habe ihn nie gefragt. Ich war einfach nur froh, dass es vorbei war.“
„Was meinen Sie damit?“
„Das wissen Sie doch! Die dauernden Schläge, Erniedrigungen und Vergewaltigungen, die ich ertragen musste. Die Demütigungen, wenn er mir von seinen Sexabenteuern erzählte, während er sich an mir verging. Er hat mich behandelt wie den letzten Dreck! In seinen Augen war ich ein Nichts.“
Ihre Stimmung schlug in Hass und Abscheu um. Sie wirkte wie ausgewechselt auf das Ermittlerteam. In den nächsten Minuten erzählte sie von wochenlangen Krankschreibungen, diversen unbehandelten Knochenbrüchen und Hämatomen. Als sie davon berichtete, wie Tristan van Haag ihr eine Tasse mit kochendem Wasser über den Oberschenkel gegossen hatte, weil ihm das Essen zu fad schmeckte, regte sich bei den Ermittlern ein gewisses Verständnis dafür, dass diese Frau froh darüber war, dass Tristan van Haag nie mehr nach Hause kommen würde.
„Wieso haben Sie nie Hilfe gesucht?“, fragte Toni Krogmann. „Heutzutage muss sich niemand so behandeln lassen.“
„Ich hatte Angst. Nackte eiskalte Angst. Wenn ich so etwas auch nur ansatzweise versucht hätte anzuzeigen... Tristan hätte mich umgebracht.“
„Sie hätten es doch Ihrem Bruder und Geert van Fleet erzählen können. Die hätten Ihnen doch bestimmt geholfen, oder meinen Sie nicht?“, fragte Westhoven.
„Das glauben Sie vielleicht. Der Geert hätte sich einen Dreck darum geschert. Und Koen, mein toller Bruder, ist ein Hampelmann. Ohne Geerts Zustimmung hätte der auch nichts unternommen.“
„Haben Sie eigentlich gewusst, dass die drei eine Indoor-Hanfplantage in dem abgebrannten Haus anlegen wollten?“

Valerie van Haag zuckte mit den Schultern. „Nein, in so etwas hätte mich Tristan niemals eingeweiht."

An dieser Stelle unterbrach Westhoven kurz die Vernehmung. Er verließ das Büro, um dem Leiter des KK 11 und seinem Kollegen Dember von der Entwicklung zu berichten. „Informiert bitte Frau Steinmann, dass sie wohl gegen den Richtigen einen Haftbefehl beantragt hat. Und du, Heinz, solltest dir Alexej Wiebe noch mal aus dem Gewahrsam holen und ihn mit der Aussage von der van Haag konfrontieren."
Arndt Siebert bot sich an, bei der Vernehmung dabei zu sein.

***

11:45 Uhr.
„Was Sie reden für Unsinn?! Ich habe gesagt, habe nicht getötet diese Mann, dann habe ich nicht getötet ihm."
Alexej Wiebe regte sich zunehmend auf, verzichtete aber noch immer auf einen Rechtsanwalt.
„Frau van Haag hat ausgesagt und wird es auch unterschreiben, dass Sie ihr gegenüber gesagt haben sollen, es sei ein schrecklicher Unfall gewesen. Jetzt sagen Sie verdammt noch mal, was in dieser Nacht tatsächlich passiert ist!"
Dember schlug energisch auf den Tisch. Diese befehlstonartigen Worte, die Wiebe an seinen knallharten Spieß[52] aus der Fallschirmjägerkaserne in Saarlouis erinnerten, wirkten auf den Kasachstandeutschen wie ein Donnerschlag. Kaum hatte Dember zu Ende gesprochen, fluchte Alexej Wiebe einige Worte auf Russisch.

---

52 umgangssprachlich für „Kompaniefeldwebel" (Funktionsbezeichnung bei der Bundeswehr)

„Diese Nutte! Will anhängen mir Tod von ihre Mann. Ich verstehen das nicht. Aber gut. Du willst wissen, wo war ich in Nacht. Ich sagen dir. Habe ich gefickt mit eine andere Frau – ganze Nacht.“
Dember traute seinen Ohren nicht und fragte sich, was das jetzt sollte.
„Schöne Geschichte. Wie heißt denn die Dame und wie können wir sie erreichen?“
„Muss das sein?“
„Es wäre jedenfalls besser für Sie. Bis jetzt sprechen zumindest einige Indizien und natürlich die Aussage von Valerie van Haag gegen Sie.“
Alexej zögerte einen Moment. „Irina Müller.“ Nachdem er auch eine Anschrift im Kölner Westen und die Telefonnummer angegeben hatte, äußerte er eine Bitte.
„Bitte Sie nichts sagen ihrem Vater. Ist meine Chef von Diskothek. Bringt mich um, wenn weiß ich mit seine Tochter in Bett…sehr jung ist, hat grad 18 worden.“
Arndt Siebert und Heinz Dember schauten sich ungläubig an. Sie fanden das Alibi zwar wenig glaubhaft, aber dennoch mussten sie es überprüfen. Schließlich galt in Deutschland die Unschuldsvermutung und nachweisen konnten sie Wiebe die Tat sowieso noch nicht.
„Okay, Heinz. Bringen wir Herrn Wiebe zunächst mal zurück in die Zelle.“

Nachdem dieser seine Vernehmung unterschrieben hatte, führten die beiden Ermittler ihn über den Innenhof in den Gebäudeteil B, wo sich der Polizeigewahrsam befindet. Auf dem Rückweg zum KK 11 unterhielten sie sich über das weitere Vorgehen.
Arndt Siebert stellte eine mögliche Theorie auf:
„Mal angenommen, er hat Tristan van Haag tatsächlich nicht umgebracht und sein Alibi wird von dieser Irina Müller bestätigt. Wieso behauptet die van Haag dann, er habe ihr gegenüber

gesagt, dass alles ein schrecklicher Unfall war? Hat sie vielleicht ihre eigene Wahrnehmung geschildert?"
„Chef! Die hat ein Alibi. Das habe ich mit Toni selbst überprüft. Sie war zur Tatzeit im Krankenhaus und hatte Dienst. Sie ist auch von ihrer Kollegin gesehen worden."
„Trotzdem. Ihr habt vielleicht was übersehen!"

***

13:30 Uhr
Die Mitglieder der MK 6, Arndt Siebert und Staatsanwältin Steinmann saßen im Besprechungsraum und besprachen die bisherigen Ergebnisse. Sie hatten Valerie van Haag gebeten, noch in der Nähe zu bleiben und ihr angeboten, zum Mittagessen in die Polizeikantine zu gehen.
Sarah Steinmann sagte: „Ich halte es für das Beste, wenn wir das Alibi von Herrn Wiebe gleich überprüfen. In der Zwischenzeit lassen wir Frau van Haag nach Hause gehen. Oder gibt es einen triftigen Grund, sie festzuhalten?" Sie schaute Westhoven an.
„Außer, dass sie etwas anderes aussagt als der Russe, haben wir praktisch nichts in der Hand. Außerdem hat sie ein wasserdichtes Alibi. Und das werden wir noch einmal minutiös durchleuchten! Meine innere Stimme sagt mir nämlich ziemlich deutlich, dass hier was nicht stimmt. Ich kann mir nur noch keinen Reim darauf machen. Aber ich bin sicher, dass ich noch darauf komme."
„Herr Westhoven, wenn es nur das kleinste Leck im wasserdichten Alibi geben sollte, dann finden Sie es bitte. Ich würde nur zu gern eine Wohnungsdurchsuchung bei ihr durchführen. Immerhin fehlt noch der Kellertürschlüssel."

Westhoven schickte Dember und Krogmann zur Wohnanschrift von Irina Müller. Ihm war es egal, ob Wiebe bei seinem Chef beliebt

war oder nicht. Hätte er es sich doch besser vorher überlegt, mit wem er in die Kiste stieg. In Mordermittlungen konnte auf solche Befindlichkeiten jedenfalls keine Rücksicht genommen werden.
Er selbst setzte sich an seinen Schreibtisch, bewaffnet mit einer großen Tasse dampfendem Kaffee und drei seiner geliebten Schokoriegel. Vor ihm lag der Tatortbefundbericht, die Aussage von Valerie van Haag sowie die Auflistung der Telefonverbindungsdaten vom Opferhandy. Mit rotem Stift eingekreist war die Rufnummer des Stationstelefons in der Uniklinik und die Anrufzeit: 00:15 Uhr.
Westhoven blätterte im Tatortbefundbericht: „….ging um 00:55 Uhr der Notruf von Frau Wellermann ein…"
Er fing an, zur Visualisierung eine Zeitleiste auf seinem Block zu skizzieren.

***

Als sich vor Dember und Krogmann die Haustür mit Glaseinfassung öffnete, stand ihnen eine junge Frau gegenüber. Sie war höchstens 1,53m groß, ihre noch mädchenhafte Figur betonte sie mit einem engen, rot gemusterten Minirock und einem weißen Top. Das aschblonde Haar mit blondierten Strähnen war zu einem Pferdeschwanz zusammengebunden. Die leuchtenden blauen Augen wurden durch gekonntes Make-Up betont.
„Guten Tag, wir sind von der Mordkommission. Mein Name ist Dember, das ist meine Kollegin Krogmann". Er hielt ihr seine Kriminalmarke in Augenhöhe vors Gesicht.
„Sind Sie Irina Müller?"
„Psst, bitte nicht so laut. Mein Vater schläft noch, er hat bis spät in den Morgen gearbeitet. Worum geht es bitte?" Die piepsige Stimme passte zu ihr.
„Um Alexej Wiebe, auch Sascha genannt", sagte Dember.

„Bitte! Nicht so laut. Mein Vater darf das nicht hören!"
„Was darf er nicht hören?", erkundigte sich Toni Krogmann.
„Na, das mit mir und Sascha. Deswegen sind Sie doch hier oder nicht?"
Ihre Stimme war zunehmend nervig und unterstrich umso mehr ihren Girlystil, obwohl sie bereits 18 Jahre alt war.
„Was ist denn mit Ihnen und Sascha?", hakte Krogmann nach.
„Er ist mein Freund." Das Freudestrahlen in ihrem Gesicht war nicht zu übersehen. Krogmann dachte sich nur: *‚Was für ein junges Ding. So dumm und unerfahren. Wenn du wüsstest…'*

Dember fragte im weiteren Verlauf, ob sie sich an den Tag erinnern könnte, an dem Tristan van Haag ermordet wurde. Irina Müller führte ein modernes Tagebuch in ihrem Smartphone und konnte angeben, dass Alexej Wiebe am Tatabend bis zum frühen Morgen danach mit ihr zusammen war. Auf Dembers Nachfrage, was sie denn unternommen hätten, bekam die junge Frau einen hochroten Kopf. Kaum hörbar sagte sie, dass sie die ganze Nacht Sex gehabt hätten. Sie baten Irina Müller, mit zum KK 11 zu fahren, um dort ihre Aussage zu protokollieren. Mündliche Angaben ohne Unterschrift waren hier nicht ausreichend und eine spätere Vorladung ebenso wenig praktikabel.

Als das Ermittlerduo fertig war, informierten sie Westhoven und Sarah Steinmann.

***

„Na, da müssen wir wohl den Beschuldigten wieder auf freien Fuß setzen oder was meinen Sie, Frau Steinmann?", fragte Westhoven.
„Natürlich! Oder gibt es den geringsten Zweifel an der Aussage der Zeugin Müller?"

Sie schaute zu Dember und Krogmann. Beide schüttelten den Kopf und verneinten.
Westhoven präsentierte seine skizzierte Zeitleiste. „Schauen Sie! Valerie van Haag ist um 00:15 Uhr im Krankenhaus angerufen worden und um 00:55 Uhr ging der Notruf von Frau Wellermann ein. Das ist ein Zeitfenster von genau 40 Minuten. Meiner Meinung nach genug Zeit, um von der Klinik nach Rondorf zu fahren und die Tat begehen zu können. An dem Abend war doch dieses Fußballspiel, wo alle vor der Glotze hingen. Während des Spiels und sicher auch danach dürften die Straßen sehr leer gewesen sein. Deutschland hat ja verloren, also keine nervigen Autokorsos bis spät in die Nacht. Ich bin selbst neulich von Rondorf zur Uni-Klinik gefahren und habe die Strecke, auch wenn ich nicht ganz die Verkehrsregeln beachtet habe, in sensationeller Zeit geschafft. Wenn ich also großzügig eine halbe Stunde Fahrzeit ansetze, bleiben immer noch 10 Minuten Zeit. Und selbst wenn nur 5 Minuten blieben – es wurden schon Menschen in kürzerer Zeit getötet."
„Eine äußerst interessante Theorie, Herr Westhoven. Es bliebe aber noch zu klären, was in diesem Zeitfenster auf der Station in der Uniklinik geschah: Gab es Eintragungen in den Krankenblättern der Patienten auf ihrer Station, wie lang ist der Fußweg von der Station zum Fahrzeug, mit dem sie gefahren ist und wusste sie überhaupt, wie sie zum Haus kommt?"
„Also denken Sie auch, dass Frau van Haag als Tatverdächtige nicht gänzlich ausscheidet?"
„Sie hat jedenfalls ein sattes Motiv."
„Ich hoffe, dass sie noch da ist. In der Kantine dürfte um diese Uhrzeit kaum noch jemand sein."
Westhoven rief gegen 16:00 Uhr beim Pförtner im Foyer gegenüber der Kantine an und erfuhr, dass dort niemand sei, auf den die Beschreibung passe.

„Ich rufe sie jetzt auf dem Mobiltelefon an und frage, wo sie gerade ist."
Nachdem Westhoven sie erreicht hatte, bat er sie, noch mal zum Präsidium zu kommen.
„Frau van Haag wird in ein paar Minuten hier sein. Sie ist rüber in die Köln-Arcaden gegangen."
„Belehren Sie sie diesmal bitte als Beschuldigte", bat Frau Steinmann Westhoven.
„Mache ich. In der Zwischenzeit fahrt ihr zwei", Westhoven schaute Dember und Krogmann an, „bitte zur Uni-Klinik und versucht, Auskünfte zu Eintragungen in den Krankenblättern zu bekommen.»
„Hoffentlich reiten die da nicht auf dem Datenschutz herum." Dembers Einwand war nicht unberechtigt.
„Heinz, versucht es einfach erstmal so. Uns interessiert nicht, bei wem und auch nicht was eingetragen wurde. Es ist nur von Bedeutung, ob es in der Zeit von 00:15 Uhr bis 00:55 Uhr überhaupt eine Eintragung von ihr gibt. Das schafft ihr schon. Und ruft mich sofort an, damit ich diese Information in der Vernehmung verwenden kann."

***

Sarah Steinmann beobachtete Valerie van Haag während der Beschuldigtenbelehrung sehr genau. Sie konnte die Nervosität und Anspannung der Frau förmlich spüren.
Frau van Haag verzichtete auf Hinzuziehung eines Rechtsbeistandes.
„Frau van Haag, Sie haben heute ausgesagt, dass Ihr Geliebter Ihnen gegenüber geäußert habe, dass alles ein schrecklicher Unfall gewesen sei. Wir haben das Herrn Wiebe vorgehalten und er hat es bestritten. Vielmehr hat er uns ein Alibi benannt. Auch das ha-

ben wir überprüft. Ihr Sascha, wie Sie ihn nennen, war bei einer anderen Frau. Es kann also nicht sein, dass er von einem schrecklichen Unfall diesbezüglich erzählt hat! Was sagen Sie dazu?"
Valerie van Haag hielt wieder ihre Hände vors Gesicht und heulte.
„Dieses Schwein! Er hat gesagt, dass er mich liebt!"
Westhoven setzte nach: „Frau van Haag, Sie haben wohl nicht richtig verstanden. Es geht nicht um ein weiteres Verhältnis Ihres Geliebten, sondern darum, dass Sie in Ihrer Zeugenvernehmung gelogen haben! Daher frage ich Sie, ob Sie Ihren Mann getötet haben?"
Nach einigen Augenblicken war sie gefasster und antwortete:
„Ich wünschte, ich hätte es. Aber Sie wissen doch, dass ich in der Klinik war und Stationsdienst hatte. Das haben Sie doch auch überprüft."
„Ja, das stimmt. Wir haben festgestellt, dass Sie Stationsdienst hatten. Wir haben aber auch festgestellt, dass Sie völlig abgehetzt im Krankenzimmer ankamen. Ihre Kollegin wollte gerade den Schwesternruf erledigen, als Sie doch noch kamen. Ihrer Aussage nach stanken sie nach Qualm. Was sagen Sie denn dazu?"
„So ein Unsinn, ich kam vom Rauchen oder meinen Sie etwa, ich rauche verbotenerweise im Schwesternzimmer?"
„Frau van Haag, was tun Sie, wenn Patienten den Schwesternruf betätigen?"
„Dann gehe ich sofort gucken und frage, ob ich helfen kann."
„Gibt es eine Vorschrift, das zu dokumentieren? Was ist zum Beispiel mit den Krankenakten der Patienten?"
„Natürlich."
„Und haben Sie in der Nacht Eintragungen vorgenommen?"
„Es gibt keinen Dienst, in dem ich mal nichts eintrage. Irgendwas ist immer, was…".
Sie wollte weiterreden, als Westhovens Telefon klingelte. Dember und Krogmann hatten hoffentlich die ersehnte Antwort, die ihm in diesem Augenblick nur zu gut passte.

„Einen Moment bitte. Das Gespräch ist wichtig und ich muss rangehen."
Toni Krogmann berichtete ihm, dass sie die gewünschte Auskunft bekommen hatten. Und zwar, dass die letzte Eintragung vor der Tat um 00:05 Uhr, die nächste erst wieder um 01:10 Uhr erfolgt war.

„Frau van Haag!" Westhovens scharfer Tonfall weckte ihre Aufmerksamkeit.
„Das waren eben meine Kollegen. Die sind gerade in der Uni-Klinik auf Ihrer Station und haben überprüft, ob es Eintragungen gibt. Und jetzt raten Sie mal, was sie herausgefunden haben? Sie haben kein Alibi mehr!"
Sie zuckte nur mit den Schultern.
„Frau van Haag, nun tun Sie mal Butter bei die Fische! Sagen Sie uns, was in der Nacht passiert ist!"
Nach einigem Zögern begann sie an zu erzählen:
„Bevor ich an diesem Abend zum Nachtdienst gefahren bin, hat er mich wieder ergewaltigt und verhöhnt. Das hatte ich nach jahrelanger Tortur zu verdrängen gelernt. Immer wenn es passierte, blendete ich meine Gedanken aus und wartete einfach, bis er fertig war.
In der Klinik war dann alles wie immer. Nur war es an diesem Abend sehr ruhig. Alle hingen vor der Mattscheibe und guckten sich das Spiel an. Und dann bekam ich wirklich einen Anruf von Tristan, Sie können das überprüfen..."
„Haben wir schon, Frau van Haag. Bitte, erzählen Sie weiter", forderte Westhoven sie auf.
„Er schrie mich an, ich solle zur Kapellenstraße kommen, er sei verletzt und ich müsse ihm sofort helfen. Er hat mir verboten, einen Rettungswagen für ihn zu rufen. Weil ich mich ein wenig in Köln auskenne und auch schon zu IKEA gefahren bin, wusste ich, wo es nach Rondorf geht. Die Kapellenstraße habe ich dann auch schnell gefunden.

Als ich an dem Haus, das Tristan mir genannt hatte, ankam, war die Haustür nur angelehnt. Drinnen rief ich nach ihm und hörte seine Stimme aus dem Keller. Er saß jammernd auf einem Holzhocker. Seine Handgelenke sahen ziemlich schlimm aus. Er wollte mir nicht sagen, wer das getan hatte und auch nicht, was er in diesem fremden Haus machte. Als ich die Wunden versorgen wollte, schrie er mich wieder an, ich könne nichts richtig, er habe nur noch mehr Schmerzen durch mich. Ich solle mich schon mal freuen, wenn er wieder gesund sei. Dann würde er es mir blöden Kuh wieder zeigen."

Sie verstummte.

Diesmal forderte Sarah Steinmann sie auf, weiterzureden:

„Frau van Haag, es ist bestimmt schwer für Sie, aber Sie müssen uns alles sagen. Was ist dann passiert?"

Unter Tränen redete sie schließlich weiter.

„Ich weiß nicht, warum, aber wie von selbst habe ich auf die Desinfektionsflasche gedrückt und sie auf ihn entleert. Dann habe ich meine Streichholzschachtel aus der Tasche gezogen, ein Streichholz angezündet und es, ohne zu überlegen, in seine Richtung geschmissen. Er stand im Bruchteil einer Sekunde in Flammen. Noch heute bekomme ich seine Schreie nicht aus meinen Ohren! In meinen Träumen sehe ich immer und immer wieder, wie Tristan wie eine Fackel brennt und auf mich zustürzt. Ich bin rausgelaufen, habe die Kellertür hinter mir zugemacht und abgeschlossen. Wie in Trance bin ich zurück zu meinem Auto gerannt und wieder zur Klinik gerast."

„Was haben Sie mit dem Kellerschlüssel gemacht?", fragte Westhoven.

„Den habe ich während der Fahrt aus dem Fenster geworfen. Irgendwo auf der Militärringstraße."

„Wieso hatten Sie Desinfektionsmittel dabei?"

„Er hatte doch am Telefon gesagt, dass er verletzt sei. Ich habe dann einfach Verbandsmaterial und eine Flasche Desinfektionsmittel für die Wundversorgung in eine Tüte gepackt. Bitte glau-

ben Sie mir! Ich wollte ihn nicht umbringen, aber als er anfing, mir wieder zu drohen, habe ich Panik gekriegt! Und auch meine Chance gesehen, es ein für alle Mal zu beenden ... "
„Warum haben Sie uns nicht die Wahrheit gesagt, als wir zum ersten Mal bei Ihnen waren? Stattdessen haben Sie uns sprichwörtlich an der Nase herumgeführt und letztlich sogar versucht, Ihrem Geliebten die Tat in die Schuhe zu schieben!"
„Ich hatte Angst. Am meisten fürchte ich mich vor dem Knast. Sie wissen nicht, wie oft mich Tristan eingesperrt hat und was ich durchgemacht habe in den letzten Jahren." Westhoven blieb unbeeindruckt. Zwar spürte er ein gewisses Maß an Mitleid mit ihr, aber einen Menschen umzubringen, konnte und wollte er nicht billigen.
„Sie hätten ihn verlassen können, sich beraten lassen, eventuell in ein Frauenhaus gehen können oder was auch immer. Gelegenheiten hatten Sie bestimmt genug. Das haben Sie aber nicht genutzt und ihn stattdessen qualvoll umgebracht. Ich bin sehr gespannt, wie die Justiz in diesem Fall über Sie urteilen wird."
Valerie van Haag blickte zu Sarah Steinmann.
„Wir werden sehen", war deren Kommentar. Dann fragte sie: „Hat irgendjemand davon gewusst, dass Sie die Tat begangen haben?"
Valerie van Haag schüttelte den Kopf: „Nein, niemand."

***

Es war mittlerweile kurz nach 20:00 Uhr, als sich das Team der MK 6 und Sarah Steinmann noch im Besprechungsraum des KK 11 über das Ergebnis unterhielten und sich freuten, dass dieser Fall endlich geklärt war. Im Rahmen der Unterhaltung waren Sarah Steinmann, Paul, Heinz und Toni zum „Du" übergegangen.
Valerie van Haag saß zu diesem Zeitpunkt zusammengekauert auf dem kalten Boden des Polizeigewahrsams, umklammerte ihre

Schienbeine und wippte, ein nicht verständliches Lied summend, apathisch hin und her. Um sicher zu gehen, dass sie sich bis zur Vorführung vor den Haftrichter und der Verlegung zur Justizvollzugsanstalt nichts antat, wurde neben der Videoüberwachung auch eine persönliche, engmaschige Zellenüberwachung durchgeführt.

***

Völlig erledigt von der stundenlangen Vernehmung freute sich Westhoven auf einen schönen Restabend mit Anne. Draußen wurde es dunkel, als er das Wohnzimmer betrat. Er musste sie allerdings wecken, denn sie war auf der Couch vor dem laufenden Fernseher eingeschlafen.

Erleichtert nahm sie zur Kenntnis, dass die Tat in Rondorf nun aufgeklärt sei. Ohne dass Westhoven ihr Details erzählte, hatte Anne schon nach wenigen Sätzen ein gewisses Mitleid für die Täterin.

„Ich bin echt mal gespannt, wie viele Jahre sie bekommt."

„Ich auch, mein Schatz. Und? Was gibt's Neues?"

„Paul, reg' dich nicht auf, aber da ist ein Brief vom Jugendamt in der Post gewesen. Bestimmt der Termin für das Gespräch zwischen deiner Ex-Frau, dir und dem Jugendamt."

„Weißt du was, Sternchen? Heute Abend lassen wir uns nicht die Laune verderben. Der Brief bleibt heute zu, ich schau mir den erst morgen an und wenn es so ist, wie du meinst, dann beauftrage ich eine Fachanwältin für Familienrecht mit der Sache. Ich habe jetzt die Nase voll und sicher ist sicher."

***

Dember hatte so spät keine Lust mehr gehabt, mit der Straßenbahn nach Hause zu fahren. Schon nach dem zweiten Klingeln war Katrin Oehmchen ans Telefon gegangen und freute sich schon auf

ihre Fracht. Ihre Taxe 1022 hatte sie auf dem Besucherparkplatz vor dem Präsidium geparkt. Um einen guten Eindruck auf ihren Lieblingsermittler zu machen, zog sie ihren pinkfarbenen Lippenstift nach und zupfte sich die blondierte Bergheimer Palme zurecht.
„Joden Ovend, mingen leeven Här Kommissar. Wo sull et dann hinjonn?“[53] Sie zwinkerte ihm zu.
„Nach Hause, die Adresse kennen Sie ja.“
„Och, welches Zohuss meint Ihr dann? Mings or Dings?“[54], flachste sie. Sie konnte es einfach nicht lassen.
„Ich möchte gern zu meiner schwangeren Frau, wenn das okay ist“, erwiderte er unbeeindruckt von den gespielten Anmachversuchen.
„Su enen Dress evver och. Do muss isch mir doch noch ene andere Kääl söke, kein Angs, dat es nur Spass. Isch will Üsch nit an et Fell. Kein Sursch, drei Zoote Männer sin für mir sescher: Dreckskääls, Familiejevätter un dä Meisner, dä Äzebischof, dä Pimock, dä kann isch nit avv“[55].
Sie zwinkerte wieder und fuhr los.
„Wesst Ihr eijentlisch schon Bescheid?“[56] Sie meinte unmissverständlich Dembers Trunkenheitsfahrt.

---

53 *„Guten Abend, mein lieber Herr Kommissar. Wo soll es denn hingehen?“*

54 *„Ach, welches Zuhause meinen Sie dann? Meines oder Ihres?“*

55 *„So ein Mist aber auch. Da muss ich mir doch einen anderen Mann suchen, keine Angst, das ist nur Spaß. Ich will Ihnen nicht ans Fell. Keine Sorge, drei Sorten Männer sind vor mir sicher: Dreckskerle, Familienväter und der Meisner, der Erzbischof, der Ost-Import, den mag ich nicht.“*

56 *„Wissen Sie eigentlich schon Bescheid?“*

dazu gekommen. Mit viel Glück kostet mich der Spaß aber ‚nur' " – Dember schrieb Anführungszeichen in die Luft – „250 Euro bei einem Monat Fahrverbot."

„Dat wör jo doll für Üsch, evver nit für misch. Evver, isch jünne Üsch dat natürlisch. Isch hätt Üsch jän noch jet öfter jefahre."[57]

„Ich finde das auch total super, dass Sie das machen. Drücken Sie mir nur die Daumen, dass die Internen vom KK 32 das nicht näher überprüfen."

„Wie meint Ihr dat dann?"

Sie schien nicht zu verstehen.

„Wat han denn die Intäne domet ze dun? Sind dat so fiese Type wie em TV?"[58]

Dember lachte lauthals. „Stimmt. Und die haben auch immer die größten Büros. Aber Scherz beiseite, unsere Vereinbarung hier könnte man als so genannte Vorteilsnahme auslegen."

Nun lachte auch Katrin Oehmchen laut auf.

„Jo, jenau. Dat stemp. Su ene nette Kommissar zo fahre es ene eschte Vürdeil. Isch jlöv, mer muss dänne ens erkläre, wat en Kölle Fründschaff es."[59]

Dember wusste in dem Moment nicht, was besser war, ein Ermittlungsverfahren oder die Freundschaft von Katrin Oehmchen. Als er aus dem Taxi stieg, sah er noch Licht in der Küche. Er freute sich, dass seine Doris noch nicht schlafen gegangen war.

---

57 *„Das wäre schön für Sie, aber nicht für mich. Aber ich gönne Ihnen das natürlich. Ich hätte Sie gern öfter gefahren."*

58 *„Wie meinen Sie das denn? Sie schien nicht zu verstehen. Was haben denn die Internen damit zu tun? Sind das so unangenehme Typen wie im Fernsehen?"*

59 *„Ja genau. Das stimmt. So einen netten Kommissar zu fahren ist ein echter Vorteil. Ich glaube, man muss denen einmal erklären, was in Köln Freundschaft ist."*

Epilog

Staatsanwältin Sarah Steinmann klagte Valerie van Haag nach Abwägung aller Fakten wegen eines „Minder schweren Falls des Totschlags" (§ 213 StGB) vor dem Schwurgericht an und forderte in der Hauptverhandlung vier Jahre Freiheitsstrafe.

Die Kammer berücksichtigte in ihrer Urteilsfindung die Gesamtumstände des jahrelangen Leidens der Angeklagten und blieb ein Jahr unter der Forderung der Staatsanwaltschaft. Valerie van Haag hätte also die Chance, bei guter Führung nach Absitzen von zwei Dritteln der Strafzeit als zwar vorbestrafter, aber freier Mensch weiterzuleben.

In der ersten Frühbesprechung nach dem Wochenende fragte Toni Krogmann ihre Kollegen vom KK 11, ob sie ihr demnächst beim Umzug helfen könnten. Sie hatte sich entschieden, aus der gemeinsamen Wohnung auszuziehen und die Scheidung einzureichen. Zu ihrer großen Enttäuschung hatte die einstige harmonische Wochenendehe im Alltag leider nicht bestanden. Toni Krogmann verkroch sich jedoch nicht zu Hause, sondern stürzte sich in das Kölner Nachtleben. Wochen später, als sie Dienst auf der Kriminalwache für das KK 11 hatte und an alles andere als an ihr Privatleben dache, lernte sie eine Kollegin vom Kriminalkommissariat 43[60] kennen. Von da an wendete sich das Blatt wieder und sie spürte die berühmten Schmetterlinge im Bauch.

Heinz und Doris Dember waren weiter voller Vorfreude auf die baldige Geburt ihres ersten Sohnes. Er würde seine Frau auch selbst zum Krankenhaus fahren können, denn Westhoven hatte mit seiner Prognose Recht behalten: Dember wurde aufgefordert, 250 Euro Geldbuße zu zahlen, seinen Führerschein konnte er abholen. Dienstrechtlich kam kein Nachspiel.

Mostafa Jabri wurde in den Niederlanden zu einer Haftstrafe verurteilt. Wegen des Mordversuchs an dem Beamten des Sonderkommandos verhängte das Gericht allein schon 10 Jahre Haft. Hinzu kamen noch die Verstöße gegen das Opiumgesetz, die in der Gesamtstrafe berücksichtigt wurden.

Alexej Wiebe wurde Wochen nach der Vernehmung seiner Geliebten, Irina Müller, von Unbekannten mit schwarzer Sturmhaube brutal in seinem

---

60 Kommissariat zur Bekämpfung des Taschen- und Trickdiebstahls

Hausflur zusammengeschlagen. Seltsamerweise bekam er zeitgleich die Kündigung als Türsteher an der Diskothek von Irina Müllers Vater. Nach der Not-OP verlor er die Fassung, als er erfuhr, dass man ihm einen Hoden hatte entfernen müssen.
Arndt Siebert drückte Dember eines Morgens persönlich einen geschlossenen Briefumschlag in die Hand. Absender war das KK 32. Seine Worte waren: „Was hast du nun schon wieder angestellt?"

Danksagung

Wir danken auch diesmal wieder unseren Leserinnen und Lesern für ihre zahlreichen Rückmeldungen.
Wir danken den Kriminalkommissariaten 11, 13 und 27 des Polizeipräsidiums Köln sowie der Staatsanwaltschaft Köln (Abteilung IX) für die fachkompetente Beratung in Detailfragen.
Ich danke meiner Partnerin Miriam Sürder *(msghTuZPfiueVubF)* und meinen Kindern, die mir die Zeit zum Schreiben gelassen und mich zu den Lesungen und Kriminalistendinnern begleitet haben.

Bernhard Hatterscheidt

Ich danke meiner Personal Trainerin, die mich immer wieder dazu gebracht hat, meinen Schreibtisch zu verlassen und mich zu bewegen. Sie hat sich stets mit weiblichem Charme durchgesetzt. Sally, du bist und bleibst die Beste – Hündin.

Ludwig Kroner